KB040600

타인의 슬픔을 마주할 때
내 슬픔도 끝난다

타인의 슬픔을
마주할 때
내 슬픔도
끝난다

이미령 지음

샘터

차례

프롤로그

작고 어린 것들을 위한
책 읽기

두려움을 나눠 가진 손

강의를 마치고 돌아오는 자정 가까운 시간, 버스정류장에서 육교를
건너 집으로 가는 길. 키 높은 벚나무 가지들이 바람에 휘적거리며 텅
빈 육교 위에 그림자를 흔들어놓으면 호젓함을 느끼는 건 잠시, 누군가
타닥타닥 계단을 밟고 오르는 소리가 들릴 땐 섬뜩해집니다. 누가 내
뒤를 따르는지 정체라도 확인하고자 고개를 휙 돌리고 싶지만 그조차
두렵습니다. 막연한 두려움이 현실이 될지 모르니까요. 이런 내 모습이
비겁하게 느껴지기도 합니다. 하지만 실체를 알 수 없는 모호한 두려움

을 상대해야 하는 약자의 심정인지라 어쩔 수 없습니다.

어느 날인가는 내 뒤를 바짝 좇는 발자국 소리가 너무도 거슬려 마음먹고 뒤를 돌아봤습니다. 나를 위협하는 존재를 두 눈으로 확인하기까지 용기를 내야 했습니다. 고개를 돌려 확인한 발자국 소리의 주인공은 여학생이었습니다. 자정이 지나 왕복 8차선 위를 횡하니 가로지르는 텅 빈 육교를 건너자니 그 아이의 마음도 마음이 아니었던 모양입니다. 앞서 부지런히 걸음을 옮기고 있는 저 아줌마를 따라가겠다는 생각에 그리도 나를 좇았던 것이겠지요. 그런데 나만큼이나, 아니 나보다도 더 여리게 느껴지는 그 아이를 확인하는 순간, 이상하게 마음이 든든해졌습니다. 약자와 약자가 한 공간을 함께한다는 것 자체가 주는 안온감이라 해야 할까요. 그 밤길이 어느새 꽃길이 된 듯, 집으로 돌아가는 발걸음이 가벼웠습니다. 나를 내리누르던 두려움은 삽시에 사라지고 평온하게 집으로 향했지요.

빅토르 위고의 《레미제라블》은 가난한 사내 장발장이 미리엘 주교의 집에서 은식기를 훔친 1815년부터 시작하여 그가 쓸쓸히 삶을 마치는 1832년까지의 일을 다루고 있습니다. 이 작품에는 프랑스가 어떻게 자유와 평등의 기치를 우뚝 내걸게 되었는지가 자세히 그려져 있습니다. 역사는 세상을 집어삼킬 듯 소용돌이치는데 그 와중에 놓인 한 인간의 운명은 조각배 같습니다. 그 대비가 너무 극적입니다.

이 방대한 소설에서 가장 감동적인 장면을 꼽으라면, 여덟 살 코제트가 장발장과 처음 만나는 대목을 들겠습니다. 가난을 견디다 못해 하숙집에 맡겨진 어린 코제트. 그녀의 어머니는 힘든 상황에서도 딸의 양육비를 꼬박꼬박 부칩니다. 하지만 하숙집 주인은 그런 어머니의 마음을 배신하지요. 매달 부쳐오는 양육비는 고스란히 챙기면서도 코제트를 하녀로 부려먹고 제대로 먹이고 재우지 않으며 학대를 일삼습니다. 그런데도 어린 코제트는 자신의 불행에 어떤 이의도 달지 못합니다. 워낙 어릴 때부터 당한 일이라 당연하게 여긴 것이지요. 그런 코제트에게도 정말 하기 싫은 일이 하나 있습니다. 마을에서 멀리 떨어진 숲에 가서 물을 길어오는 일입니다. 매섭게 추운 겨울밤, 인적이 끊긴 숲으로 걸어 들어가야 하는 어린 소녀의 두려움은 여덟 페이지에 걸쳐 생생하게 펼쳐집니다.

하숙집 안주인에게 떠밀려 차가운 거리로 내몰린 코제트. 그나마 불을 환히 밝힌 상점가까지는 그럭저럭 걸을 만합니다. 하지만 마을 끄트머리의 마지막 인가 덧문에서 흘러나오는 불빛을 끝으로, 소녀는 암흑 속으로 걸어 들어가야 합니다. 혼자 칠흑 같은 숲으로 걸어가는 소녀에게 두려움이 엄습합니다. 엄습이라는 말, 부지불식간에 덮치는 것이지요. 예상하지 못했거나 생각보다 훨씬 크게 닥치는 것을 말합니다. 여덟 살 소녀 코제트는 하숙집 주인의 학대와 욕설이 무서워 돌아갈 엄두를 내지 못합니다. 무슨 일이 있어도 양동이에 물을 가득 채워 가야 하기에 앞으로 나아가야만 합니다. 하지만 두렵습니다. 너무도 두려워 소녀는 어찌할 바를 모릅니다. 어찌할 바를 모르는 소녀는 어떤 모습일까요?

코제트는 물통을 땅바닥에 내려놓고 머리털 속에 한 손을 집어넣어 천천히 머리를 긁기 시작했다.

빅토르 위고는 소녀의 두려움을 이렇게 그리고 있습니다. 나는 이쯤에서 책을 잠시 덮고 작가가 그리고 있는 코제트의 몸짓을 흉내 내봅니다. 나아가지도 물러서지도 못하게 만드는 낯선 두려움에 처한 작고 여린 존재의 몸짓. 기껏해야 손을 올려 난감한 듯 머리나 긁어댈 수밖에 없는 그 아득함. 소녀에게는 엄마 생각도 나지 않습니다. 그저 두려움뿐입니다. 저 시커먼 숲 속에서 뿜어내는 두려움과 하숙집 주인의 학대가 안겨주는 두려움. 큰 두려움과 더 큰 두려움만이 있을 뿐입니다. 엉뚱하다 싶지만 그저 머리를 긁는 일 말고는 달리 할 수 있는 몸짓이 없습니다. 그 몸짓이 어떤 문장보다 크게 다가옵니다. 노년에 접어든 작가가 여덟 살 소녀의 두려움을 이토록 절절하게 그려낼 수 있던 것은 인간을 향한 깊고 따뜻한 시선이 없었다면 불가능했을 테지요.

새까만 숲에서 팔이 빠질 정도로 무거운 물통을 들고 돌아 나오는 코제트는 한순간 물통이 가뿐해짐을 느낍니다. 장발장이 어둠 속에서 나타나 소녀의 물통 손잡이를 들어 올린 것입니다. 빅토르 위고는 여덟 페이지에 걸쳐 코제트의 두려움을 서술하다가 단 두 문장으로 정리해버립니다.

인생의 어떤 일에나 그것에 순응하는 본능이 있는 법이다. 코제트는 조금도 두려워하지 않았다.

굶주린 어린 조카들을 위해 빵 한 덩이를 훔쳤던 그는 핍박받는 자의 서러움을 누구보다 잘 알고 있었습니다. 생계를 위한 사소한 절도 때문에 억울하게 옥살이를 치러야 했고, 자신을 믿고 품어준 주교의 은식기를 훔쳤다는 자괴감에 몸서리친 장발장입니다. 이런 그이기에 장발장은 소녀가 품고 있는 두려움을 가슴으로 느꼈을 것입니다. 두려움에 제압당해 비명조차 지르지 못하는 여린 떨림을 알아차린 장발장은 두려움을 나눠 가졌습니다. 코제트는 세상의 어둠에서 빛을 보았고, 사정없이 몰아치는 찬바람 속에서 온기를 느꼈습니다. 코제트는 이제 두려움에 짓눌려 숨조차 쉬지 못하는 소녀가 아니라 든든한 키다리 아저씨를 만나 세상의 사랑을 확인한 행운의 소녀가 되었습니다.

인간이란 늘 두려움과 맞서야 하는 숙명의 존재입니다. 인간에게 깃든 두려움을 생생하게 그려낸 빅토르 위고의 소설은 내 안에도 그런 두려움이 있지는 않은지 살피게 합니다.

사람이 사람에게 베풀 수 있는 것에는 세 가지가 있다고 합니다. 첫 번째는 재물을 베푸는 일입니다. 가난한 사람에게 내가 가진 것을 기꺼운 마음으로 주는 일입니다. 두 번째는 좋은 말을 들려주는 일입니다. 힘을 내라고 어깨를 두드려주고, 상대의 장점을 찾아내어 기운을 북돋아주는 일, 그릇된 쪽으로 나아가는 이를 붙잡고 선량하고 온전한 길로 나아가도록 간곡하게 일러주는 일입니다. 세 번째는 생명체가 늘 품고 사는 두려움을 없애주는 일입니다. 어둔 숲에서 어린 코제트를 향해 내민 장발장의 손은 한 생명의 심장에 서리처럼 내려앉은 두려움을 없애

준 사랑이었습니다.

비참한 사람들을 위한 기록 《레미제라블》을 다 읽고 나서 가만히 눈을 감고 떠올려봅니다. 이 세상에서 비참한 사람은 누구이고, 비참하지 않은 사람은 누구인가. 이 세상에서 위로받을 사람은 누구이고, 위로해줄 사람은 누구인가. 한 사람 한 사람 얼굴을 떠올릴 때마다 온갖 상념이 따라오지만, 그 사람들을 생각해보면 모두가 한결같이 작고 여린 생명체임을 새삼 느낍니다. 세상을 호령하던 폭군조차도 심장의 떨림을 품고 있는 존재입니다. 그 떨림이 고스란히 보이는 곳이 책 속 세상입니다.

나는 오늘도 책을 펼칩니다. 코제트가 겁에 질려 나를 바라봅니다. 코제트의 겁먹은 눈길에서 나를 봅니다. 나를 향해 장발장이 손을 내밉니다. 나는 장발장의 손길에 안도합니다. 이제 내가 세상의 어떤 코제트를 향해 손을 내밀 차례입니다.

돈의 무게

아이가 현자에게 물었습니다.

"돈이 뭐예요?"

현자는 유리구슬 하나를 창턱에 올려놓고 아이에게 물었습니다.

"뭐가 보이니?"

"거리의 풍경이 보여요."

투명한 유리구슬은 창 너머 바깥세상을 고스란히 비추었고, 아이는 그 풍경을 들여다보며 감탄하면서 말했지요. 현자는 유리구슬 대신 금화 한 닢을 올려놓고 아이에게 물었습니다.

"뭐가 보이니?"

"금화가 보여요."

아이의 대답에 현자가 말했습니다.

"그게 돈이란다."

오래전에 어떤 책에서 읽은 내용입니다. 돈이 인간에게 어떤 의미를 지니고 있는지 이보다 더 간단명료하게 설명한 것을 보지 못했습니다.

돈은 누구에게나 꼭 필요합니다. 돈에 자유로운 사람은 없습니다. 걸출한 문학작품을 써낸 대문호들 가운데 돈 때문에 일생을 전전긍긍한 사람은 많습니다. 가장 먼저 떠오르는 사람은 프랑스 작가 발자크입니다. 전기 작가 츠바이크의 《발자크 평전》을 보면 발자크가 평생 얼마나 돈에 혈안이 되었는지 알 수 있습니다. 그는 머릿속에 있는 이런저런 스토리를 늘 돈으로 환산했습니다. 머릿속 구상이 글로 채 옮겨지기도 전에 자기 글이 얼마의 돈을 벌어들일 수 있을 거라는 계산을 끝냈고, 그 계획에 따라 사업을 벌였습니다.

창작은 고매한 영혼과의 교감이요, 문학작품은 불면의 밤을 하얗게 불태운 예술가의 숭고한 결실이라고 생각하시나요? 그런 분이라면 모쪼록 츠바이크의 《발자크 평전》을 읽어보시기 바랍니다. 빚쟁이들한테 쫓겨 다니느라 언제고 도망칠 뒷문이 딸린 집을 구해 살아야 했던 발자크의 삶은 한 인간과 돈의 관계가 이보다 더 드라마틱할 수 없음을 제대로 보여줍니다.

인간이 돈의 무게로부터 자유로울 수 없다는 것을 알았지요. 그래서인지 발자크가 비록 돈에 급급해 연탄 찍어내듯 작품을 써댔다고는 해도 그의 작품들은 무척 인간적입니다.

러시아의 대문호 도스토옙스키도 그랬습니다. 전당포 노파를 살해한 가난한 법대 청년의 고백을 치밀하게 그린 《죄와 벌》이나, 욕망덩어리인 아버지와 개성 넘치는 삼형제의 관계를 진지하게 그린 《카라마조프가의 형제들》과 같은 작품은 인간이라는 존재를 처음부터 다시 생각하게 하는 걸작 중의 걸작입니다. 그런데 이런 걸작을 만들어낸 대문호 역시 평생 돈에서 자유롭지 못했습니다. 그는 타고난 허세꾼이 아니었나 싶을 정도로 돈 쓰는 걸 좋아했습니다. 대단한 절약가인 아버지가 보내주는 용돈으로는 귀족들만이 누리는 취미생활을 흉내 내기조차 빠듯했습니다. 그래서 늘 돈이 아쉬웠지요. 게다가 그는 도박에도 빠져듭니다. 어느샌가 도박을 하지 않으면 견디지 못했고, 보다 못한 그의 아내는 남편이 걱정 없이 도박할 수 있도록 자기 물건을 전당포에 맡기기를 주저하지 않습니다. 맘껏 도박이라도 해야 스트레스를 풀 수 있고, 그래야 멋진 작품을 쓸 수 있었기 때문입니다.

생각해보면 그의 작품들은 대부분 돈 문제와 연결되어 있습니다. 돈에 굶주리고, 누군가의 돈을 노리고, 그러면서도 돈에 얽매이지 않는 고결한 영혼을 노래한 것이지요. 이런 걸 보면 돈이란 녀석의 위세가 참으로 대단한 것 같습니다.

요즘 사정은 어떤가요? 돈에 굶주려 혈안이 되어 있는 사람들의 모습은 조금도 달라지지 않았습니다. 가진 자들이나 가지지 못한 자들이나 모두가 돈, 돈 합니다. 굳이 가진 자들의 돈타령은 말하고 싶지 않습니다. 문제는 서민들마저 돈이라는 감옥에 갇히고 말았다는 것입니다. 열심히 일해서 마련한 돈으로 알뜰살뜰 살림을 꾸려가고 따뜻한 미래를 계획하는 소박한 바람이 어느새 참 싱겁고 무의미해졌습니다.

통장으로 입금되고 카드로 지불하니 사람들은 돈이라는 실물을 피부로 느낄 기회가 거의 없습니다. 손바닥 크기도 안 되는 작고 얇은 신용카드 한 장이 우리가 겪는 돈의 무게일 수는 없겠지요. 지금 우리는 허영심이 부풀려놓은 세상에서 밑도 끝도 없이 매겨진 소비자가격을 당연하게 받아들이고, 원치 않는 소비를 하며 살아가야 합니다.

호랑이는 죽어서 가죽을 남기고 사람은 죽어서 이름을 남긴다지만, 이제 우리는 죽어서 카드빚을 남기고 주택담보대출의 원리금만 남기는 건 아닌지 모르겠습니다. 돈에 치이고 돈을 좇던 책 속 주인공이나 작가들의 고통이 어느 사이 따끔따끔 아립니다. 지금 내 삶이 이 시대의 어느 수준인지, 과연 나는 어떤 규모의 삶을 영위하고 있는지 내 삶을 구체적으로 만져보고 싶다는 충동이 이는 것도 책 읽기가 안겨주는 기꺼운 선물인 게 틀림없습니다.

클레어 킵스는 런던에 살고 있던 피아니스트입니다. 그녀는 2차 세계대전이 발발하고 오래지 않은 1940년 7월, 우연히 집 앞에서 참새 한 마리를 발견합니다. 막 알에서 깨어난 것처럼 털이 하나도 나지 않은 벌거숭이에다 눈도 제대로 뜨지 못한 새끼였지요. 두 눈알이 방울처럼 툭 튀어나왔고, 어미의 보살핌을 받지 못한 채 길바닥에 버려져 있었으니 녀석은 분명 죽은 목숨이나 다르지 않았습니다.

독일군 공습에 대비해 방공호 대피훈련을 하며 사람도 살기 어렵던 때였지만 클레어는 그 어린 생명을 모른 체 할 수 없었습니다. 그녀는 참새를 집으로 데려가 미지근한 우유를 부리 안으로 떨어뜨려 주었습니다. 금방이라도 숨이 끊어질 것만 같던 어린 생명은 우유 몇 방울을 삼킨 뒤 밤이 지나 기력을 되찾았습니다. 그리고 이튿날 아침, 클레어를 향해 밥을 달라고 지저귀기 시작했습니다.

어린 참새는 자신을 살려준 클레어에게 인사라도 한 것일까요? 미약한 지저귐은 어느 사이 흥거운 지저귐으로 변해갑니다. 클레어가 피아노 연습을 할 때면 그녀의 어깨에 올라앉아 음조에 맞춰 각기 다른 톤과 박자로 지저귀었습니다. 상상할 수 있나요? 사람의 피아노 연주와 참새의 지저귐이 빚어내는 아름다운 하모니를 말이지요.

책에서 보여주는 이 작은 미물의 모습은 믿을 수 없을 정도로 경이롭습니다. 주인에게 재롱을 부리려는 듯 발랑 누워 자기 배를 보여주며 발버둥쳤고, 밤이 되면 주인의 주위를 부드럽게 날아다니며 침대로 인도했지요. 자기 보금자리는 철저히 청결하게 유지했고, 집 밖의 암컷 새들의 유혹에는 의연했습니다.

클레어 킵스는 사람들에게도 참새를 보여줍니다. 전쟁이 한창이던 시절에 클레어의 참새는 온갖 재롱으로 전쟁의 공포에 시달리는 사람들에게 웃음과 활기를 불어넣었습니다. 참새는 사람들의 인기를 독차지했고, '클래런스'라는 예명도 얻었지요.

클레어와 참새의 12년에 걸친 우정은 학자들에게도 큰 관심을 불러일으켰습니다. 하지만 때로는 어린 자식처럼, 때로는 질투에 가득 찬 연인처럼 클레어의 곁을 지키던 참새도 생의 마지막에 이르렀습니다. 1952년 8월 23일, 클래런스는 몇 시간 동안 꼼짝도 하지 않고 누워 있다가 갑자기 머리를 들더니 귀에 익은 목소리로 클레어를 한 번 부른 뒤 숨을 거둡니다. 클레어 킵스는 생명이 파괴되는 전쟁의 한복판에서 작디작은 새 한 마리와 동거하면서 전쟁의 두려움과 폭력의 잔인함을 견뎌냈습니다. 《어느 작은 참새의 일대기》라는 제목으로 출간된 이 책은 실제의 일인데도 불구하고 책을 읽는 내내 정말일까 하는 의구심이 들게 했습니다. 어쩌면 참새를 미물로만 생각한 교만과 무지가 굳게 자리한 탓인지도 모르겠습니다.

인간이 작은 생명체에게서 힘을 얻고 어려운 상황을 헤쳐 나간 경험을 다룬 책은 이 밖에도 많습니다. 엘리자베스 토바 베일리라는 미국의 에세이스트가 쓴 《달팽이 안단테》도 그중 하나입니다.

엘리자베스는 20여 년 전 그토록 고대하던 유럽 여행길에 올랐지만 알 수 없는 병을 얻어 귀국합니다. 그녀의 병명은 희귀병인 '후천성 미토콘드리아병'. 온갖 약을 먹고 간신히 회복되었나 싶으면 독한 약 기운 때문에 다시 앓아눕곤 했지요. 그러다 병이 재발하면서 엘리자베스는 언제 건강을 되찾을지 모르는 절망에 사로잡혀 걷잡을 수 없이 나락으로 떨어졌습니다.

글을 쓰며 여행을 즐기던 엘리자베스는 아무것도 하지 못하고 온종일 침상에 누워 창밖만 힘없이 내다보는 신세가 되었습니다. 그런데 어느 날 친구가 제비꽃 화분 하나를 가져다주었지요. 이 화분에는 작은 생명체 하나가 죽은 듯 숨어 있었습니다. 달팽이였습니다.

친구는 "네가 좋아할 것 같아서"라고 말끝을 흐렸지만 언제쯤 건강해질 수 있을까 하는 생각만으로도 벅찼던 엘리자베스에게 숲에서 주워 온 달팽이 한 마리는 사실 아무런 의미도 없었습니다. 친구가 떠나간 뒤 엘리자베스는 달팽이를 까맣게 잊었습니다.

그런데 저녁을 먹을 즈음, 달팽이가 껍데기 밖으로 더듬이를 내밀며 움직이는 모습을 발견했습니다. 머리에서 꼬리까지 5센티미터에 지나지 않는 이 작은 동물은 자신을 지켜보는 엘리자베스를 전혀 의식하지 않고 느릿느릿 자신의 일을 시작했지요. 엘리자베스는 반쯤은 호기심에 이 작은 동물을 지켜보았습니다.

그렇게 하루가 지나고 이틀째 저녁, 그녀는 시든 꽃잎을 갉아 먹는 달팽이의 모습을 지켜보았습니다. 두 눈에 힘을 주고 지켜보는데 그녀의 눈앞에서 꽃잎 한 장이 매우 지루한 속도로 서서히 사라져갔습니다. 그녀는 귀를 바싹 기울였습니다. 그러자 소리가 들렸습니다. 샐러리를 매우 잘게 씹어 먹는 듯한 아주 작은 소리, 달팽이가 보라색 꽃잎 하나를 저녁밥으로 먹어 치우는 소리였습니다.

엘리자베스는 야생달팽이가 꽃잎을 갉아 먹는 소리를 듣는 순간, 지금까지 자신과 전혀 관계없다고 느낀 작은 생물의 존재를 의식했고, 누군가가 자신과 이 공간에서 함께 삶을 영위한다는 사실을 알아차렸습니다. 야생달팽이는 엘리자베스의 병상 옆 제비꽃 화분에서 1년을 살다가 숲으로 돌아갔습니다. 하지만 이 짧은 동거는 그녀에게 생명을 다시 생각하게 하는 계기가 되었지요.

야생달팽이는 인간에 비해 너무나 미미한 존재입니다. 몸집도 움직임도 비할 바가 못 됩니다. 하지만 이 한 생명이 그녀 곁에서 지금의 순간을 살아오기까지 무려 5억 년이라는 세월의 진화를 거쳐야 했음을 엘리자베스는 알아차립니다. 엘리자베스는 그 긴 세월의 진화가 부려놓은 작은 생명의 몸짓을 지켜보면서 자기 존재가 얼마나 덧없는 것이며, 그 짧은 생존의 시간에 겪고 있는 투병생활이란 것이 얼마나 찰나적인가를 느낍니다. 그 작은 생명체를 관찰하면서 비로소 생명의 시작을 사유하게 되고, 삶과 죽음이 교차하면서 펼쳐내는 목숨의 오묘한 파노라마를 겸손한 마음으로 사색하게 됩니다. 죽고 싶다는 생각에 사로잡혀 있던 그녀는 자신도 생명의 진화가 짜내려간 직물의 한 점을 차지하고 있으며, 길고 긴 생명의 역사에서 지금 자신이 처한 불행을 생존의 나락이라 여긴 것이 얼마나 나약하고 경솔한 짓이었는지를 깨닫게 되었지요.

연둣빛 표지의 작은 이 책은 아주 천천히 읽어야 합니다. 마치 달팽이가 기어가듯 그렇게 느린 마음으로 읽어가길 권합니다. 마지막 페이지를 덮을 즈음에 아마 당신은 자신이 생명과 생명이 어우러져 펼쳐내는 지상의 화음에서 가장 아름다운 파트를 맡고 있던 존재였음을 깨닫게 될지도 모릅니다.

귀를 기울이다

책이 좋아서 읽기 시작했고, 책을 읽으며 지내오다 어느 때부터인가 책 읽기가 직업이 되어버렸습니다. 사무치게 읽었고, 눈이 아프도록 읽었습니다. 책을 읽다 지치면 쉬려고 다른 책을 찾았고, 문득 어떤 책을 읽어야 책 읽기에서 해방될 수 있을지 알고 싶어 또 읽었습니다.

책에는 다양한 사람들이 등장합니다. 박경리 선생의 《토지》만 해도 대략 600명에 달하는 인물이 등장하고, 조정래 선생의 《태백산맥》에도 300명이나 되는 등장인물이 있다고 합니다. 책을 읽다 보면 내가 지금 글을 읽는 게 아니라 사람을 만나고 있다는 착각이 들 정도입니다. 그러니 책 한 권을 읽는다는 것은 수많은 사람을 동시에 만나고 있다는 말이 됩니다.

인물 하나하나의 이야기에 나를 내맡기다 보면 어느 사이엔가 저들의 속마음에 귀가 열립니다. 저들은 억울함을 풀겠다는 듯 하소연하고, 행여 또 다른 오해를 불러일으킬까 사방을 힐끗거리며 속닥거리고, 세상이 자신을 억울하게 몰아세운 것이 원통하다며 흐느낍니다.

책 속 세상에는 영웅도 악한도 모두가 저마다 자기 사연을 늘어놓습니다. 거인처럼 여겨졌던 이들에게도 탄식이 쏟아지고, 위선으로 똘똘 뭉친 악인에게도 수줍음이 있으며, 세상에서 가장 선량한 자에게도 교활한 눈빛이 숨어 있고, 명석한 철인에게도 생명에 대한 무지가 서려 있음을 알게 됩니다. 폭포수처럼 쏟아지는 그 속삭임과 흐느낌을 만나면서 책은 내게 지금까지와는 전혀 다른 세상을 보여줍니다. 당연하게 받아들여서 굳건하게 품던 생각들에 틈이 생기고, 이전에는 보지 못한 면을 보게 됩니다. 책이 내게 열어주는 세상은 이렇습니다. 그리하여 나는 탄식합니다.

'세상은 얼마나 작고 여린 것들로 가득 차 있는가!'

책이란 이렇게 작고 여린 것들의 아우성임을 알게 되면서, 그 아우성이 바로 내 안의 웅얼거림이었고, 세상을 향해 내가 뱉고 싶던 소리였음을 새삼 깨닫습니다. 그리고 나와 세상과 책 속의 등장인물 사이에 묘한 동질감을 느끼게 됩니다. 분명 당신도 나와 다르지 않을 겁니다. 당신도 나처럼, 책 속의 등장인물처럼 작고 여린 존재입니다.

인정한다면, 책을 펼쳐야 합니다. 책을 펼쳐서 저들의 나지막한 아우성과 당신의 목소리를 들어야 합니다. 세상을 가득 채우고 있는 작고 여린 것들의 아우성에 귀를 기울이다 보면 어느 사이 경청하는 그것만으로도 저들에게는 커다란 위로가 되고 있음을 알게 됩니다. 책을 읽는 시간은 그렇게 세상의 작고 여린 것들을 위로하는 행위입니다. 작고 여린 것이 더 작고 여린 것에게 손을 내미는 행위, 그 사이에 책이 있습니다. 이제 그 책을 권합니다.

2017년 가을의 초입에서
이미령

"문학은
인간이 어떻게 극복하고 살아가는가를
가르친다."

윌리엄 포크너

세상에서 한 걸음 비켜선
시인의 눈물

눈물은 왜 짠가
함민복

한 남자가 있습니다. 그는 공업고등학교를 졸업했고 원자력발전소에서 잠깐 근무하기도 했지만 글을 쓰고 싶다는 생각에 직장을 그만두었습니다. 그리고 글 쓰는 일에 매진했습니다. 그의 아주 짧은 시 〈성선설〉을 소개하면 이렇습니다.

손가락이 열 개인 것은 어머님 배 속에서 몇 달 은혜 입나 기억하려는 태아의 노력 때문인지도 모릅니다

이렇게 짧은 시로 문단에 데뷔한 이후 시인은 강화도로 들어갑니다.

그곳에서 생활하면서 오직 글 쓰는 사람으로 살아가기로 결심한 것입니다. '생활하면서'라는 말은 여느 사람들과 다르지 않은 삶을 살아간다는 뜻입니다. 시를 위한다며 예술혼을 불태우는 게 아니라 거친 노동도 하고, 이웃과 어울리며 살아가면서 세상을 자분자분 들여다봅니다. 그러다가 어느 순간 단어들이 뚜벅뚜벅 가슴에서 걸어 나오면 그걸 글로 옮기는 그런 삶을 살기로 한 것입니다. 가난한 삶을 택한 결과, 그의 작품에는 늘 생계의 비린내가 풍깁니다. 게다가 홀어머니를 모시지 못하는 자신의 처지에 대한 안타까움과 어머니에 대한 애상이 배경으로 깔려 있습니다.

시인의 홀어머니는 참 딱한 사정에 처해 있습니다. 젊어서부터 가난한 살림을 억척스레 꾸려왔지만, 여럿 있는 자식들 중에 어머니를 모실 형편이 되는 자식은 없습니다. 게다가 어머니는 오랫동안 중이염을 앓았던 터라 소리를 잘 듣지 못합니다. 이런 상황인 만큼 시인이 두 팔을 걷고 어머니를 모시겠다고 나설 수도 있었을 것입니다. 아니 나서야만 했습니다. 하지만 이제 막 시인의 삶을 시작한 그는 너무나 가난했습니다. 독자인 내 짐작으로는, 생계를 위한 밥벌이를 하지 않겠노라고 작정하여 어머니를 모실 수 없었는지도 모릅니다.

어머니 쪽은 어떨까요? 어쩌면 아들이 제 앞가림을 해서 늘그막에 의지가 되어주었으면 하는 바람도 있었을 것입니다. 하지만 어머니는 당신보다 아들 걱정뿐입니다. 이런 지경에 나온 그의 산문시가 바로 〈눈물은 왜 짠가〉입니다.

지난여름이었습니다 가세가 기울어 갈 곳이 없어진 어머니를 고향 이모님 댁에 모셔다 드릴 때의 일입니다 어머니는 차 시간도 있고 하니까 요기를 하고 가자시며 고깃국을 먹으러 가자고 하셨습니다 어머니는 한평생 중이염을 앓아 고기만 드시면 귀에서 고름이 나오곤 했습니다 그런 어머니가 나를 위해 고깃국을 먹으러 가자고 하시는 마음을 읽자 어머니 이마의 주름살이 더 깊게 보였습니다

고기만 드시면 귀에서 고름이 나오건만 제때 끼니를 챙겨 먹지 못할 아들을 위해 뜨거운 여름날 고깃국을 먹자고 식당을 찾아 들어간 어머니입니다. 설렁탕 두 그릇을 시키는 시인의 어머니 모습이 보입니다. 어쩌면 주머니 속에 꼬깃꼬깃 넣어둔 지폐를 재빨리 속으로 셈하였을 수도 있습니다. 잠시 후 식당 주인은 쟁반에 설렁탕 두 그릇을 담아 내왔을 테지요.

설렁탕에 다대기를 풀어 한 댓 숟가락 국물을 떠먹었을 때였습니다 어머니가 주인아저씨를 불렀습니다 주인아저씨는 뭐 잘못된 게 있나 싶었던지 고개를 앞으로 빼고 의아해하며 다가왔습니다

뜨거운 국물을 후후 불어가며 먹기만 하면 되는데 어머니는 대체 뭐가 더 필요했던 것일까요? 어머니는 설렁탕에 소금을 너무 많이 넣어서 짜졌다며 국물을 더 달라고 청합니다. 그러자 식당 주인은 흔쾌히

국물을 가져다줬는데, 문제는 지금부터입니다.

> 어머니는 주인아저씨가 안 보고 있다 싶어지자 내 투가리에 국물
> 을 부어 주셨습니다

아하! 결국은 이거였습니다. 다 큰 자식에게 설렁탕을 한술이라도
더 먹이고 싶은 마음에 식당 주인에게 거짓말을 한 겁니다. 시인은 몹
시 난감해졌습니다. 어머니 돈으로 밥을 얻어먹으니 자식의 마음도 편
하지 않겠지만, 무엇보다 식당 주인에게 들키기라도 한다면 말이지요.
몇 푼이나 한다고 짜다는 핑계를 대며 국물을 더 얻어먹느냐는 무언의
빈정거림이 쏟아질 터입니다. 분명 자신을 능력 없는 자로 생각할 테지
요. 그런 자식의 마음은 아랑곳하지 않고 어머니는 서둘러 자식의 설렁
탕 그릇에 국물을 더 부어줍니다.

> 나는 당황하여 주인아저씨를 흘금거리며 국물을 더 받았습니다
> 주인아저씨는 넌지시 우리 모자의 행동을 보고 애써 시선을 외면
> 해 주는 게 역력했습니다 나는 국물을 그만 따르시라고 내 투가
> 리로 어머니 투가리를 툭, 부딪쳤습니다 순간 투가리가 부딪히며
> 내는 소리가 왜 그렇게 서럽게 들리던지 나는 울컥 치받치는 감
> 정을 억제하려고 설렁탕에 만 밥과 깍두기를 마구 씹어 댔습니다

거짓말을 한 게 죄 들통이 났는데도 어머니는 알아차리지 못합니다.

아들 뚝배기에 뽀얀 국물 더 부어주느라 여념이 없습니다. 체면이 서지 않는 아들은 눈치보느라 바쁘고, 분명 힐끔거리는 아들의 시선이 주인 남자의 시선과 얽혔겠지요. 그 '얕은 수'가 발각되었으니 그만두시라고 어머니에게 일러주고 싶지만 차마 말을 할 수가 없습니다. 게다가 어머니는 소리도 잘 들리지 않는 분입니다. 아들이 할 수 있는 의사표시는 뚝배기를 툭 부딪치는 것뿐입니다. 쨍그랑도 아니고, 탕탕 하는 소리도 아니고, 툭! 하는 소리입니다.

그 '툭' 하는 소리. 세련되지도 못했고, 그렇다고 그악스럽지도 못합니다. 거짓말을 해서라도 제 자식을 챙기려는 어머니의 촌스럽고 투박하고 서툴기 짝이 없는 모성애를 소리로 표현한다면 바로 이 '툭'이라는 소리일 것입니다. 어머니의 사랑이 난감하기도 할 뿐만 아니라 이런 처지를 불러온 것이 결국은 자신의 무능력 때문이라는 자괴감과 자책감이 뒤엉켜 그는 하릴없이 깍두기만 우적우적 씹어댑니다. 그걸 씹으면서 그의 시선은 어디로 향해 있을까요? 참으로 정처 없이 식탁 위를 헤맸을 것입니다. 아들의 이러한 곤란함을 주인은 알았을까요? 아니면 어머니의 그 사랑을 이해해주었을까요? 식당 주인은 아무렇지도 않은 듯 깍두기 한 접시를 더 가져다줍니다.

그러자 주인아저씨는 우리 모자가 미안한 마음 안 느끼게 조심,
다가와 성냥갑만 한 깍두기 한 접시를 놓고 돌아서는 거였습니다
일순, 나는 참고 있던 눈물을 찔끔 흘리고 말았습니다 나는 얼른
이마에 흐른 땀을 훔쳐내려 눈물을 땀인 양 만들어 놓고 나서, 아

주 천천히 물수건으로 눈동자에서 난 땀을 씻어 냈습니다 그러면
서 속으로 중얼거렸습니다 눈물은 왜 짠가

다 큰 아들은 그날 지독하게도 굵은 땀을 흘렸을 테지요. "눈물을 땀
인 양 만들어 놓고 나서, 아주 천천히 물수건으로 눈동자에서 난 땀을
씻어 냈습니다"라는 이 표현은 읽고 또 읽어도 기가 막힙니다. 소리 내
울 수도 없고, 민망하다며 어머니에게 대놓고 짜증낼 수도 없는 일. 어
머니의 애끓는 사랑에 저항하지 않고 받아들여야 하는 아들의 몸짓은
고작 눈동자에서 난 땀을 씻어내는 동작뿐입니다. 그러고는 괜히 중얼
거립니다. 눈물은 왜 짠가. 대체 눈물은 왜 짠 걸까요?

어쩌면 이런 시인을 두고서 얼른 취직해서 어머니 모시고 효도할 일
이지 무슨 싸구려 감상이냐며 비난하는 사람도 있을 것입니다. 딴은 이
런 비난이 맞을 수도 있습니다. 하지만 시인의 사명은 보통 사람들과
는 좀 다른 방향을 향해 있습니다. 시인도 생계를 꾸려야 합니다. 하지
만 생계라는 일상에 자신을 묻어버리지 않고, 비탈진 언덕에서 비스듬
하게 매달려 일상을 지켜보는 사람이 시인입니다. 그런 관찰이 있기에
우리는 가난하고 귀가 먼 어머니의 자식 사랑과, 서툰 속임수를 보고도
못 본 척 속아 넘어가주는 식당 주인과, 깍두기 한 접시에 담긴 뜻과 눈
물이 짠 이유까지도 알게 되는 것이겠지요.

모두가 제 살기 바빠서 팔을 걷어붙이고 앞으로 달음박질쳐 나가는

요즈음, 누군가는 이 시인처럼 뒤로 물러서기도 해야 합니다. 우리의 치열한 몸부림에 인심과 인정은 힘없이 스러져가고 있습니다. 그런 인심과 인정을 다독이고 일으켜 세우는 사람도 있어야겠지요. 시인이 그와 같은 사람은 아닐까요? 그러기 위해 시인은 가난을 자처합니다. 제 어머니에게 효도하지 못한다는 죄책감에 평생을 번민하면서도 자신이 선택한 그 길을 꿋꿋하게 걸어가는 사람입니다. 그의 걸음은 비틀거릴 테고, 그런 만큼 그 입에서 나온 말과 손끝에서 빚어낸 글은 처절할 수밖에 없습니다. 하지만 함부로 쏟아내지 않고 몸 안에서 어르고 달래다 쏟아낸 언어라서 아름다울 수밖에 없습니다. 그 아름다움에 우리는 잊었던 서정을 회복합니다.

아참, 눈물이 왜 짜냐고 중얼거린 시인의 이름은 함민복입니다.

타인의 슬픔을 마주할 때
내 슬픔도 끝난다

별것 아닌 것 같지만, 도움이 되는
레이먼드 카버

살면서 깊은 슬픔에 빠져본 적이 있습니까? 사랑하는 사람과 헤어지고, 가까운 사람에게 배신을 당하고, 미워하는 사람에게서 벗어나지 못한 채 계속 엮이고, 자신이 가치가 없다는 것을 알아차릴 때……. 슬픔의 내용과 빛깔은 저마다 다르겠지만, 그 무게만큼은 누구에게나 같을 것입니다. 너무 무거워서 가슴이 짓이겨지는 것 같고, 어깻죽지가 내려앉고, 심장이 조여오고, 숨이 막혀서 헉헉대지만, 그 보따리를 어디에 어떻게 내려놓아야 할지 몰라 마냥 짊어지고 있습니다.

혹은 이런 적도 있을 것입니다. 지독한 슬픔에 사로잡혀 어찌할 바를 모르는 사람의 곁에 있어야 하는 경우, 게다가 그다지 친하지도 않은데 깊은 슬픔의 무게에 짓눌려 헉헉대는 사람의 분노를 고스란히 받아야 하는 경우입니다. 내게 닥친 일이 아니기 때문에 그 슬픔의 무게와 파장이 어떠한지 전혀 짐작하지는 못하지만 뭐라도 하지 않으면 안 되는 경우도 있습니다.

미국 작가 레이먼드 카버의 단편소설 〈별것 아닌 것 같지만, 도움이 되는〉은 느닷없이 찾아온 슬픔과 슬픔을 겪고 있는 사람을 대하는 자세를 다룬 이야기입니다.

앤과 하워드에게는 월요일에 여덟 살 생일을 맞는 사랑스런 아들 스코티가 있습니다. 앤은 아들을 위해 케이크를 맞추려고 토요일 오후 빵집에 갑니다. 아이가 좋아하는 초콜릿 케이크에는 우주선 발사대도 설치되어 있고, 행성도 장식되어 있습니다. 엄마인 앤은 빵집 주인에게 아들과 아들의 생일 케이크에 대해 하고 싶은 이야기를 마구 쏟아냈습니다. 그림이 그려집니다. 분명 앤의 머릿속에는 생일날 케이크와 선물 더미에 환호성을 질러댈 사랑스런 아들의 표정이 떠올랐을 테지요. 그런데 살짝 흥분해서 수다를 떨고 있는 고객을 대하는 빵집 주인의 자세는 시큰둥합니다. 별다른 대꾸도 맞장구도 하지 않고 묵묵히 듣고만 있습니다. 밤새 빵을 구워야 하는데 지금은 시간에 쫓기지 않으니 손님의 수다를 막을 필요는 없었습니다.

앤은 빵집 주인에게 자기 이름 '앤 와이스'와 전화번호를 적어 넣게 하고, 스코티의 생일파티는 월요일 오후에 열릴 것이라고 일러줍니다. 그러면서 앤은 빵집 주인의 모습과 태도를 평가합니다. 아버지뻘 되는 정도로 늙었고, 평생 이 보잘것없는 빵집에서 한 번도 풀려난 적이 없어 보이는 우울한 얼굴을 하고 있습니다. 서른세 살의 그런대로 행복한 시절을 보내고 있는 자신과는 달리 이미 인생의 황금기를 지나 죽을 때까지 밤새 빵만 구울 늙어빠진 남자……. 그런데도 빵집 주인은 어찌나 센스가 없는지 앤의 달뜬 수다와 경멸이 섞인 시선을 전혀 눈치채지 못합니다.

그렇게 주말과 일요일을 보내고 월요일 아침이 밝았습니다. 그런데 스코티는 등굣길에 뺑소니차에 치이고 그 길로 의식을 잃고 맙니다. 하루아침에 혼수상태에 빠져 병원 침상에 누워버린 어린 아들을 바라봐야 하는 부모의 심정을 뭐라 표현할 수 있을까요? 겉으로 보기에는 아주 말짱한데 아이는 깊은 잠에 빠져 깨어날 줄 모릅니다. 의사는 괜찮을 거라고 말합니다. 그 말에 스코티의 아버지인 하워드는 서둘러 집으로 돌아갑니다. 일단 몸도 씻고 옷도 좀 갈아입고 올 작정이었지요.

밤늦어 도착한 집에 느닷없이 전화벨이 울립니다. 하워드는 불현듯 공포에 사로잡힙니다. '그 사이 스코티에게 무슨 일이 생겼을까?' 병실을 괜히 비웠다는 생각에 서둘러 수화기를 듭니다. 그런데 수화기 저편에서 낯선 남자의 목소리가 들립니다.

"케이크 말이오. 십육 달러짜리 케이크."

다음 날에도 장난전화가 걸려옵니다. 이번에는 앤이 집에 돌아왔을 때 전화기가 울렸습니다.

"와이스 부인 되십니까?"

"스코티 얘기인가요? 그런가요?"

"스코티 얘기요. 그래요. 스코티랑 관계가 있죠. 그 문제는. 스코티 일은 잊어버리셨소?"

남자는 이렇게 말하고는 전화를 끊습니다.

스코티는 부모의 간절한 바람에도 불구하고 끝내 숨을 거둡니다. 그리고 부부는 장례를 준비하려고 집으로 돌아왔습니다. 하지만 망연자실 거실을 서성입니다. 대체 무슨 일이 벌어진 것일까요? 그저 사소한 교통사고였을 뿐인데, 한 생명이 사라졌고 그 생명이 내뿜는 기운으로 살아오던 젊은 부부는 자기 집 거실에서 길을 잃고 말았습니다. 주인을 잃은 아이 방의 모든 사물들도 사흘 만에 덩달아 생기를 잃어버렸습니다. 처음부터 자식이 없었다면 이런 아픔 같은 것도 없었을 테지요. 하지만 느닷없이 찾아온 자식의 부재를 받아들여야 하는 상황이 이들에게는 버겁습니다.

어찌되었거나 주변 사람들에게 아이의 죽음을 알려야 하겠기에 앤은 이곳저곳으로 전화를 겁니다. 그때 전화 한 통이 걸려 왔습니다. 이틀 전부터 늦은 밤마다 전화를 걸어온 사내였습니다. 앤은 참을 수가 없었습니다. 원하는 게 뭐냐고 소리를 질렀습니다. 그런데 수화기 너머의 그 남자는 엉뚱하게도 이렇게 대꾸합니다.

"당신 스코티 말이오. 당신 때문에 내가 그애를 준비해놓았소. 스코티를 잊어버렸소?"

불과 몇 시간 전에 아이의 사망선고를 받은 부모에게 이건 너무도 잔인한 말입니다. 앤은 무례하기 짝이 없는 전화에 불같이 화를 내다가 문득 기억해냅니다. 그 잔인한 사내는 빵집의 늙은 주인이었습니다. 스코티의 생일 케이크를 주문하면서 자기 이름과 전화번호를 남겼는데 이렇게 늦은 밤마다 장난전화를 걸고 있는 겁니다. 부부는 분노를 삭이지 못하고 빵집으로 차를 몰고 갑니다. 단단히 혼을 내줘야겠다는 생각이었지요.

늦은 밤, 상가 전체가 어둠에 휩싸였는데 밤샘 작업을 해야 하는 빵집에서만 불빛이 흘러나오고 있었습니다. 영업이 끝났다는 빵집 주인의 대꾸에도 아랑곳하지 않고 부부는 막무가내로 안으로 들어갔습니다. 낯선 부부의 습격에 처음에는 어리둥절하던 빵집 주인도 그제야 이들의 정체를 알아차린 듯합니다. 그런데 그는 오히려 뻔뻔하게 이렇게 말합니다.

"이제야 케이크가 필요해진 모양이군. 당신이 케이크 주문한 건 기억하시오?"

케이크를 주문할 때는 세상을 다 가진 듯이 들떠서 수다를 늘어놓더니 정작 약속한 시간에는 나타나지도 않고, 사흘이나 지난 생일 케이크는 이미 상해버려서 팔 수도 없게 되었습니다. 밤낮없이 일하며 밤샘 작업까지 해야 겨우 수지를 맞출 수 있는 작은 빵집 주인으로서는 고스란히 시간과 돈만 날려버린 셈이지요. 작업하러 나온 시간이 한밤중이라 늦은 시간에 독촉 전화를 걸 수밖에 없는 그의 사정도 딱한 노릇이긴 합니다. 하지만 어린 자식을 졸지에 잃은 부모의 심정에 비할 수는 없습니다.

"우리 아들은 죽었어요."

간신히 이성을 되찾은 앤은 침착한 목소리로 아들의 죽음을 알립니다. 하지만 이내 격정에 휩싸여 빵집 주인에게 거칠게 욕을 퍼붓지요. 아무리 그래도 고작 생일 케이크 하나 때문에 자식 잃은 부모에게 그런 전화를 해대다니요. 빵집 주인에게 욕설을 퍼붓던 앤은 끝내 울음을 터뜨립니다. 눈앞에서 아들의 주검을 보고도 나오지 않던 눈물이 폭포처럼 쏟아집니다. 아들을 데리고 병원으로 달려간 이후 물 한 모금, 빵 한 조각 삼키지 못한 엄마입니다. 아들을 친 운전자는 사라져 버리고 없습니다. 의사는 기다려보면 의식을 되찾을 거라고 말하더니 아들이 죽고 나자 '유감'이라는 말만 되풀이했습니다. 이 모든 일이 왜 일어났고, 누구를 탓해야 하며, 어떻게 받아들여야 할지도 판단이 서지 않습니다. 슬픔과 상실의 무게에 혼돈의 더께까지 얹혔습니다.

빵집 주인은 그제야 상황을 파악하게 됐습니다. 그 앞에는 지금 막 어린 자식을 떠나보내고 어쩔 줄 몰라 하는 젊은 부모가 서 있습니다.

당신이 이 빵집 주인이라면 무슨 말을 하시겠습니까? 어떤 제스처를 취하시겠습니까? 당신이 생사를 초탈한 수행자도 아니요, 지적인 소양도 그다지 없어 두어 마디 이상의 문장을 말하지도 못하는, 작은 빵집에서 평생을 늙어온 사내라면 지독한 슬픔에 빠진 이들에게 무슨 말을 건네겠습니까?

이 소설의 마지막 장면에서 빵집 주인은 의자 세 개를 마련하여 부부에게 앉기를 권하고 자신도 나란히 앉습니다. 그리고 방금 오븐에서 꺼낸 따뜻한 빵과 커피를 내놓으며 말합니다.

> "내가 갓 만든 따뜻한 롤빵을 좀 드시지요. …… 이럴 때 뭘 좀 먹는 일이 별것 아닌 것 같지만, 도움이 될 거요."

슬픔을 삼켜버려 허기를 느끼지도 못하고 있던 부부는 갓 구운 따뜻한 빵 냄새를 맡고 한입 가득 베어 뭅니다. 그리고 이제 이야기가 펼쳐집니다. 그런데 말하는 사람은 빵집 주인입니다. 그는 부부를 위로할 줄도 모릅니다. 자신의 무신경을 사과한 뒤 자기 이야기를 들려줍니다. 상가 전체가 시커먼 어둠에 휩싸인 가운데 홀로 불을 밝힌 작은 빵집에서 이제 막 지독한 슬픔을 맛본 부부를 향해, 처음부터 슬프게 살아왔던 사내가 자신의 이야기를 들려줍니다. 밤새도록.

레이먼드 카버의 짧은 소설은 이렇게 끝이 납니다. 늙은 빵집 주인이 무슨 말을 했는지도 구체적으로 밝히지 않습니다. 부부의 슬픔이 치유됐는지도 잘 모르겠습니다. 그저 새카만 어둠 속에서 홀로 불을 밝힌

가게 안, 갓 구운 빵 냄새를 맡으며 게걸스레 먹어대는 슬픈 사람이 있고, 슬픈 줄도 모르고 살아왔다가 그제야 자기 이야기를 쏟아내는 사람이 있을 뿐입니다.

　세상에는 슬픔이 한가득입니다. 그 속에서 어쩌면 우리는 누가 더 슬픈지 경쟁이라도 하듯 슬픔의 절정을 향해 내달립니다. 상대도 슬프리라는 생각은 하지 못합니다. 내 슬픔의 레인에서 달리기에만 골몰합니다. 그러다 문득 옆을 돌아보고서 또 다른 슬픔의 주자를 발견할 때, 비로소 슬픔의 달리기는 끝이 납니다. "당신도 그랬구나!" 하는 진한 파동이 느껴질 때 슬픔의 세상에는 빛이 비칩니다. 희미한 불빛이 비치는 빵집처럼 말이지요.

간격, 인내, 책임,
세속을 살아가는 세 가지 힌트

어린 왕자
앙투안 드 생텍쥐페리

생텍쥐페리의 《어린 왕자》를 소녀감성이 충만한 사춘기 때 처음 읽었습니다. 당시만 해도 《어린 왕자》는 어린이를 위한 동화로 생각했으니까요. 그런데 그때는 책의 내용을 이해하지 못했습니다. 대체 사막에 난데없이 왜 어린 왕자가 나타났으며, 밑도 끝도 없이 그림을 그려 달라고 조르기까지 하는 이유를 모르겠더군요. 사막에 불시착한 조종사와 어린 왕자의 조합도 영 서걱거렸습니다. 왕자가 자기 별을 떠나 세상을 여행하며 만난 사람들 이야기도 그리 와 닿지 않았고, 장미꽃이며 사막여우는 어린 왕자를 괴롭히는, 어쩐지 좀 영악하게 느껴지기까지 했습니다.

친구들은 《어린 왕자》가 감동적이라고 말했지만 나는 동의하지 못했습니다. 그러다 마흔이 훌쩍 넘어서 이 작품을 다시 읽었습니다. 아, 그런데 뭔가 느낌이 왔습니다. 한 번 더 읽고 또다시 읽고 나서 무릎을 쳤습니다. 그렇습니다. 이 작품은 어린이가 아니라 어른이 읽는 책이었습니다. 좀 더 극단적으로 말하자면, 어린이는 읽을 필요가 없는 책이었습니다. 세상에나, 주인공이 어린 왕자니까 어린이가 읽을 책이라며 부모들은 아이에게 이 책을 선물하기도 합니다만, 정작 이 책은 그 부모들이 읽어야 할 책이었던 것입니다. 나는 이제 어른의 눈으로, 이 책을 음미해보려 합니다.

　살면서 사막에 불시착해본 적이 있습니까? 오늘이 어제와 다르지 않고, 내일도 오늘과 다를 게 없을 우리네 삶. 이전과 전혀 다르게 살 수도 있다는 걸 짐작하지 못한 채 살아온 사람들을 생텍쥐페리는 사막으로 보냅니다. 단단하게 안정되어 있는 일상에 지각변동이 일어나고 몸과 마음이 흔들리는 지독한 충격을 가합니다. 평범한 삶에서 '사막의 불시착'은 이변 중에서도 이변입니다. 게다가 고립무원의 처지에 물도 떨어져가는 상태입니다. 죽느냐 사느냐 절체절명의 위기입니다. 볕은 뜨겁지만 몸을 숨길 그늘 한 자락 없고, 해가 지면 꽁꽁 얼어붙게 만드는, 동서남북 분간할 수 없는 사막에 홀로 내쳐져 의식마저 몽롱해질 즈음 어린 왕자가 불현듯 다가옵니다.
　느닷없이 나타난 어린 왕자는 사막에 불시착한 비행기 조종사의 어린 시절의 자신이라고 생각합니다. 그러니 사막에서 생전 처음으로 나

자신과 마주친 것이지요. 그 어린 왕자 정도였을 시절, 우리는 인생에 대해 숱한 호기심과 설렘을 품은 채 세상 밖으로 뚜벅뚜벅 걸어 나가기만을 기다립니다. 적어도 우리들에게 바깥세상은 성공과 희망, 호기심과 낭만으로 가득 차 있는 공간이었습니다. 부랴부랴 성인이 되어 첫발을 내디딘 그 세상! 그런데 정작 세상의 구성원이 되어 활보하고 다닌 인간의 거리는 어떻던가요?

권위에 사로잡혀 자기 아닌 모든 사람을 내려다보며 제 수족으로 여기는 사람이 있습니다. 그는 스스로를 왕이라 여기며 주위를 향해 복종을 강요하지만 진정 마음으로 복종하는 신하는 한 사람도 없습니다. 신하가 하나도 없는 왕, 그런데도 그는 옥좌에서 내려올 줄 모릅니다.

다른 사람의 칭찬만을 갈구하며 살아가는 사람도 있습니다. 스스로의 의지로 우뚝 서지 못하고 언제 어느 때라도 누군가 자신에게 칭찬해주기만을 갈망하며 살아가는 참으로 못난 사람입니다.

종일 술을 퍼마시는 사람도 있습니다. 그래도 체면은 있는지 술에 절어 살아가는 자신이 부끄럽기 짝이 없습니다. 그리고 그 부끄러움을 잊기 위해 또다시 술을 마시는 사람입니다.

부자가 되려고 54년 동안 숫자만 헤아리며 사는 사람도 있습니다. 그는 어찌나 바쁜지 담뱃불 붙일 여유도 없습니다. 그렇게 해서 세상의 온통 특이한 것들을 소유하지만 그걸 제대로 감상할 줄은 모릅니다. 숫자의 특징은 끝이 없다는 점입니다. 부자가 되려면 어떤 숫자까지 가야 할까요?

평생 단조로운 노동에 종사하는 사람도 있습니다. 단 한 번도 자기 의지대로 살아보지도 못한 채 명령이 떨어지면 이행할 뿐입니다. 황혼을 즐길 줄도, 어둠을 가만히 느껴볼 줄도, 환한 불빛의 축복을 누릴 줄도 모른 채 피곤하다는 말만 일삼으며 시키는 대로 하는 사람입니다.

아주 두꺼운 책을 쓰고 있는 지리학자 같은 사람도 있습니다. 오직 사실의 기록에만 치우쳐 가슴으로 세상을 느낄 줄 모르는 사람입니다. 느낌이건 공감이건 소통이건 그런 건 관심 밖이요, 오직 책을 쓰고 기록하는 것으로 자신의 존재 이유를 대는 사람입니다. 지리학자라지만 정작 실재하는 지리는 전혀 만나지 않습니다. 그저 책상 앞에서 문자로 지리를 연구합니다. 책으로 세상을 배우고, 책으로 인생을 배우고, 책으로 연애를 하고, 책으로 공감을 할 뿐, 실제 세계를 두 발로 뚜벅뚜벅 걸어 다니며 가슴으로 만날 생각은 전혀 하지 못하는 사람, 그에게 세상은 책상 위의 문자에 지나지 않습니다.

어린 왕자가 자기 별을 떠나 세상을 두루 다니며 만난 어른들의 모습은 철부지 아이들만도 못합니다. 어쩌면 어른이란 어린이가 성숙해진 상태가 아니라 어린이가 몸집만 불린 존재일지도 모릅니다.

혹시 이런 유형 가운데 내 모습도 있을까요? 세상을 가슴이 아닌 문자를 통해서 보려 하거나, 나쁜 습관을 과감히 끊지 못하고 그게 부끄러워 더 큰 허물을 만든다거나, 내 말만 들으라고 목소리를 높였다거나, 나를 칭찬해주는 사람이 없는지 주변을 서성이며 살아간 적이 한 번도 없었다고는 할 수 없을 겁니다. 어른들이 살고 있는 세상은 이렇습니다. 세상에는 이런 비극적인 어른들로 가득합니다. 그리고 어린 왕자가 만난 저 어른들 중에 내 모습이 보입니다.

솔직히 말하자면, 나는 이다음에 어른이 되면 무척 현명해지고 관대해질 줄 알았습니다. 어른은 모두 성숙한 사람이라고 생각했기 때문입니다. 하지만 나이가 들면 들수록 나는 점점 더 치졸해지고 옹졸해집니다. 게다가 세상과 인간과 자연에 대한 호기심과 경외감은 오히려 줄어들어 대롱으로 세상을 보며 큰소리를 치고 있습니다. 철없는 행동을 하면 아이 같다며 꾸짖습니다. 그런 치졸한 인간이 이립(而立)하고 불혹(不惑)을 거치고 지천명(知天命)에 들어선 현재 나의 본모습이라는 걸 부정할 수는 없습니다. 그리고 또 하나, 더도 덜도 말고 딱 나 같은 내 이웃을 비웃고 버거워하기까지 합니다. 이게 어른인 내 모습입니다.

사람들 속에 사는 덕분에 외로움을 잊을 수 있어서 좋았습니다. 하지만 사람 관계, 세상과의 인연은 또 다른 문제를 불러왔습니다. 끝없이 신경을 쓰고 상대를 인정해주어야 했습니다. 나 혼자도 버거운데 상대는 자신을 봐달라고 끊임없이 졸라댑니다. 골치 아픈 속세의 인연을 다 끊고 조용한 곳에 들어가 독야청청하며 살 수는 없을까요? 불가능한 일은 아닙니다. 하지만 이미 나는 세속에 깊이 발을 담그고 살아가고 있습니다. 나로 인해 누군가는 삶의 끈을 이어가고 있을 테지요. 피할 수는 없습니다. 불안하기 짝이 없는 내가 똑같이 불안정한 타인과 함께 살아갈 좋은 방법은 없을까요?

생텍쥐페리는 이런 딜레마를 장미 한 송이와 어린 왕자의 관계로 보여줍니다. 춥다, 덥다, 목마르다, 지겹다는 투정을 연신 내뱉으며 잠시도 마음 편히 살 수 없게 심술부리는 장미가 바로 우리가 세상에서 인연을 맺고 살아가는 사람들입니다. 어린 왕자는 그 관계 속에서 목이 조여 오는 고통에 시달리다 편한 세상을 찾아 훌쩍 떠나버린 것이지요. 그 결과 지독한 외로움을 겪으며, 무엇을 보더라도 자신을 괴롭힌 장미를 떠올리게 됩니다. 그리고 친구를 찾는 어린 왕자에게 사막여우는 이렇게 조언합니다.

"참을성이 있어야 해요. 우선 조금 떨어져 앉아 있어야 해요. 무엇보다 말을 하지 말아야 해요. 말은 오해의 근원이니까. 하지만 그렇게 아무 말도 하지 말고 하루하루 가까이서 지내다 보면 조금씩 서로 가깝게 다가갈 수 있지요."

여우는 한 가지를 더 주문합니다.

"서로 예절을 지켜야 해요. 만나러 오는 시간이 꾸준해야 한다는 말이지요. 그렇게 되면 어느 사이엔가 나는 당신이 오게 될 즈음에 설레게 될 거예요. 당신이 오후 4시에 온다면 난 3시부터 마음이 들뜰 거예요. 시간이 흐를수록 행복한 기분은 점점 더 부풀어가서 4시가 되면 행복해서 어찌할 바를 모를 거예요. 그러다 당신을 보게 되면 행복감에 활짝 꽃 핀 얼굴로 당신을 맞게 될 거예요. 하지만 시간을 지키지 않으면 당신을 맞이할 마음의 준비를 할 수 없을 테니까 일종의 의식을 준수하는 것이 좋아요."

그리고 헤어질 시간이 되자 여우는 마지막 비밀 한 가지를 일러줍니다.

"가장 중요한 건, 자신이 길들인 것에는 책임을 져야 한다는 사실이에요."

생텍쥐페리는 이 작품을 쓸 당시 조국 프랑스를 떠나 망명한 상태였으며, 문인들 사이에서도 그리 환영받지 못했습니다. 게다가 자유분방한 아내와도 삐거덕거렸으니 마흔네 살의 사내는 사는 게 참 곤혹스러웠을 겁니다. 하지만 어쩌겠습니까? 버릴 수도 없는 것이 세상인지라 차라리 세상으로 더 깊숙이 들어갈 밖에요. 그걸 암시하는 듯 고장 난 비행기가 기적적으로 고쳐집니다. 그는 이제 비행기를 타고 사막을 떠나 세상 속으로 날아 들어가게 됩니다. 그렇다면 이제 어린 왕자는 어떻게 해야 할까요? 비행사의 또 다른 어린 '나'였던 어린 왕자는 사라져야 합니다. 왕자가 뱀에 물려 죽은 것은 그 때문입니다. 언제까지나 어린 나를 불러내 함께 살 수는 없을 테니까요.
　세상에 지쳐 사막으로 날아들던 조종사는 살아갈 지혜를 이렇게 조금 얻었을 것입니다. 어렸을 때 내가 꿈꾸었던 세상, 다 자라서 내가 활보하는 세상, 그 둘 사이에 거리가 생기는 것은 어쩔 수 없겠지요.

생텍쥐페리의 《어린 왕자》는 '세속을 살아가는 법'에 대한 이야기라고 감히 말하겠습니다. 우리는 누군가와 관계를 맺고 살아갑니다. 하지만 타성에 젖은 눈으로 대상을 바라보고 그 관계에 철저히 계산기를 두드립니다. 그러면서 불행하다고 절규합니다. 하지만 어린 왕자는 조언합니다.

조금 거리를 둘 것.
꾸준할 것.
자신의 선택에 책임을 질 것.

이렇게만 한다면 세상에서 가장 아름다운 나만의 장미꽃을 보게 될 거라고 말이지요.

손해만 계산할 줄 알았던
인생을 향한 슬픈 연주

로실드의 바이올린
안톤 파블로비치 체호프

"아하, 이 사람! 척 보면 견적이 탁 나오는데, 그걸 꼭 계산해봐야 해?"

무엇이든 이익인지 손해인지 따져야 하는 세상. 그 견적이란 것 좀 제대로 내보려고 계산기를 두드리지만 그조차도 미련하다는 이들이 있습니다. 복잡다단하기만 한 세상인데 그런 사람들은 동물적 감각을 타고났지 싶습니다. 척 보고도 그게 어떻게 이익인지 손해인지 견적이 탁 나온다는 것일까요?

'가성비'니 '가용비'니 하는 말이 많이 쓰입니다. '가격 대비 성능', '가격 대비 용량'이라고 하지요. 같은 돈이라도 그 '값'을 얼마나 제대로 하느냐를 중요하게 여깁니다. 산다는 것은 모든 이들이 자기 목숨과 인생이란 값을 세상에 내놓은 것, 그러니까 본전을 잘 뽑는 것이 중요하고 거기에 이익까지 챙겨야 잘 산 인생이라는 것이지요. 어느 시점에서는 지금까지 살아온 삶의 명세서를 뽑아보고 싶기도 합니다. 이익이 많은지 손해가 많은지 말입니다.

시골보다도 못한 소도시에 살고 있는 야코프 이바노프는 일흔 살 먹은 노인입니다. 그는 관 짜는 일을 하고 있습니다. 누군가 죽어야지만 이익이 되는 직업이지요. 야코프 머릿속에는 누가 언제 죽을 것인가 하는 계산만 가득합니다. 누군가 죽어야만 하는데 아직 살아 있을 경우, 혹은 야코프가 사는 소도시가 아닌 다른 곳에서 장례를 치를 경우 그의 손해는 이만저만이 아닙니다. 하여 그의 하루는 '오늘 대체 얼마를 손해 봤나' 하는 계산으로 채워집니다.

그런 그에게도 취미가 있으니 바이올린을 아주 잘 켭니다. 가끔 악단에 초대되어 마을 결혼식에서 진가를 발휘합니다. 하지만 결혼식이라는 흥겨운 자리에서도 그는 기분이 썩 좋지 않습니다. 옆자리에서 플루트를 부는 로실드 때문입니다. 이 녀석은 비쩍 마르고 볼품없는 유대인인데, 무엇보다도 녀석의 연주가 마음에 들지 않습니다. 아무리 흥겨운 곡도 녀석의 플루트에 실리면 구슬퍼지기 때문이지요.

그러잖아도 평생 손해만 보고 살아온 것 같아서 미칠 지경인데 비리비리한 유대인 로실드의 플루트를 듣고 있자면 짜증이 치밀어 오릅니다. 하여 로실드를 향해 거침없이 욕설과 비난을 퍼붓고 심지어 주먹을 휘두릅니다. 그가 유독 로실드에게만 거칠게 구는 것은 어쩌면 동정심을 유발하는 로실드에게서 자신이 애써 감추고 싶은 모습을 보았기 때문인지도 모릅니다. 그래서 악단의 지휘자는 가급적 야코프를 부르지 않으려고 합니다. 그러면 그는 또 계산에 들어갑니다. '빌어먹을……, 대체 오늘 내가 얼마를 손해 본 거야!'

이런 야코프에게도 50년을 함께 산 아내가 있습니다. 남편이 어찌나 손익을 따지던지 차 대신 따뜻한 물 한 잔으로 만족해야 했고, 남편의 심기를 거스를까 봐 조바심치며 살아온 아내 마르파입니다. 그런데 1년 전부터 아내가 비틀거리며 앓기 시작한 것입니다. 하지만 아내의 병은 안중에도 없습니다. 하루 노동을 마치고 침대에 누워 시름시름 앓는 아내 옆에서 그날 하루 세상의 인정머리 없는 인간들이 자신에게 끼친 손해를 계산하면서 발을 동동 구를 뿐입니다. 그게 고스란히 자기 주머니에 들어왔다면, 그 돈은 이자에 이자를 낳았을 테고……. 이자까지 계산해보니 이건 어마어마한 손해입니다. 계산을 하면 할수록 울화통이 터져 견딜 수가 없습니다. 그 막대한 돈이 자기를 비웃고 호로록 허공으로 날아가 버렸다는 상상을 하며 손에 잡아본 적도 없는 이득의 손실에 흥분해서 울분을 토해낼 때, 그의 늙은 아내는 신음을 토해내며 죽어가고 있던 것입니다. 그런 아내의 상태를 제대로 알아차린 것은 발병 후 1년 뒤입니다.

"야코프! 나, 죽어요!"

야코프는 깜짝 놀랍니다. 그런데 그가 놀란 이유는 죽음이라는 무시무시한 종말을 앞둔 아내의 표정이 이상할 정도로 환하고 기쁨에 차 있었기 때문입니다. 야코프가 잘못 본 것은 아닙니다. 실제로 마르파는 기뻤습니다. 온기가 느껴지지 않는 좁은 오두막, 누군가의 종말을 기다리며 쌓여 있는 관들, 그리고 평생 손해 본 액수만 기록하며 자신의 불행을 탄식하는 남편…… 이 모든 것에서 이제 풀려나게 되었기 때문입니다. 부부는 부랴부랴 병원을 찾아가지만 아무런 처방도 받지 못한 채 오두막으로 돌아와야 했습니다. 그다음 대목이 참으로 인상적입니다.

집으로 돌아온 마르파는 오두막에 들어가 페치카를 붙들고 10분 정도 서 있었다. 자리에 누우면 야코프가 또 손해 본 일을 이야기하며 노상 누워만 있을 뿐 일을 하지 않는다고 구박할 것 같았다. 야코프는 답답한 마음으로 그녀를 바라보며 생각했다. …… 그는 쇠로 된 자를 집어 들고는 할멈에게 다가가 그녀의 키를 쟀다. 그리고 그녀가 자리에 눕자 성호를 긋고 관을 만들기 시작했다. 작업이 끝났을 때 브론자(야코프의 별명)는 안경을 쓰고 수첩에 다음과 같이 적었다. "마르파 이바노바의 관 2루블 40코페이카." 그러고는 한숨을 내쉬었다.

간신히 서 있는 늙고 병든 아내의 키를 재고 관을 짠 뒤 그가 장부에 기록한 아내의 관값에는 분명 마이너스 표시가 되어 있었을 테지요. 50년을 함께 살아온 늙은 아내마저 그에게 손해를 입히고 떠나가려 합니다. 그나마 다른 장의사에게 돈을 쓰지 않아도 되었으니 그걸로 손익을 '퉁'쳐야 할까요? 그런데 아내는 이런 남편의 마음은 아랑곳하지 않은 채 엉뚱한 이야기를 꺼내고 있습니다.

> "야코프, 기억나요? …… 50년 전에요, 하느님이 우리한테 금빛 솜털이 보송보송한 아기를 보내주셨던 거 기억나요? 당신이랑 나랑 그때 내내 강가에 앉아서 노래를 불렀죠……. 버드나무 아래에서요."

하지만 그 금빛 솜털 보송보송한 아기는 금방 죽어버렸고, 야코프는 늙은 아내의 회상을 따라가 보지만 버드나무도 아기도 도통 기억나지 않았습니다. 그리고 다음 날 아침나절에 아내는 눈을 감습니다. 가급적 돈을 쓰지 않으려고 야코프는 자신이 할 수 있는 의식은 스스로 했고, 평소 마르파의 인품에 감화를 받은 가난한 이웃들이 몰려와서는 돈 한 푼 안 받고 힘을 보태주어 무사히 장례를 마쳤습니다. 문제는 이제부터입니다.

아내를 묻고 돌아오는 길에 야코프는 숨이 가빠져왔습니다. 다리 힘이 풀리고 심한 갈증에 시달렸습니다. 그러면서 온갖 상념들이 몰려들기 시작했습니다. 자신에게는 개나 고양이와 다를 바 없던 아내가, 하지만 50년을 소리 없이 자기 옆에서 시중들고 보호해주던 유일한 안식처인 그 마르파가 이제 옆에 없다는 사실을 절감했던 것입니다. 그리고 집으로 돌아오는 길에 아내가 중얼거렸던 강가의 그 버드나무를 우연히 발견합니다. 그리고 한순간 금빛 솜털이 보송보송했던 아기와 버드나무의 추억이 생생히 되살아나며 그를 덮칩니다. 그때는 걸핏하면 강물이 범람했고 울창한 숲이 자리했건만, 50년의 세월은 주변 풍경을 참으로 빈약하기 이를 데 없이 만들었습니다. 하지만 야코프는 역시 야코프였습니다. 저 강을 잘 이용했다면 큰돈을 벌었을 텐데……. 그러면 아내에게 조금은 더 친절하게 대했을 수도 있었을 텐데……. 악단의 가여운 유대인 로실드에게 모욕을 줄 필요도 없었을 텐데…….

인생은 끝까지 그를 조롱하듯 손해만 입히고 사라져간 기억들만 떠오르게 합니다. 그는 잠을 이루지 못하고 뒤척입니다. 그리고 이제 자신에게도 최후가 다가왔음을 알게 됩니다. 차라리 잘 됐다고 해야 할까요? 살아 있으면 먹고 마시느라 돈을 써야 하고, 세금으로 돈을 날려야 하고, 가여운 사람들을 모욕해야 하거늘, 차디찬 땅에 묻히는 순간부터는 그런 손해가 찾아오지 않을 테니 말입니다.

그는 오두막 문턱에 걸터앉아 바이올린을 연주하기 시작합니다. 손해만 남기고 사라져버린 인생을 생각하며 끝없이 연주합니다. 연주하는 야코프의 눈에 눈물이 차올라 흘러내립니다. 연주에 취한 걸까요, 상념에 홀린 걸까요. 바이올린 연주는 구슬프게 흐르고 어느 사이 곁에 와서 앉은 가여운 유대인 로실드마저 끝없이 눈물 흘립니다. 차가운 강철 심장을 지닌 야코프의 바이올린은 유언대로 로실드에게 전해집니다. 로실드는 이제 플루트를 불지 않고 바이올린을 켭니다. 그가 문턱에 걸터앉아 야코프의 연주를 떠올리며 바이올린을 켤 때면 몰려든 사람들이 너도나도 알 수 없는 눈물을 흘리게 되었습니다.

세상의 모든 것은 사라집니다. 그 어느 것도 내게 남지 않습니다. 쫙 벌린 손가락 사이로 흘러내리는 모래처럼 모든 것이 그렇게 흩어져가는 것, 그게 인생인 것이지요. 빈손으로 왔다 빈손으로 가는 게 인생인 줄은 알지만 자꾸 주먹을 쥐어봅니다. 움켜쥐려는 이 마음. 인생을 손해와 이익으로만 따져보려니 이 목숨이 갑자기 가련해집니다. 그걸 알아차리기가 이렇게도 어려울 줄이야……

평생 옆에서 온기를 내뿜은 마르파도 있었고, 애절한 연주를 들려준 로실드도 있었을 텐데, 그들을 장부에 기록할 줄 모르고 살아온 인생입니다. 쓸쓸한 오두막 문턱에 걸터앉아 바이올린을 연주하며 야코프가 마지막으로 쏟아낸 눈물이야말로 생애 처음이자 마지막으로 맞이한 카타르시스요, 회심의 징표가 아니었을까요. 차가운 심장으로 살아온 삶을 향한 진혼곡이 자꾸만 귀에 울립니다.

누구와 싸우는지 모르는
우리 모두는 미생의 범부

미생
윤태호

내가 하는 일은 불교 강의입니다. 대체로 사찰에서 여는 불교 교양 대학에 출강하여 불교 교리나 붓다의 생애, 또는 경전을 해설하는 일을 하고 있지요. 강단에 서서 붓다의 이야기를 쏟아낼 때는 행복합니다. 다 좋은 말이니까요. 강의하는 나도 행복하고, 듣는 이들도 행복해 보입니다. 그런데 2천 년 넘게 지난 과거에 쓰인 성현의 말씀들을 지금의 대중들과 공감하는 것이 어려울 때도 많습니다. 너무 오래전의 이야기라서 오늘날의 정서와 맞지 않는다는 느낌이 들기도 합니다. 그리고 세속을 떠나 수행하는 이들을 위한 이야기가 세속에서 치열하게 살아가는 사람들에게는 어떤 의미가 있나 하는 자괴감에 빠지기도 합니다. 홀로 음미하면서 읽어갈 때는 의식하지 못했는데 사람들과 함께 읽고 설명하자면 눈앞이 캄캄해질 때가 한두 번이 아니었습니다.

세간의 전사들은 싸워야 합니다. 새벽 별을 보며 달려 나가서 온종일 땀내가 나도록 뛰어다녀야 합니다. 그런 세속 사람들에게 비저항과 비폭력 자세로 일관하면서 자신의 내면으로 걸어 들어가라는 불교경전 구절들을 들이대기가 무척 미안하고 난감합니다. 이따금 이런 질문을 받기도 합니다. "성자의 말씀은 다 좋습니다만, 성자가 아닌 우리는 어떻게 살아가야 하나요? 언제까지 얼마나 마음공부를 해야 하나요?" 그 질문을 안고서 돌아올 때, 캄캄한 차창 밖으로 멍하니 시선을 던집니다. 어둠 속에서 한 사내가 뚜벅뚜벅 걸어옵니다. 장그래. 윤태호의 만화《미생》의 주인공입니다.

이 만화는 지극히 세속적인, 세속적이어도 너무나 세속적인 직장인들의 이야기를 그리고 있습니다. 야근을 밥 먹듯이 하고, 퇴근 후에 만취는 기본이요, 한 푼 두 푼 이익을 따지고, 승진을 바라고, 뒷돈을 챙기고, 상사 뒷담화에 후배 괴롭히는 무역회사 사람들의 땀내 나는 이야기입니다.

불교경전이라는 반짝이는 조각배에 올라 피안(彼岸)을 향해 노를 젓다 불현듯 차안(此岸)에서 만신창이로 살아가고 살아내는 사람들을 그린 '만화'가 떠오른 것은 대체 무슨 이유일까요? 너무나 유명한 작품이라서 많은 사람들이 알고 있겠지만, 먼저 줄거리를 간단히 소개해야겠습니다.

만화 《미생》은 바둑계에 프로기사로 입문하려다 실패한 청년 장그래가 주인공으로 등장합니다. 그래서 바둑 이야기이면서도 젊은 직장인 이야기이자 인생 이야기이기도 합니다. 장그래는 어려서부터 바둑에 비상한 재능을 보입니다. 하지만 10년이 넘는 세월에도 불구하고 프로로 입단하는 데 실패하자 바둑계를 떠나고 맙니다. 바둑에 미쳐 있는 사이 아버지가 사업 실패로 세상을 떠나고 어머니는 막노동으로 하루하루 힘겹게 연명하고 있을 때, 그제야 자신의 처지가 눈에 보였던 것입니다. 그는 바둑으로 성공하겠다는 일념으로 학교도 제대로 다니지 않아 고등학교 졸업장도 검정고시로 해결해야 했습니다. 그나마 지인의 도움으로 무역회사에 취직을 하게 됩니다.

검정고시로 따낸 고졸 학력이 전부인 장그래. 영어회화는 아예 불가능하고, 경제나 무역 용어도 아는 게 없습니다. 그에게는 사장 백으로 들어온 '낙하산 인사'라는 불명예가 씌워졌습니다. 그나마 다행이라면 2년제 계약직 인턴사원으로 출발했다는 점입니다. 2년 동안 열심히 일해서 자신의 성실함과 능력을 보여준다면 그때는 사정이 좀 달라지리라는 희망을 품고 직장에 다닙니다. 후드티를 입고 밥도 굶어가며 시간 관념 없이 바둑에만 골몰하던 때와는 사뭇 달라졌습니다. 이른 아침이면 어김없이 일어나 양복을 입고, 어깨를 반듯하게 펴고, 만나는 사람마다 허리를 구십 도로 굽히면서 깍듯하게 큰 소리로 인사를 하는 신입사원이 된 것입니다.

그는 힘겹게 하루를 마치고 집에 돌아와서는 장롱 서랍을 열어 공책을 꺼냅니다. 오래전 바둑 연구생이었던 시절, 하루의 대국이 끝난 뒤

돌아와 복기하면서 꼼꼼하게 정리한 기보입니다. 찬찬히 상대의 수를 되짚어가면서 자신이 그날 왜 이기고 졌는지를 정리하며 사범의 첨언을 적어놓은 공책입니다. 프로기사의 길을 포기하고 직장인으로서 사회에 발을 내디딘 장그래는 그날 하루의 업무를 마치고 돌아와서는 기보를 작성하듯 하루의 일지를 씁니다. 어찌 보면 바둑의 세계나 무역상사의 말단 신입사원의 삶은 크게 다르지 않습니다. 승부수를 띄워야 하고, 승패가 갈린다는 점이 그렇습니다. 세상에는 저마다 기력(棋力) 차이가 크게 벌어진다는 점도 그렇습니다.

이 두 세계는 비슷한 듯하면서도 뭔가 다릅니다. 바둑은 라이벌을 홀로 상대하며 피를 말리는 접전을 벌여야 하는 외로운 싸움이었는데, 이제는 그렇지 않습니다. 가로 세로 19줄로 이루어진 바둑판의 교차점에 흑돌과 백돌을 놓으며 상대의 수를 읽어내고 집을 짓고 지키려 애쓰던 그였습니다. 언제나 홀로 대국을 벌여야 했기에 바둑은 고독한 싸움이었습니다. 그런데 지금은 혼자의 고독에만 빠져들면 안 되는 세상으로 들어왔습니다. 무엇보다 그에게는 아군이 생겼습니다. 일에 미쳐서 제 몸 상하는 줄도 모르는 데다 승진 같은 건 안중에도 없는 오 과장, 우직하게 신입을 감싸주며 하나씩 일을 가르쳐주는 사수 김 대리, 그리고 같은 비정규직 인턴사원 동료들입니다. 장그래는 이제 자신의 적수를 상대하는 게 아니라 아군과 어울려야 한다는 사명감을 느낍니다. 적수를 물리치기 위한 대국이 아니라 아군과 호흡을 맞춰 일을 이뤄야 하는 판이 벌어진 겁니다. 차라리 상대가 물리쳐야 할 적이라면 더 나았을까요? 그는 끝없이 허리를 굽히고 또 굽히며 자신의 낮은 자리를 잊지 않으면서도 당당한 정식사원이 되기 위해 도전도 해야만 했습니다.

바둑과 직장생활의 차이는 또 있습니다. 바둑이 아무리 피를 말리는 시합이라고 해도 고수는 하수를 배려합니다. 기력 차가 나게 마련인지라 하수는 흑돌을 쥐고 선수(先手)를 둡니다. 더 낮은 하수는 접바둑이란 걸 둡니다. 8점, 4점을 먼저 두고 시작하는 것을 말합니다. 고수는 하수와 급을 맞춰줍니다. 그런데 사회는 전혀 그렇지 않습니다. 고수가 신입사원을 상대로 자기 돌을 수없이 미리 두고 시작하기 때문입니다. 흑돌을 쥔 신입사원은 백돌이 가득 깔려 있는 곳으로 들어가야 합니다. 고졸 학력의 비정규직 인턴사원이며 낙하산 인사인 장그래로서는 직장생활 하루하루가 바로 이런 대국을 벌이는 것과 다르지 않습니다.

세상이 그렇습니다. 고독하고 외로운 승부를 벌여온 바둑의 세계와는 너무나 다릅니다. 게다가 우리는 모두 흑돌을 쥐고 있습니다. 백돌을 쥐고도 몇 점이나 미리 깔고 시작하는 고수를 상대하고 있기 때문에 우리는 불리합니다. 아등바등 버티는 것만도 감격스러울 정도입니다. 하지만 상대를 자세히 보면, 언뜻 백돌을 쥔 고수처럼 보이지만 그역시 흑돌을 쥐고 있다는 걸 발견할 때도 있습니다. 흑돌을 쥔 하수끼리 시합을 벌이면서도 애써 상대에게 자신이 백돌을 쥔 고수인 양 허풍을 치기도 합니다. 이런 어처구니없는 시합이 바로 세속의 삶입니다. 그렇다면 대체 우리가 상대하고 있는, 우리가 꺾으려고 안달하는 고수의 정체는 무엇일까요?

장그래는 결국 현실의 벽을 넘지 못합니다. 외국유학을 다녀온 스펙 화려한 신입사원들이 줄지어 문을 두드리는 상황에서 그가 발 디딜 곳은 없습니다. 하지만 바둑이 한 판 대국으로 승패가 갈린다면, 인생의 대국은 그렇지 않습니다. 전날의 판이 그대로 다음 날에도 이어집니다. 그리고 그다음 날에도 계속 이어집니다. 우리가 상대할 적수는 이런 현실 대국에서 제풀에 지쳐 나가떨어지는 자신뿐입니다.

작품 제목인 '미생'은 바둑 용어입니다. 바둑에서는 두 집을 만들어야 살 수 있습니다. 두 집을 만들기 전에는 모두 '미생(未生)' 즉, 아직 완전히 살지 못한 말, 상대로부터 공격받을 여지가 있는 말이라는 뜻입니다. 두 집을 만드는 것을 '완생(完生)'이라 합니다. 아마도 우리 모두는 이와 같은 미생의 처지이지 않을까요? 주인공인 장그래가 그렇고, 그의 사수 김 대리와 그의 직속상사 오 과장이 그렇고, 그보다 더 직급이 높은 모든 이들이 결국 다 미생이라는 사실을 일러주려는 것일까요? 어쩌면 종교 문헌에서 성자들이 그토록 사람들에게 눈을 뜨라고 성화를 대는 것도 그런 이유에서일 것입니다.

"그대들은 공격받을 위험에 노출되어 있다. 잠에서 깨어나라, 어서 두 집을 만들어라." 성자들은 이렇게 외치고 있습니다. 이런 말을 듣고서 자신의 처지를 깨닫고 잠에서 깨어나려 한다면 그나마 다행입니다. 대부분의 사람들은 자신이 얼마나 아슬아슬한 지경에서 비틀대고 있는지 알아차리지 못하니 그게 정말 문제가 아닐까요?

우리는 언제까지 바둑돌을 놓아야 할까요? 그건 자신만이 알 수 있을 것입니다. 하루의 대국을 마친 뒤 기보를 작성해보면 알겠지요. 자신이 왜 비틀거리는지, 왜 나아가지 못하는지, 대체 지금 자신은 어디에서 맴돌고 있는지…….

만화 《미생》을 읽은 사람들은 마치 자기 이야기 같다고 말합니다. 머지않아 성자들의 가르침이 담긴 경전들도 자기 이야기인 것처럼 손에 땀을 쥐며 읽을 날이 오겠지요. 그때까지 미생의 범부들이여, 돌을 던지지는 맙시다.

쉽게 열광하고 쉬이 잊어버리는
세상을 향한 처절한 용서

단식 광대
프란츠 카프카

우리 사는 세상, 빛보다 빨리 변해가고 있습니다. 조금이라도 미적거리면 경쟁에서 뒤처질까 기를 쓰고 내달리는 요즘, 사람들은 인생이란 걸 진지하게 생각하기를 거부합니다. 진지한 건 딱 질색이라는 거지요. 그런데 이따금은 좀 질색인 것도 해볼 필요가 있습니다. 진지해진다는 것은 발걸음을 잠시 멈춰 '나'를 있는 그대로 바라보는 것이기도 합니다. 그리고 '나'라는 한 생명의 생로병사를 생각해보는 일입니다. 지금까지 살아온 삶을 송두리째 처음부터 자분자분 짚어보며 정말 가치 있는 삶을 살아왔고, 살아가고 있는가를 돌이켜보는 것이지요. 정신없이 앞만 보고 내달리다 잠시 이런 시간을 갖는 것은 쉬는 일이기도 합니다. 하긴, 쉬는 것도 투쟁하듯이 해치우는 현대인들에게 이런 말도 사치일까요?

인간에게 가장 큰 숙제는 늙음과 병듦, 그리고 죽음일 것입니다. 우리가 살아가는 것도 이 세 가지 큰 산을 가급적 늦게 만나고, 편하게 오를 수 있는 방법을 모색하는 일의 연속일지도 모릅니다. 그런데 요즘은 이런 것도 돈이면 그리 큰 문제가 되지 않나 봅니다. 돈이면 이 모든 것들을 가뿐하게 해결할 수 있다고 생각합니다. 죽음이란 걸 좀 진지하게 말해보자고 하면, 뭘 그리 욕심이 많아 죽음까지 고민하려 드느냐는 반문이 돌아옵니다. 인간이 마주할 수밖에 없는 쇠락의 짙은 그림자는 어느 사이 보험과 연금, 상조회가 걷어 가버렸습니다. 게다가 다들 괴롭다고 가슴을 두드리다가도 교양강좌의 몇 마디 말이나 좋은 문장 몇 줄 읽고서는 힐링됐다며 개운한 표정을 짓습니다. 그러다가 또 괴로워지면 힐링을 찾아 훌쩍 떠나고는 합니다. 힐링이 무슨 일회용품도 아니고 그렇게 가볍게 소비해도 되는가 하고 물으면 왜 그리 빡빡하게 사느냐는 힐난이 쏟아집니다.

가볍게, 가볍게, 좀 더 가볍게……. 이게 요즘 트렌드라 해도 틀린 말은 아닙니다. 물론 가벼워서 나쁠 건 없습니다. 하지만 생각해보면 가벼워진 건 '진지함의 무게'일 뿐, 살면서 받는 스트레스와 갈등의 무게는 조금도 가벼워지지 않은 게 분명합니다. 비만과 성인병에 시달리고, 가족들마저 서로에게 돌이킬 수 없는 상처를 입히고, 자살률은 조금도 낮아지지 않고 있음이 이를 보여줍니다. '빨리 그리고 가볍게'를 모토로 종교마저 소비의 대상이 되고 있는 요즘, 종교적 가치로 살아간다는 것이 가당키나 한 건가 하는 회의마저 일고 있습니다. 카프카의 단편소설 〈단식 광대〉를 읽고 깊은 울림이 전해진 것도 아마 이 때문이 아닐까 합니다.

어느 자그마한 공연단에서 단연 최고의 인기는 단식 광대입니다. 배우 한 사람이 창살 있는 우리에 들어가 40일 동안 아무것도 먹지 않습니다. 입술을 축일 정도의 물만 홀짝일 뿐 광대는 몸에 착 붙는 검은 운동복 위로 앙상한 갈비뼈를 드러내 보이며 안락의자마저 거부한 채 짚이 깔린 자리에 앉아 있습니다. 지그시 두 눈을 내리깔고 자기 앞만 응시하는 광대에게서는 어떤 위엄마저도 풍겨 나옵니다.

광대가 무사히 40일의 단식을 마치면 흥행주는 거창한 이벤트를 벌여 광대의 업적을 축하합니다. 모든 사람들이 지켜보는 가운데 단식을 마친 광대의 입에 음식물을 흘려 넣어주고 팡파르가 울리는 것으로 그의 공연은 막을 내립니다. 구경꾼들은 광대의 치열한 연기에 감탄을 하고, 삐쩍 마른 그가 여전히 번득이는 눈빛으로 자신들을 지켜보는 모습에 겁먹습니다. 그리고 며칠 휴식을 가진 뒤 다시 40일간의 단식 공연이 시작됩니다.

그런데 정작 단식 광대는 이 공연에 만족하지 못합니다. 그가 세상 이목에 개의치 않고서 본격적으로 단식이라는 행위에 몸과 마음이 푹

젖어들 즈음에 흥행주가 약속한 기일이 됐다며 입에 음식물을 흘려 넣기 때문입니다. 사람들에게 찬사를 받는 가운데 유럽 전역을 돌며 수입을 올리지만 그의 기분은 점점 가라앉기만 합니다. 그리고 세상의 관심도 달라지기 시작합니다. 어느 사이 광대의 단식이라는 퍼포먼스에 식상해지기 시작한 구경꾼들은 차츰 다른 자극적인 볼거리 앞으로 몰려들었고, 그는 사람들의 호기심에서 점점 멀어져갑니다.

처음 단식을 시작할 때는 돈벌이를 위해서였을 테지요. 그리고 의도한 대로 수많은 관중들이 그의 단식에 열광했던 것도 사실입니다. 하지만 보여주기 위한 연기가 아니라 자기의 욕망을 이거내고 그 깊은 절제의 경지에서 찾아오는 기쁨을 맛볼 즈음에 시대는 달라지고 만 것입니다. 아무도 그의 단식에 관심을 갖지 않았습니다. 하물며 광대 한 사람이 단식이라는 행위에서 맛보는 깊은 희열 따위? 요즘 세상에 누가 그런 걸 공감하겠습니까?

단식 광대는 싸늘하게 식어버린 관중들을 탓하지 않았습니다. 현실을 인정하고 오랜 친구인 흥행주와 작별을 고합니다. 그리고 좀 더 큰 규모의 서커스단에 들어가 그곳에서 자신의 단식 공연을 이어갑니다. 계약조건은 전혀 살피지 않았습니다. 오직 자신의 그 일을 이어갈 수만 있다면 그것 하나로 족했습니다. 그 일이란 두말할 것도 없이 단식입니다.

이제 단식 광대의 우리는 서커스단의 중앙에서도 멀찌감치 떨어진 마구간 근처에 놓이게 되었습니다. 사람들이 막간을 이용하여 동물들을 보러 지나가는 길목에 자리 잡았습니다. 사람들은 흘깃 시선을 던지고 총총히 지나갑니다. 이따금 단식 광대를 향해 뭐라고 외치는 관중도 있지만 아무도 그 앞에 오래 서 있지 않습니다. 서커스 직원이 단식기간을 매일 크게 적어 내걸었지만 그것도 어느 사이 시들해졌습니다. 그래서 광대가 며칠째 단식 중인지 아는 사람은 아무도 없습니다. 하지만 단식 광대는 그조차도 억울해하지 않습니다. 세상이 그를 배신하고 속여도 그 자신은 세상을 속이지 않기 때문입니다. 숫자판에 적힌 숫자보다 더 오랜 기간을 음식 한 모금 넘기지 않고 지내왔습니다. 그는 세상의 찬탄과 비방에 무심한 채 그렇게 자신의 일에 몰두하고 있을 뿐입니다. 그는 스스로 위대해져가는 중입니다.

며칠이 또 흘러갔습니다. 어느 날 서커스단 감독이 무심코 짚을 막대기로 휘젓다가 단식 광대를 발견하고는 깜짝 놀랍니다.

"당신 아직도 단식하고 있소? …… 도대체 언제쯤이면 그만둘 거요?"

감독의 일갈에 단식 광대가 잦아드는 목소리로 속삭입니다.

"용서하세요, 여러분! …… 언제나 나는 당신들이 나의 단식에 감탄하기를 원했었지요. …… 그러나 당신들은 감탄하면 안 돼요."

이 뜬금없는 대답에 감독이 어이없다는 듯 되묻습니다.

"그래, 그러면 더 이상 감탄하지 않기로 하지. 그런데 왜 감탄하면 안 된다는 거요?"

단식 광대는 마지막 힘을 쥐어짜며 대답합니다.

"왜냐하면 내 입맛에 맞는 음식을 찾을 수 없었기 때문이었죠. 믿어주세요, 그런 음식을 찾았다면 세인의 이목을 끄는 일 따위 만들지 않았을 거요, 당신이나 다른 모든 사람들처럼 배불리 먹었을 거요."

단식 광대가 이 마지막 말을 남기고 절명하자 감독은 인부들에게 명령합니다.

"자, 치워버리게!"

단식 광대는 자신을 감싸주던 짚과 함께 묻히고 맙니다.

길지 않은 이 단편을 몇 번이나 읽고 또 읽었습니다. 대체 뭘 말하려는 것일까? 그리고 무엇보다 이해할 수 없던 것은 용서해달라는 단식 광대의 말이었습니다. 정작 용서를 빌어야 할 사람은 그를 방치한 흥행주와 서커스 단원들, 그리고 변덕이 죽 끓듯 하는 관객들이 아닐까 해서입니다.

하지만 그런 세상을 탓할 수는 없습니다. 세상이란 바로 그런 것입니다. 손익을 따져 조금이라도 손해 볼 양이면 가차 없이 버리고, 어제의 쾌락보다 조금 더 강한 즐거움을 찾아다닙니다. 그런 세상에 대고 그러지 말라고 말해봤자 아무 소용없습니다. 이 변덕스럽기 짝이 없는 세상에서 자신을 거기에 맞추고 살든지 그렇지 않으면 세상이 뭐라 하건 자신의 가치관을 밀고 나가야 합니다. 다만 세상이란 게 서로 얽히고설켜 있으니 단식 광대는 그걸 무시할 수는 없었습니다. 그래서 자신의 행위를 고집하느라 더 이상 돈을 벌지 못한 흥행주와 흥미를 잃은 관객에게 용서해달라고 사죄한 것입니다. 그저 자신이 할 수 있는 유일한 일이었기에 단식했을 뿐이지, 세상의 찬탄을 위해 한 것은 아니었음을 고백하며 이해해달라고 용서를 빌며 숨을 거두었습니다.

세상은 그런 단식 광대를 마지막까지 조롱합니다. 쓸데없어진 짚더미와 함께 광대의 시신을 서둘러 묻어버리고 그 우리에 생기 넘치는 표범을 새로 들입니다. 그리고 사람들은 죽음의 냄새가 걷히고 야생의 광기가 넘치는 표범을 보며 열광합니다.

단식 광대가 딱하기 짝이 없습니다. 무엇하러 그리 무겁게 삶을 살아가는지 안타깝기도 합니다. 하지만 그의 삶이 어쩐지 아름다운 무게로 다가옵니다. 세속에 휩쓸리기보다 자신의 방식대로 살아간다는 것, 꿋꿋하게 자신의 길을 걸어간다는 것이 이와 같지 않을까 합니다. 때로 세상은 열광과 찬탄을 보내다가도 금세 외면하고는 합니다. 이에 아랑 곳없이 자신이 할 수 있는 일이기에 이 일을 할 뿐이라는 단식 광대의 삶은 한없이 가볍고 빠르게 변하는 세상에서 흔들리는 내게 깊은 울림을 안겨줍니다. 지금 우리에게는 속절없는 이 세상에서 끝까지 움켜쥐고 지켜나갈 무엇인가가 있기는 한 걸까요?

어둠 속에서
마음으로 가는 길을 찾다

일시적인 문제
줌파 라히리

사랑의 유효기간에 대한 이야기를 자주 듣습니다. 생각보다 짧더군요. 어떤 사람은 사랑의 열기가 그리 짧다는 데에 놀라움과 실망을 나타내지만, 또 어떤 사람은 우스갯소리로 다행이라고도 말합니다. 그 열기가 오래 지속되었다가는 다 타버려서 아무도 살아남지 못했을 거라면서 말이지요.

인도 사람인 쇼바와 슈쿠마는 결혼 3년차 부부입니다. 아내인 쇼바는 출판사에 다니고 있고, 남편 슈쿠마는 대학에서 박사논문을 준비 중입니다. 두 사람은 아름답게 사랑했고, 그래서 결혼했는데 지금 자꾸 어긋나고 있습니다. 친숙하지만 애틋한 정이 오가지 않는 부부. 차라리 소란스레 부부싸움이라도 벌인다면 나을까요? 싸우지도 않고 그저 무덤덤하게 지내는 중입니다. 하지만 6개월 전만 해도 이렇지는 않았습니다. 이들은 아주 행복하고 유쾌하게 지냈습니다. 그렇게 행복했던 이들 부부에게 무슨 일이 벌어진 것일까요?

쇼바는 당시 출산 예정일을 3주 앞둔 임신부였습니다. 그런데 슈쿠마가 학술대회에 참가하려고 다른 도시로 가 있던 때에 일이 벌어졌습니다. 학술대회 도중에 병원에서 호출을 받았고, 부랴부랴 아내가 입원한 보스턴 병원에 도착했지만 상황은 끝난 상태였습니다. 태반이 약해 있던 아내가 제왕절개 수술을 받았는데 태아를 사산하고 만 것입니다. 회복실로 옮겨져 깊은 잠에 빠져든 아내. 그리고 뒤늦게 병원으로 달려온 남편.

아내는 열 달 가까이 배 속에서 꼼지락거리던 아이를 잃고 나자 허망함을 견딜 수 없었던 모양입니다. 부부는 다시 예전의 일상으로 돌아갔지만 이미 무엇인가가 뒤바뀐 뒤였습니다. 두 사람이 서먹해진 것은 바로 이때부터입니다.

남편은 아내가 출근한 뒤 느지막이 일어나 논문을 준비합니다. 아내가 퇴근하는 시간에 맞춰 저녁을 준비해놓지만 부부가 식탁에 마주 앉지는 않습니다. 각자 일거리를 가지고 따로 먹습니다. 사무적인 대화, 담담한 표정과 눈길……. 그런데 이들의 서먹서먹한 저녁시간에 작은 사고가 벌어졌습니다. '일시적인 문제'로 전기공사를 하게 되었으니 닷새 동안 저녁 8시부터 한 시간 정도 단전이 된다는 안내문이 붙은 것입니다. 쇼바와 슈쿠마는 싱크대 서랍을 뒤져 작년 생일에 사다 놓은 양초를 찾아 불을 밝혔습니다. 두 사람은 어둠 속에서 식탁 위에 밝힌 한 자루 촛불 아래 이마를 맞대고 자리하게 되었지요. 묵묵히 그릇을 비우기에는 너무나 어색했던지 아내가 제안합니다. 서로에게 하지 못했던 이야기를 털어놓기로…….

텔레비전도 라디오도 다 끊긴 고요 속에서 촛불 하나에 의지한 채 아내가 먼저 말을 꺼냅니다. 만난 지 오래되지 않았을 때 그의 주소록을 슬쩍 들춰본 이야기입니다. 자기 이름이 얼마나 소중하게 적혀 있는지 궁금했다는 겁니다. 이어 남편 슈쿠마도 기억을 떠올립니다. 오래전 두 사람이 처음으로 함께 레스토랑을 갔을 때, '이 여자와 결혼할지도 모른다'는 생각에 정신이 산만해져서 웨이터에게 팁 주는 걸 그만 깜박 잊었고, 다음 날 팁을 주기 위해 택시를 타고 레스토랑을 다시 찾아갔다는 이야기를 털어놓습니다. 이렇게 일시적인 문제로 촛불 하나에 의지한 채 저녁식사를 하기 시작한 첫째 날, 두 사람은 처음 만났던 날의 기억들을 떠올리며 두런두런 이야기를 이어갔습니다.

다음 날, 아내는 평소보다 일찍 집에 돌아왔고, 두 사람은 현관문 앞 계단에 나란히 앉습니다. 손에 촛불 하나씩을 켜 들고 말이지요. 가슴속에 꼭 숨겨두었던 비밀을 하나씩 털어놓습니다. 시간이 흐르자 밖에 나앉은 바람에 추워진 두 사람은 서로 손을 꼭 잡습니다.

셋째 날이 되었습니다. 두 사람은 부부 사이에 굳이 꺼내지 않아도 좋을 이야기들을 서로에게 들려주었고, 어둠 속에서 아주 오래된 연인처럼 천천히 입을 맞췄습니다.

넷째 날이 되었습니다. 두 사람은 가슴속 비밀 이야기를 나누다 함께 사랑을 나눴습니다. 한 시간의 전기공사가 끝나고 환히 불이 들어왔지만 두 사람은 깊이 잠이 든 뒤였습니다.

전기공사로 인한 단전은 닷새 동안이었습니다. 그런데 '안타깝게도' 공사가 예정보다 일찍 끝나 이제는 전기가 나가지 않을 거라는 안내문을 받았습니다. 하필이면 와인까지 두 병 사 두었는데 이제 그럴 필요가 없어진 것입니다. 그래도 두 사람은 어둠 속에서 촛불을 밝히고 식사를 했습니다. 하지만 어쩐지 지독하게 어색했습니다. 단전이 되었을 때는 어쩔 수 없이 어둠 속에 자신들을 내맡겼지만 이제는 스위치만 켜면 환한 불이 쏟아질 터인데 굳이 양초를 밝힌 것이 괜한 짓 같았기 때문입니다. 묵묵히 접시를 비워내고 와인 한 병을 비운 뒤 아내는 전깃불을 켜고 남편에게 말했습니다.

"그동안 아파트를 알아보고 있었는데, 하나 찾았어."

남편은 온몸에 얼음물을 맞은 듯 전율했습니다. 아내는 끝내 남편과의 벽을 허물지 못했던 것입니다. 아내의 일방적인 별거 통보에 남편은 아차 싶었습니다. 아내가 어둠 속에서 진실게임 같은 걸 하자고 제안한 것은 바로 이 말을 하기 위한 사전 포석이었던 것입니다.

아내의 가슴속 말이 끝났으니 이제 남편 차례입니다. 그는 무슨 일이 있어도 아내에게 절대로 하지 않겠다고 맹세한 그 말을 마지막이라는 심정으로 꺼냈습니다. 학술대회장에서 부랴부랴 비행기를 타고 병원에 도착했지만 이미 상황은 끝난 뒤였다고. 아내는 병실에서 깊은 잠에 빠져들었고, 남편은 막 화장터로 보내지려던 아이를 보았습니다. 의사는 아기를 안아보라고 권하면서 "아기를 안아본 경험이 슬픔을 이겨내는 과정에 도움이 될" 거라고 말했다지요.

깨끗하게 씻긴 채로 세상을 향해 눈꺼풀을 굳게 닫은 아기, 젊은 남편은 그 아기를 꼭 끌어안았습니다. 아내의 몸속에서만 생명을 유지한 작은 아이. 아내는 열 달 동안 산 생명을 품기라도 하였건만 남편은 어둑한 병동에서 죽은 생명을 꼭 끌어안고 마지막 온기를 나누었습니다. 그 어린 몸을 샅샅이 들여다보며 죽어도 아내에게 이런 광경은 말하지 않으리라 다짐했습니다.

병원에서 돌아온 뒤 6개월 내내 아내는 슬픔에서 풀려나지 못했습니다. 사산하는 동안 곁에 없었기에 아내의 두려움과 슬픔을 남편이 제대로 알지는 못했을 것입니다. 남편과의 관계가 서먹해질 수밖에 없었지요. 사산의 지독한 슬픔을 이기지 못한 아내가 남편에게 털어놓은 마음속 비밀은 바로 별거였습니다. 그런데 그런 아내에게 화답하는 남편의 비밀은 바로 이것이었지요.

"우리 아이는 사내아이였어."

열 달 동안 두 사람은 기대감을 키우기 위해 아이의 성별을 알려고 하지 않았습니다. 아이를 떠나보낸 뒤에도 아내는 굳이 아이의 성별을 묻지 않았습니다. 뭔가 신비감에 기대어 슬픔을 달래려 했던 것이지요. 아내는 아이의 성별을 몰랐을 뿐만 아니라 아이 모습도 보지 못했습니다. 그런 아내에게 여섯 달 동안 남편이 가슴속에 꼭꼭 숨겨두었던 비밀을 털어놓습니다.

"아이는 사내아이였어. 피부는 갈색보다는 붉은색에 더 가까웠어. 머리털은 검정색이었지. 몸무게는 2.3킬로그램 정도였고, 손가락은 꼭 오므리고 있었어. 당신이 잠들었을 때처럼 말이야."

죽은 아기를 가슴에 꼭 안고 있던 그날 밤, 남편은 영원히 아내를 사랑하겠다고 맹세했습니다. 그 가슴속 비밀을 어쩔 수 없이 고백했을 때, 아내는 다시 전깃불을 끄고 나란히 앉습니다. 여섯 달 동안 숨겨오고 키워왔던 사실들을 알아챈 지금 두 사람은 함께 울었습니다.

줌파 라히리의 단편소설 〈일시적인 문제〉는 이렇게 끝이 납니다. 한집에서 살고 있는 부부는 서로를 다 안다고 생각합니다. 마치 환한 전깃불 아래 드러난 사물의 소재처럼 서로에 대해 모르는 게 없다고 여깁니다.

상대를 찾아가려면 주소를 알아야 합니다. 그런데 부부는 서로의 주소를 알 필요가 없다고 생각합니다. 한집에서 사니 주소가 같다고 생각하기 때문이지요. 하지만 정작 한집에 살면서도 남편의 마음이 어디에 집을 짓고 있는지, 아내 마음의 주소가 어디인지 잘 알지 못합니다. 쇼바 부부에게 찾아온 나흘 동안의 정전은 익히 알고 있다고 믿었던 주소를 지워버리게 했습니다. 어둠 속에서 서로의 마음이 위치한 주소지를 향해 더듬더듬 다가가면서 생애 처음으로 상대를 다시 생각하게 되었지요. 그러니 이따금 상대의 주소를 지울 필요도 있을 것 같습니다.

우리는 지금까지 상대방의 마음의 집을 제대로 찾아가본 적도 없지 싶습니다. 한 번도 그 문을 두드려본 적 없이 지내온 것이 부부가 아닐까요? 사랑한다면서 사실은 서로 얼마나 지독하게 외로웠는지를 확인하는 일, 상대를 바라보며 키워온 외로움의 실체를 확인하면서 눈물을 흘릴 수만 있다면 그 사랑은, 아아, 이제야 집을 제대로 찾은 것이겠지요.

익명의 낙원 잃고 휘청거린
하루의 기록

비둘기
파트리크 쥐스킨트

며칠 전 서울 시내를 걷던 중이었습니다. 퇴근길로 보이는 젊은 여성 둘이 신나게 이야기를 주고받으며 앞서서 걷고 있었습니다. 그녀들의 몸짓은 유난히 활발해 보였고, 목소리는 한껏 들떠 있었습니다. 그렇게 서로 몸을 툭툭 치면서 유쾌하게 걷다가 갑자기 한 여자가 꺅! 하고 비명을 질렀습니다. 어쩌다 그녀들 뒤를 졸졸 따라가게 된 나는 영문도 모른 채 질겁하게 되었고, 펄쩍펄쩍 뛰는 그녀의 발아래를 보다가 그만 실소를 금할 수 없었습니다.

비둘기 한 마리가 먹이를 쪼아 먹다가 그녀의 발 근처로 오게 된 것입니다. 무심코 걷다가 이런 일을 당하면 누구라도 놀라게 마련일 테지만 그녀의 놀람은 유난스러웠고, 거기서 한 걸음 나아가 비둘기가 무섭다면서 발을 동동 구르기까지 하는데 이건 좀 아니다 싶었습니다. 저까짓 비둘기 한 마리 때문에 사색이 되어 비명을 질러댈 건 또 뭐람…….그 호들갑이 고와 보이지 않았지만 저 여자에게 비둘기와 관련한 트라우마라도 있겠거니 하며 지나치려는데 문득 한 남자가 떠올랐습니다.파트리크 쥐스킨트의 소설《비둘기》의 주인공 조나단 노엘입니다.

여느 때와 다름없이 아침 일찍 일어난 조나단은 나이트가운을 입은채 복도에 있는 공동변소를 가려고 방문을 열었습니다. 출근 준비를 하기 위해서입니다. 그런데 조나단의 행동에는 좀 유별스러운 데가 있습니다. 문을 열기 전에 문에 귀를 바짝 갖다 대고 누군가가 복도에 있지는 않은지 탐색합니다. 그리고 아무도 없다는 걸 확인한 뒤에야 그는방문을 열고 복도로 나옵니다.

50대 독신남 조나단 노엘은 철저하게 혼자만의 삶을 추구합니다.그 어떤 사람과도 관계를 맺지 않습니다. 가족도 친구도 친척도 없습니다. 심지어 이웃과 인사를 나누지도 않습니다.

그의 일상은 아침에 일어나 출근 준비를 마치고 은행으로 달려가 경비 업무를 충실하게 선 뒤 퇴근길에 빵과 소시지와 사과와 치즈를 사갖고 돌아와서 그걸 먹는 일로 채워집니다. 주말에는 밖에 나가지 않고방을 청소하거나 침대보를 새것으로 바꾸며 지냅니다. 지금 살고 있는방에서 30년 전부터 그렇게 살아왔습니다. 30년 세월 동안 침대도 새

것으로 바꾸었고, 붙박이장을 하나 마련했고, 잿빛 카펫을 깔았고, 라디오와 텔레비전과 다리미를 마련하였고, 침대 머리맡에 선반을 하나 매달아 열일곱 권이 넘는 책도 꽂아두었습니다.

비록 비좁고, 값나가는 가구도 없으며, 목욕시설과 화장실을 공동구역에서 써야 하는 불편함이 있었지만, 이 방은 그에게는 어느 누구도 침범할 수 없는 왕국이었습니다. 이 방에서 그는 자유로웠고 행복했습니다. 방 밖의 세상은 언제나 거친 인심과 교활하고 섬뜩한 타인의 눈길이 쏟아졌지만, 이 방에서만큼은 세상에서 가장 평화로운 안식을 얻을 수 있었습니다. 아무도 없는 계단과 아무도 없는 복도를 서둘러 질러와서 문을 열고 들어가 등 뒤로 딸칵 하고 문을 닫을 때 느끼는 그 온전한 고즈넉함과 행복감은 그에게 세상에서 가장 커다란 축복이었습니다. 그에게 뭔가를 부탁하러 오는 이도 없었고, 그 역시 아쉬울 것이 없었습니다. 그가 원하는 것은 이 작디작은 공간 안에서의 온전한 자유와 평화 그뿐이었습니다.

물론 이런 행복이 온전히 지켜졌던 건 아닙니다. 딱 한 번, 그러니까 지금으로부터 25년 전의 일입니다. 같은 건물에 세 들어 사는 사람과 아침에 화장실 앞에서 맞닥뜨렸기 때문입니다. 허술한 가운 차림으로 가장 냄새나는 본능을 처리하는 공간에서 타인과 마주치고 말았을 때 그는 당황해서 어찌할 바를 몰랐습니다. 상대도 마찬가지였습니다. 철저하게 혼자만의 시공간을 탐닉하던 체제에 빠지직 균열이 생겨서 그와 상대는 미친 듯이 허둥거렸습니다. 이 일은 그에게 '익명성'을 잃게 만든 대사건이었습니다. 누군가에게 일상의 모습을 들켜버리고 말았을 때의 상실감은 조나단 노엘 같은 삶의 방식을 추구해본 적이 없는 사람이라면 상상도 할 수 없는 일입니다.

아무튼 조나단은 화장실 앞에서의 우연하고 황당한 조우 이후 더욱 철저하게 주변을 살폈습니다. 다행스럽게도 그 후 어느 누구와도 아침 복도에서 마주친 적이 없었습니다. 그런데 그의 이런 평화는 1984년 하고도 8월 어느 금요일 아침에 깨져버렸습니다. 조나단이 조심스레 방문을 열고 복도로 한 발자국을 내딛던 찰나에 무단침입자를 발견한 것입니다.

문지방에서 불과 20센티미터도 떨어지지 않은 곳에, 창문을 통해 들어온 아침 햇살의 창백한 역광을 받으며 있었다. 납회색의 매끄러운 깃털을 한 그것은 황소 피처럼 붉은 복도의 타일 위에, 빨간색이며 갈퀴 발톱을 한 다리를 보이며 웅크리고 앉아 있었다. 비둘기였다.

조용한 이른 아침 복도에 날아든 비둘기는 갑자기 등장한 사람에게 무심한 시선을 던집니다. 그 어떤 감정 없이 열려 있는 비둘기의 눈을 본 조나단은 소스라치게 놀랍니다. 1초도 안 되는 찰나의 순간이 지나고 비둘기의 눈꺼풀이 하나는 아래쪽에서 또 하나는 위쪽에서 눈을 덮는 모습을 본 순간, 그는 말할 수 없는 공포에 사로잡힙니다. 사물을 그렇게 가까이에서 자세하게 들여다본 적이 또 있을까요?

> 너무 놀란 나머지 머리카락도 빳빳하게 섰다. 비둘기의 눈이 미
> 처 다시 뜰 수도 없을 정도로 빠르게 그는 후다닥 방문을 닫고 방
> 안으로 들어갔다. 안전 자물쇠의 꼭지를 돌리고 부들부들 떨며
> 비틀비틀 침대까지 가, 마구 방망이질 처대는 가슴을 부여잡고
> 털푸덕 주저앉았다. 이마는 얼음장처럼 차가웠고, 목덜미와 등허
> 리에는 식은땀이 흘러내렸다.

비둘기 한 마리 때문에 화장실도 가지 못하고 방에 갇혀버린 조나단
은 이제 온갖 상념의 파도에 휩쓸리고 맙니다. 비둘기가 문을 열고 들
어올 리 만무하건만 안전 자물쇠까지 잠가버리고 침대로 들어가 이불
을 푹 뒤집어썼습니다. 30년 동안 평화롭고 적막한 삶을 지켜온 조나
단입니다. 완벽하게 지켜오고 있었기에 저 미물의 예고 없는 등장은 충
격이 컸습니다.

그는 비둘기가 자신의 평온하고 고요한 삶에 침범해 들어와서 어떻
게 그의 삶을 파괴하게 될 것인지 상상하기 시작합니다. 틀림없이 비둘
기 떼에 둘러싸여 질식당할 테고, 사람들에게 살려달라고 소리치며 절
규하다가 정신병자 취급을 받으며 끔찍한 최후를 맞이할 것이란 데에
까지 생각이 미칩니다. 그는 가방을 싸서 집을 빠져나옵니다. 비둘기에
게 침범당한 그곳은 순결을 잃은 낙원이 되고 만 것입니다. 그 공간에
다시 들어가려니 끔찍했던 것이지요. 자신에게만 허락된 그 공간에 예

고도 허락도 없이 다른 존재가 침범해왔으니 더는 살 수가 없었습니다.

이렇게 해서 조나단은 트렁크를 들고 아침 일찍부터 인근의 허름한 호텔에 들어가 방을 예약합니다. 30년을 지켜온 일상이 깨진 바로 그날, 조나단에게는 엄청난 일들이 계속 벌어집니다. 늘 우뚝 버티고 서 있던 경비원의 자세를 취할 수가 없었고, 은행간부 뢰델 씨의 승용차가 들어오는 줄도 모르고 있다가 경적이 울린 뒤에야 문을 열어주었고, 점심시간에 공원에 나갔다가 바지가 못에 걸려 찢어지는 불상사를 맞게 됩니다.

《비둘기》는 조나단에게 벌어진 이날 하루의 소동과 지독한 혼란을 지겨울 정도로 세밀하게 그려냅니다. 한 인간이 자신이 지켜온 일상에 아주 작은 균열이 생길 때 어떤 반응을 보이고, 어떤 연쇄작용을 일으키는지가 섬뜩할 정도입니다. 결국 호텔방에 지친 몸을 뉘면서 조나단은 이렇게 말합니다.

"내일 자살해야지."

사람이란 존재가 제아무리 위대하다 해도 이렇게 사소한 것 하나에 삶의 의미를 잃어버릴 수도 있다는 걸 작가는 말하고 싶은 모양입니다. 조나단은 과연 자살에 '성공'할까요? 혹은 용감하게 비둘기를 물리치고 다시 자신의 왕국에 화려하게 입성하여 예전의 평온을 누릴 수 있을까요?

현대인들은 익명성 속에서 자유를 누린다고 하지요. 하지만 익명성 속에서 지켜지는 자신만의 왕국은 이처럼 덧없고 허술하기 짝이 없습니다. 허수아비보다 못한 현대인의 자존감, 그 무게가 황당할 정도로 가벼워서 오히려 현대인들은 휘청거리며 사는 모양입니다.

도긴개긴 인생,
반짝이는 구두가 자존심 세워줄까

아홉 켤레의 구두로 남은 사내
윤흥길

"이 아파트에 처음 입주한 사람들 말이에요. 이 동네 원주민들……. 수준이 너무 떨어져요. 지저분하고……. 아파트값을 떨어뜨려도 유분수지. 그래도 이젠 좋아졌어. 그 원주민들이 다 나가고 새 사람들이 들어왔거든."

방배동에서 11억이 넘는 집에서 살다 왔다는 7층 아주머니의 푸념은 몇 년째 같습니다. 3층 빌라 단지를 허물고 들어선 새 고층 아파트에는 그 이름도 거룩한 '래미안'이라는 글자가 붙어 있습니다. 내가 이 동네 원주민이라는 사실을 처음부터 밝혔음에도 7층 아주머니의 더럽고 수준 떨어지는 원주민 비난은 기세가 꺾이지 않습니다. 그러려니 하고 흘려들어도 무방하건만, 아무리 봐도 이 동네 원주민보다 잘나 보이지 않는 7층 아주머니를 자꾸 의식하게 되는 나. 어느 사이 그녀와 마주치면 나도 모르게 유난히 목소리를 높여 인사를 건넵니다. 이런 자신이 우습기도 하고 구차하게 느껴집니다. 그리고 그럴 때마다 자꾸 어떤 남자가 떠오릅니다.

안동 권씨 권기용. 윤흥길 작가의 단편소설 〈아홉 켤레의 구두로 남은 사내〉의 주인공이지요. 그런데 그는 등장부터가 좀 비루합니다.

배경은 1970년대 성남의 달동네입니다. 학교 교사 오 선생네 집 문간방에 전세를 살러 왔는데, 애당초 이사하기로 한 날보다 나흘이나 앞서 무작정 식솔을 거느리고 온 것입니다. 아내와 딸 하나, 아들 하나. 이불 보따리와 밥이나 끓여 먹을 그릇 보따리에, 아이들 손에 들린 작은 짐이 전부입니다. 무심코 대문을 열어준 집주인 오 선생 내외는 막무가내로 밀고 들어오는 세입자 가족들 앞에서 할 말을 잃습니다. 입주 날짜를 지키지 않은 것은 그만두고라도 애초 '아이는 둘만'인 가족을 세입자 조건에 넣었건만 한눈에 봐도 그 집 아낙은 셋째 아이를 임신한 몸입니다.

집주인 내외는 이 막무가내에 할 말을 잃습니다. 입을 쫙 벌린 채 그들 일가를 위아래로 훑어볼 뿐입니다. 그런데 허름한 식구와 세간 전부를 '스캔 당한' 권기용은 자존심 뚝뚝 떨어질 판입니다. 저나 나나 똑같이 처자식 거느린 가장이거늘, 주인과 세입자라는 관계 하나 때문에 주눅 드는 자신이 무척 싫었을 테지요. 하여 권기용도 집주인 오 선생을 훑습니다. 그리고 결정적인 것 하나를 찾아냅니다. 집주인 남자가 양말도 신지 않고 맨발에 슬리퍼를 꿰고 나온 것입니다. 도대체 양반답지 못한 이 차림새는 뭐란 말입니까. 이것 하나만 봐도 집주인이 자신보다 더 나을 것 없는 존재임이 분명합니다. 그런데 이 입성이 무례한 집주인은 이렇게 묻는 것입니다.

"이삿짐은 차로 옵니까?"
"아닙니다. 이게 전부 답니다."

이렇게 대답하면서 세입자 권기용은 자신의 한쪽 발을 다른 쪽 바짓가랑이에 문질러댑니다. 그러자 유난히 반짝거리는 그의 구두가 더욱 빛을 냅니다. 이런 동작에 집주인의 시선이 무심코 권 씨의 구두에 가서 머물고, 마침내 권기용은 가장끼리의 기 싸움에서 자신의 한판승을 확신합니다.

그런데 권 씨는 구두나 광낼 줄 알았지 가장으로서는 젬병인 게 틀림없습니다. 문간방 살림이 조금도 퍼지는 것 같지 않기 때문입니다. 아이들은 늘 궁색이 들어 있고, 하루가 다르게 배가 부풀어 오르는 그의 아내는 산부인과에 정기적으로 다니지도 못합니다. 게다가 오 선생이 근무하는 학교로 순경 한 사람이 찾아와 문간방 세입자 권 씨의 행동거지를 꼬치꼬치 캐묻기까지 합니다. 이런저런 정황들이 영 께름칙했지만 각자 살림이라 신경을 끄고 살던 중에 어느 날 오 선생은 우연히 공사장에서 벽돌을 나르는 권 씨를 발견하게 됩니다. 모른 척 지나쳐도 좋으련만 오 선생은 굳이 이렇게 아는 척을 합니다.

"권선생, 거기 있는 게 권선생 아니우?"

순간, 먼지를 뒤집어쓰고 일하던 권 씨 얼굴이 일그러지고 맙니다. 그리고 그날 밤, 소주병 하나를 들고서 권 씨는 집주인 오 선생을 찾아옵니다. 진작 거나하게 취한 그는 내리꽂듯이 소주병을 내려놓고서 또렷한 목소리로 이렇게 선언합니다.

"이래 봬도 나 안동 권씨요!"

게다가 한 술 더 뜹니다.

"물론 잘 아시리라 믿지만 안동 권씨 허면 어딜 가도 그렇게 괄신 안 받지요. 오선생은 본(本)이 해주던가요?"

애써 반짝거리는 구두를 과시하던 권 씨는 이번엔 가문의 권세로 집주인과 대거리를 합니다. 하지만 한밤중에 소주병을 들고 찾아와 본관을 묻는, 참으로 못난 이 남자에게 애써 사람 좋아 보이는 웃음을 웃어 보이는 오 선생입니다. 그런 집주인 표정은 아랑곳하지 않고 권 씨는 구겨져버린 자신의 삶을 들려줍니다.

재개발 동네에서 어찌어찌 철거민 입주 권리를 손에 넣지만, 전매 입주자는 분양 전 토지 불하를 받기 위해 거금을 일시불로 납부하라는 통지서를 받았고, 엎친 데 덮친 격으로 토지취득세부과통지서까지 날아오게 되었다는 것입니다. 그러잖아도 집을 짓느라 사방에 변통을 해서 잔뜩 빚을 진 판국입니다. 먹고 죽을 돈도 없는 권 씨 가족에게 이건 날벼락이었습니다. 결국 그는 입주민 권리를 위해 투쟁위원회에 들어가게 되었고 폭력사태의 주범으로 몰려 교도소까지 가게 된 것입니다. 그러다 박봉의 출판사 일자리에서도 쫓겨나 오늘날 공사판을 전전하게 되었다는 사연입니다.

그럭저럭 날들은 흘러가고 어느 사이 권 씨 아내의 해산일이 다가왔습니다. 그런데 반짝이는 구두를 자랑하는 안동 권씨 권기용은 아무 대책이 없습니다. 외려 걱정을 해주는 집주인에게 태연스레 이렇게 말합니다.

"둘째 때도 마누라 혼자서 거뜬히 해치웠거든요."

하지만 이번에는 사정이 달랐습니다. 진통이 시작되었지만 태아는 나올 생각을 하지 않았고, 탯줄이 목에 감긴 태아와 산모를 살리려면 제왕절개를 해야만 했습니다. 병원에서는 수술비를 가져와야 수술에 들어간다고 하고, 다급해진 권 씨는 오 선생이 근무하는 학교로 달려가 어렵게 말을 꺼냅니다. 하지만 집 장만하려고 빚을 잔뜩 진 오 선생 처지도 사정이 딱하기는 매일반입니다. 그는 대책 없이 무능한 가장의 부탁을 거절하면서 점잖게 조언까지 합니다.

"원장한테 바로 전화 걸어서 내가 보증을 서마고 약속할 테니까
권선생도 다시 한 번 매달려보세요. 의사도 사람인데 설마 사람
을 생으로 죽게야 하겠습니까. 달리 변통할 구멍이 없으시다면
그렇게 해보세요."

자존심을 구기며 애원했다가 이런 충고까지 듣게 된 권 씨는 돌아서
다가 다시 몸을 돌려 이렇게 말합니다.

"오선생. 이래 봬도 나 대학 나온 사람이오."

대책 없는 가장의 이 물색없는 선언을 어찌해야 좋을지 모르겠습
니다.

이 작품의 백미는 뭐니 뭐니 해도 그날 밤 오 선생이 한밤중에 당한
강도사건입니다. 신발을 벗고 얌전하게 양말 차림으로 들어온 강도. 느
닷없이 식칼의 촉감을 목에 느끼게 된 오 선생보다 더 덜덜 떠는 강도.
발을 밟혀 칭얼대는 집주인의 어린 아들을 토닥거리느라 식칼을 이불
위에 내려놓고도 그런 줄 모르는 강도. 그리고 훔칠 게 별로 없다며 성
질을 낸 뒤 현관에 벗어놓은 반짝거리는 구두를 다시 신고 나서는 강
도. 자연스레 문간방 쪽으로 걸어가다 "대문은 저쪽"이라는 집주인의

충고에 아차 하는 심정으로 퇴장하는 강도.

그 강도가 누구일지는 빤합니다. 강도의 아내는 집주인 오 선생이 돌려준 전세융자금으로 무사히 수술을 마치고 건강한 사내아이를 낳지만, 아이 아버지는 그 날로 집을 떠나 돌아오지 않습니다. 다만 주인을 잃어버린 구두 아홉 켤레만이 허망하게 입을 벌리며 먼지를 한 켜씩 쓸 뿐입니다.

어렵사리 내 집 한 칸 마련한 오 선생이나, 무책이 상책인 세입자 권 씨 두 사람은 도긴개긴입니다. 누가 누구보다 더 나을 것도 없건만 "비에 젖은 사람들이 똑같이 비에 젖은 사람들을 상대로 싸우는" 현실에서 애써 나는 너보다 더 낫다는 걸 확인하고 적어도 너 같지는 않다는 증거를 찾아내며 하루를 살아갈 힘을 얻는 게 보통 사람의 처지인 것이지요.

"어머, 아주머니, 안녕하세요?"

엘리베이터에서 7층 아주머니와 또 마주친 어느 날, 역시나 목소리가 한 톤 올라가는 나도 그렇습니다. 방배동 출신 아주머니가 뜨악한 표정을 짓거나 말거나 적어도 당신한테 눌릴 내가 아니라는 자존감만은 확실히 보여준 것 같아서 기분 좋습니다. 비웃으셔도 좋습니다. 우리 같은 소시민들은 너나없이 그렇게 해서 쌩쌩하게 오늘 하루를 견딜힘을 얻으니 말입니다.

갑작스레 닥친 재난에
대처하는 자세

페스트
알베르 카뮈

1940년대 중반의 어느 해 4월 16일 아침, 프랑스의 오랑 시에 살고 있는 의사 베르나르 리유는 진찰실 밖에서 죽어 있는 쥐 한 마리를 목격합니다. 알베르 카뮈의 소설 《페스트》는 이렇게 한 마리 죽은 쥐로 시작합니다. 그런데 이건 아무것도 아닙니다. 이미 대재앙은 시작되었지요.

도심 곳곳에 죽은 쥐들이 속속 나타나면서 고열을 앓는 환자들이 줄을 이었고, 사망자들이 속출합니다. 의사들과 시 당국은 설마 하며 마음을 졸입니다. 눈앞에 펼쳐지는 현상들은 끔찍한 페스트가 틀림없지만, 그렇다고 사실로 공표하려니 뒷감당을 해낼 자신이 없던 거지요.

하지만 쥐 떼가 몰살하고 사람들이 잇따라 사망하자 결국 오랑 시는 다음과 같은 공문을 내려보냅니다.

"페스트 사태를 선언하고 도시를 폐쇄하라."

하루아침에 죽음의 도시가 되어버린 오랑 시. 도시 전체가 전염병의 포로가 되었습니다. 도시 밖으로는 개미 새끼 한 마리도 드나들 수 없을 정도로 통제가 강화되자 사람들은 공황상태에 빠집니다. 끔찍한 증세를 보이며 사람들이 쓰러져 갑니다. 두렵기 짝이 없습니다. 하지만 페스트라는 범인이 딱히 눈에 보이지도 않아 황망할 뿐입니다. 게다가 지금까지 단 한 번도 통행에 제약을 받아본 적이 없는 사람들은 느닷없이 발이 묶이게 되자 억울할 뿐입니다. 자유를 빼앗긴 채 끔찍한 모습으로 죽어가는 사람들과 함께 죽음의 도시에 갇힌 것이지요. 병에 걸려 죽어가는 사람들은 그렇더라도 아직 멀쩡한 자신들이 병에 걸려 죽든지 말든지 상관없다는 뜻이니까요. 대체 누구의 잘못인지도 모를 전염병은 막강하고도 끝이 보이지 않는 두려움을 오랑 시 사람들에게 드리우고 있습니다.

페스트로 인해 도시가 폐쇄되자 창살 없는 감옥에 갇힌 사람들에게서 서서히 개성이 드러나기 시작합니다. 가장 먼저, 이 현실을 누구의 탓이라 몰아붙이지 않고 담담히 받아들이며 자기 일을 해나가는 의사 리유와 같은 사람이 있습니다. 그런데 이런 의사를 이해할 수 없다는 인물도 있지요. 잠깐 취재차 들렀다가 오랑 시에 갇혀 버린 기자 랑베르입니다.

> "영웅 놀음은 집어치우고 전반적인 해방을 기다립시다. 나는 그 이상은 더 나가지 않겠어요."
> "랑베르, 절대로 옳은 말씀이에요. 그러나 역시 이것만은 말해두어야겠습니다. 즉, 이 모든 일은 영웅주의와는 관계가 없습니다. 그것은 단지 성실성의 문제입니다. …… 페스트와 싸우는 유일한 방법은 성실성입니다."

페스트와 싸우는 유일한 방법은 지금 자기가 하고 있는 일을 묵묵히 해내는 것 말고 뭐가 있겠느냐는, 환자 진료에 지친 의사의 대답입니다.

도시가 폐쇄되어 일상의 필수품들이 동나기 시작하자 암거래가 활기를 띱니다. 이때 한몫 잡자는 코타르 같은 부류의 사람들도 있게 마련이지요. 그리고 어찌 되었거나 원치 않은 이 상태가 공동의 환경으로 주어졌으니 함께 난관을 타개해야 한다는 타루나 그랑과 같은 매우 적극적인 사람도 있습니다. 모두가 자기만의 문을 열고 나와서 힘을 합쳐야 한다고 주장하는 것이지요.

반면 전염병을 신의 분노와 징벌이라고 보면서 이런 재앙이 사람을 눈뜨게 하는 나름의 유익한 점이 있다고 말하는 신부 파늘루와 같은 사람도 있습니다. 그는 외칩니다. 인간이 사악해지고 타락했으니 이런 불행을 겪어 마땅하다고요. 신부는 설교 시간에 이 불행한 사태를 매우

드라마틱하게 설명합니다. 사람들의 마음에 불안을 더욱 깊게 심어주면서 회개하라고 외칩니다. 이처럼 누구의 책임도 아니지만 모두가 겪을 수밖에 없는 상태, 카뮈는 이런 상태를 '페스트'라는 기막힌 설정으로 그려내면서 이 상황을 대하는 사람들의 관점을 자세하게 그려내고 있습니다.

특히 이 작품에서 내가 전율하는 부분은, 우리에게 닥친 '불행'을 바라보는 관점입니다. 극복할 수도 저항할 수도 없는 불행이 다가오면 사람들은 딱 저마다의 관점으로 그 문제를 바라보는데, 이때 사람들을 헷갈리게 만드는 것이 바로 현실을 추상적으로 대하려는 생각이라고 카뮈는 지적합니다.

현실을 있는 그대로 직시하지 못하고, 어떤 의미를 자꾸만 덧붙이고 모호한 관념으로 대할 때 인간은 그런 불행에 제대로 대처할 수 없을 뿐만 아니라, 불행이 반복될 때 또다시 절규할 수밖에 없다는 것입니다. 작품 속에서 이 부분은 파늘루 신부가 어린아이의 죽음을 마주할 때 극적으로 드러납니다. 페스트에 걸려 지독한 고통 속에서 죽어가는 어린 생명을 구원해달라고, 그래도 신은 사랑이시라며 기도하는 신부를 향해 의사는 말합니다.

"어린애들마저도 주리를 틀도록 창조해놓은 이 세상이라면 나는 죽어도 거부하겠습니다."

'구원'이라는 사탕발림을 거부하며, 지금은 죽음과 불행을 직시하고 그것들과 싸워야 할 때라는 것이 의사의 생각입니다. 이런 어린 양들의 저항에 신부는 당황할 수밖에 없습니다. 생명의 실존을 온갖 메타포와 이론으로 치장하고서 저 멀리 있는 구원만을 들먹이거나, 되돌아갈 수 없는 전생을 들먹이는 종교인들로서는 이런 '어린 양'들의 저항, '죄 많은 범부'의 반발에 당황할 수밖에 없겠지요. 하지만 의사는 자신의 이 과격한 발언까지도 사과합니다. 그런 종교적 자세 또한 불행한 현실에 대처하고 싸우려는 하나의 방식일 테니까요. 이렇게 한계에 봉착한 인간은 저마다의 지혜를 짜내서 힘을 합해야 한다고 카뮈는 말합니다.

사실 우리의 현실이 딱 이렇습니다. 온통 뒤틀리고 꽉 막힌 난제로 가득합니다. 반면 인간의 힘은 놀랍고 위대합니다. 저 우주를 향한 탐험의 날갯짓을 보더라도 그렇습니다. 생명의 비밀을 풀기 위한 발걸음도 그렇습니다. 로봇을 만들어 인간을 대신하게 하려는 시도도 그렇습니다. 세상은 인간의 창조로 하루하루가 경이롭습니다. 그런데 인간은 자신이 펼친 이 세계의 영향을 고스란히 받고 살아가는 나약한 존재이기도 합니다.

이 세상에서 내게 영향을 미치는 것은 한둘이 아닙니다. 어마어마하게 많은 바깥 대상들과의 관계는 촘촘한 그물망과도 같습니다. 그런 그물망에서 우리는 하나의 그물코에 지나지 않습니다. 이런 세상에서는 나 하나만 중심을 잘 잡는다고 해서 세상이 잘 돌아가지도 않습니다. 눈에 잘 보이지 않는 관계를 유지해나가야만 모두가 잘 살 수 있습니다. 누구 한 사람의 문제가 아닙니다. 나의 잘못이 누군가에게 악영

향을 미칠 수도 있고, 촘촘한 그물망 어딘가에서 갑작스레 탈이 나기도
합니다. 때로는 자연재해로, 때로는 전염병으로, 다가오는 그 탈은 우리
의 목숨을 위협하는데, 저마다의 안위를 위협당할 때 우리는 관계를 잊
고 쪼개집니다. 내 탓이 아니라 하고, 나 혼자만 살 궁리를 합니다. 이럴
때 불행이라는 현실은 추상화되어 버립니다. 두려움과 소외감이라는
막강한 추상의 힘으로 다가옵니다. 그럴수록 더더욱 움츠러들 수밖에
없는 존재가 인간입니다.

카뮈의 《페스트》는 설마 했던 일이 벌어졌을 때, 자기 책임도 아닌
일에 자신의 의지와 상관없이 불행에 말려들 때 펼쳐지는 사람들의 혼
돈과 방황, 저마다의 극복 의지를 세밀하게 담고 있습니다. 특히 전염
병으로 폐쇄된 도시 안에서 매일 죽음의 공포와 마주쳐야 하는 사람들
의 심리와 몸부림을 생생하게 그리고 있습니다.

몇 달이 지나 오랑 시의 페스트는 슬그머니 사라졌습니다. 그리고 닫
혔던 도시의 문도 열렸습니다. 사람들은 감격의 포옹을 나누었고, 재회
의 기쁨에 눈물을 흘렸습니다. 어쩌면 사람들은 이 순간부터 자신들이
어떤 고통을 지나왔는지를 죄 까먹을 것입니다. 단 한 번도 지독한 불행
을 겪어본 적이 없던 것처럼 살아갈지도 모릅니다. 그러나 이 모든 불행
을 생생하게 목격한 의사 리유는 시내에서 터져 나오는 환희의 함성에
귀를 기울이면서 생각합니다. "환희가 항상 위협을 받고 있다는 사실"
을 잊지 말아야겠다고 말이지요. "기쁨에 들떠 있는 군중이 모르고 있
는 사실, 즉 페스트균은 결코 죽거나 소멸하지 않으며, 그 균은 수십 년

간 가구나 옷가지들 속에서 잠자고 있을 수 있고, 방이나 지하실이나 트렁크나 손수건이나 낡은 서류 같은 것들 속에서 꾸준히 살아 남아 있다가 아마 언젠가는 인간들에게 불행과 교훈을 가져다주기 위해서 또다시 저 쥐들을 흔들어 깨워가지고 어느 행복한 도시로 그것들을 몰아넣어 거기서 죽게 할 날이 온다는 것을 알고 있었기 때문"입니다.

한때 우리 사회에서도 크고 작은 공동체와 가족들이 '격리'와 '폐쇄'의 상태에 놓였습니다. 메르스 사태를 겪어보았고, 해마다 쉬지 않고 발생하는 조류독감과 같은 가축 전염병도 경험했습니다. 그런데 메르스로 인해 일상이 정지당하고 격리된 사람들을 둘러싼 반응이 흥미로웠습니다. 저들이 갇히게 된 것은 저들의 잘못 때문이 아닙니다. 안전지대 안팎의 모두를 위해 희생을 강요당한 것입니다. 그런데 그들을 향해 '죄인' 취급하는 기미를 보았을 때 아연실색했습니다. 사람의 어리석음과 이기심이 이 정도일 줄은 몰랐습니다. 이내 전염병은 멈추었고 갇혔던 사람들은 예전의 평온을 되찾습니다. 그러나 속수무책과 무방비와 은폐만큼이나 심각한 것이 바로 동시대의 불행을 겪는 사람에 대한 몰이해가 아닐까 합니다.

오해하고 왜곡할 때 인간은 재난에 제대로 대처할 수 없을 뿐만 아니라, 그 재난이 반복되었을 때 또다시 절규하고 우왕좌왕할 수밖에 없습니다. 그 누구도 이런 재난에서 자유롭지도 무관하지도 않다는 것을 카뮈는 이 작품을 통해 말하고 있습니다.

무지가 낳은 죄,
알고 지은 죄보다 가벼울까

책 읽어주는 남자
베른하르트 슐링크

독일 작가 베른하르트 슐링크의 소설 《책 읽어주는 남자》를 읽어보셨나요? 영화로도 제작되어 호평을 받은 작품입니다. 이 소설은 열다섯 살 소년 미하엘과 서른여섯 살 여성 한나와의 진한 애정으로 시작합니다. 외로움에 찌든 여자가 아직은 어른의 보호를 받아야 할 청소년을 욕정의 대상으로 삼아 농락하는 게 아닐까 싶을 정도입니다.

학교를 다니는 미하엘과 전차 차장인 한나의 데이트는 거의 매일 이뤄집니다. 그런데 언제부터인가 미하엘은 한나에게 책을 읽어주게 되었습니다. 어서 빨리 그녀와 침대로 가고 싶지만 한나는 먼저 책을 읽어줄 것을 요구합니다. 미하엘은 한나의 현재 직업만 알고 있을 뿐 그녀가 어떤 사람인지, 고향은 어디고, 가족은 어떻게 되는지 전혀 모릅니다. 그러던 어느 날 한나가 갑작스레 자취를 감춥니다. 미하엘에게는 단 한마디 인사도 남기지 않았지요. 미하엘은 당황했지만, 사실 나이 많은 한나가 부담스럽기 시작한 터라 자연스레 그녀를 잊었습니다. 문득 한나의 아파트에서 그녀의 몸을 탐하며 만끽했던 안락과 열정이 사무치게 그립기도 했지만 아직은 친구들과 낄낄거리며 장난치고 놀며 자랄 나이였던 겁니다. 소설은 이제 완전히 다른 방향으로 흘러갑니다.

세월이 흘러 7년 뒤에 미하엘은 법과대학 학생이 되었습니다. 그리고 2차 세계대전 당시 나치 전범들을 심판하는 법정에서 피고인 한나를 만납니다. 피고인들 이름이 하나씩 불리는 가운데 미하엘의 정신이 번쩍 들 이름이 나온 것이지요.

한나 슈미츠! 소년의 가슴에 깊이 새겨졌던 이름, 홀연히 사라졌던 그 한나가 7년이 지난 지금 나치의 앞잡이로서 미하엘 앞에 선 것입니다. 한나의 혐의는 가볍지 않습니다. 유대인 여성들을 선별하여 가스실로 보냈고, 유대인 여성들을 가둔 교회가 폭격으로 불이 났을 때 밖에서 문을 열어주지 않아 그들이 고스란히 불에 타 죽게 한 혐의입니다. 초라한 아파트에서 사랑을 나누던 시절, 한나가 좀처럼 입을 열지 않던 그녀의 과거에는 이처럼 무시무시한 반인륜적인 범죄가 숨어 있던 것입니다. 그녀는 수용소 경비원으로 있으면서 똑똑해 보이는 소녀들을 가려내어 자신을 위해 책을 읽게 하는 일까지도 했습니다.

재판은 교회 폭격 당시 수백 명을 죽게 만든 혐의에 무게가 실렸습니다. 문을 열어주기만 했어도 대부분의 여성들을 살릴 수 있었습니다. 그렇지만 한나와 그녀의 동료들은 그러지 않았습니다.

한나와 함께 법정에 선 여성들은 어쩔 수 없었다고 적극적으로 항변하기 시작했습니다. 한나도 마찬가지였습니다. 그런데 그녀는 좀 달랐습니다. 왜 나치 친위대에서 일했느냐는 첫 질문부터 자신을 제대로 변호하지 못했습니다. 한나의 엉거주춤한 답변으로 인해 법정의 분위기는 달라집니다. 피고석에 있던 동료들은 일제히 한나에게 죄를 덮어씌우기 시작합니다. 그러다 결국 폭격 당시에 관한 보고서 작성도 한나의 행위라고 몰아가기 시작합니다. 그녀는 부인합니다.

> "아닙니다. 내가 쓰지 않았습니다. 누가 썼느냐 하는 것이 그렇게 중요합니까?"

극구 부인하는 한나를 지켜보던 재판관은 필적 감정사를 부르기로 합니다. 이때 한나가 말합니다.

> "전문가까지 부를 필요없습니다. 제가 그 보고서를 썼다는 사실을 시인합니다."

이후 재판은 속전속결로 진행되고, 한나는 끝내 종신형을 선고받습니다. 같은 혐의로 피소되었던 다른 사람들은 한결 가벼운 형을 받는 데에 그쳤습니다. 그런데 한나가 정말 그 보고서를 썼을까요?

법정에 있던 모든 사람들은 다 그렇게 믿었지만 단 한 사람은 사실을 알고 있습니다. 어렸을 때 한나를 위해 책을 읽어준 미하엘입니다. 그녀는 글을 읽지도 쓰지도 못하는 문맹이었던 것입니다. 분명 한나는 무척 가난하고 불행한 어린 시절을 보냈을 테지요. 그래서 제대로 교육을 받지 못했을 테고, 먹고는 살아야 했기에 독일 지멘스사에 경비원으로 취직을 했고, 거기에서 진급 시험이 있자 나치 친위대 경비원으로 자리를 옮겼던 것이지요. 시험을 보려면 글을 알아야 하는데 문맹인 그녀에게 그건 불가능한 일이었습니다. 그렇다고 사람들에게 자신이 문맹이란 걸 떠벌릴 일도 아닙니다.

전쟁이 끝나자 그녀는 나치의 앞잡이로 일했다는 사실을 들킬까 봐 수시로 이사를 하며 지냈고, 전차 차장으로 일하고 있을 때 어린 미하엘을 만났던 것입니다. 홀연히 모습을 감춘 것은 차장으로 일하다가 운전수로 진급을 앞두었을 때 자신의 무지가 들통나는 것이 두려웠기 때문입니다.

그녀는 밑바닥 인생이었지만 문학과 예술, 책을 읽고 글을 쓴다는 것에 대해 말할 수 없는 동경에 사로잡혀 지냈습니다. 그러나 글을 모르던 그녀에게 마련된 일자리는 나치 친위대의 앞잡이 노릇이었습니다. 무지한 한나가 자신의 일이 어떤 의미인지 생각할 필요는 없었습니다. 그저 일이 있어서 좋았고, 가난에서 벗어날 수 있어서 좋았습니다. 그래서 채찍을 휘두르며 유대 여성들을 겁주고 통솔하는 데 앞장섰습니다. 결국 모든 죄를 혼자 뒤집어쓴 한나는 종신형을 선고받았고, 길고 외로운 수형생활을 시작하였습니다. 그런 한나에게 미하엘은 《오딧세이아》를 비롯한 좋은 책들을 낭송하여 카세트테이프에 담아 보내주었습니다. 한나는 어린 연인 미하엘의 낭독 테이프를 들으면서 글자를 터득했고, 마침내 글씨를 쓸 줄 알게 되었습니다.

책을 읽을 줄 알게 되자 한나는 스스로 책을 선택해서 구해 읽었습니다. 그녀가 읽은 책들은 대체로 나치의 잔학한 행위에서 살아남은 유대인들의 책이나 전범재판과 관련한 제법 묵직한 내용들이었습니다. 성실하게 수감생활을 해온 덕분인지 그녀는 가석방 신분이 됩니다. 하지만 풀려나는 날 새벽에 목을 매지요. 소설은 미하엘이 한나의 유언대로 그녀의 몇 푼 되지 않는 돈을 모아 피해자 여성들에게 전달하는 것으로 끝이 납니다.

한나의 심정으로 이 소설을 읽어가던 나는 책갈피 속에 비어져 나오는 그 인생이 안타까워 자꾸 눈물이 났습니다. 한나는 법정에서 "왜 나치 친위대에서 일했느냐?"는 질문에 선뜻 대답하지 못했습니다. 자신의 문맹이 들통나면 직장에 더는 발을 붙이지 못할뿐더러, 설마 나치 친위대에서 했던 일이 그렇게 반인륜적인 범죄행위인 줄은 꿈에도 생각하지 못했던 것입니다. 한나는 그저 일자리를 잃지 않으려고 시키는 대로 열심히 일했을 뿐입니다. 그리고 정작 교회 폭격 당시, 그때까지 그녀 위에 군림하며 지시를 내리던 자들은 모조리 도망갔고, 자신은 뭘 해야 좋을지 몰라 우왕좌왕했을 뿐입니다. 하지만 세상은 그런 한나의 사정까지 이해할 수는 없었습니다. 무슨 일이 있어도 해야만 하는 일이 있고, 어떤 이유에서라도 해서는 안 되는 일이 있다는 것을 알아야 하는 것이 세상입니다.

나는 글자를 깨친 한나가 구해서 읽은 책들이 나치 행위와 관련된 책이었다는 소설 대목에서 가슴이 철렁 내려앉았습니다. 한나는 그제야 알았던 것입니다. 문맹으로 인해 무지했던 자신이 얼마나 끔찍한 일을 저질렀는지요. 그저 시키는 대로 했을 뿐이요, 아무것도 몰랐다고 항변할 수는 있었겠지만, 그렇다고 그 행위의 무게가 가벼워지는 건 아닙니다. 자신의 무지가 어떤 패륜을 불러들였는지를 깨닫는 순간 한나는 어떤 심정이었을까요?

책에는 "문맹은 미성년 상태를 의미한다"라고 쓰여 있습니다. 모르고 지내는 게 속 편하고 좋다는 사람들도 더러 있습니다. 하지만 시대의 강물에 발을 적신 이상 우리는 모를 수가 없습니다. 설령 몰랐다 하더라도 우리는 너나없이 그 시대의 무게를 똑같이 나눠 가진 공동체입니다. 현명한 자도 무지한 자도 역사의 열차에 동승한 승객입니다. 한 시대에 저질러진 범죄에 대해 몰랐다는 항변은 무의미합니다. 그러니 몰라서도 안 됩니다.

가석방으로 죄에서 자유로워지기 직전 스스로 목숨을 끊은 한나는 아마도 그걸 알아차렸을 테지요. 무지의 상태에서 깨어났지만 이제는 시간을 되돌릴 수도 없습니다. 깨어난 자는 무지의 상태에서 행한 행위가 얼마나 무서운 것인지를 자각합니다. 자각한 자에게는 지독한 책임이 따르지요. 그 책임은 너무나 무겁고 무섭습니다. 깨어나기를 지독하게 원했던 한나는 자신의 문맹을 들키지 않으려 했습니다. 그녀의 삶은 "자신이 무엇을 할 수 있는지를 보여주기 위해서가 아니라 자신이 무엇을 할 수 없는지를 감추기 위해서 늘 싸우고 또 싸워온" 순간들의 연속이었습니다.

이 모든 일들을 너무나 뒤늦게 알아차린 한나. 자신이 모르고 저지른 행위가 학살을 도왔고, 결국은 얼마나 많은 타인을 죽이고 스스로를 망쳤는지를 통렬하게 깨달았습니다. 알고 짓는 죄, 모르고 짓는 죄. 그것 자체가 죄냐 아니냐가 아니라 그것이 그릇된 행위인 줄을 '아느냐 모르느냐'가 문제였던 것입니다. 당신은 알고 짓는 죄가 더 무겁다고 생각하십니까? 모르고 짓는 죄가 더 무겁다고 생각하십니까? 글을 깨치고 세상의 이치를 알아버린 한나는 뭐라고 대답할까요?

아는 것과 본 것,
삶을 뒤바꿀 엄청난 괴리

속죄
이언 매큐언

우리는 앎을 소중하게 여깁니다. 그런데 가끔 이 '앎'이 문제를 일으킬 때가 있습니다. 제대로 잘 알고 있는가가 의심스럽기 때문입니다. 어쩌면 사실을 있는 그대로 아는 게 아니라 사실에 상상을 덧붙여 사실과 다르게 알고 있을 수도 있습니다.

열세 살 소녀 브리오니가 그랬습니다. 자신의 생각을 상상과 마구 뒤섞어 사실을 심하게 일그러뜨린 결과 타인과 자신의 삶을 망쳤습니다. 영국 작가 이언 매큐언의 소설《속죄》는 '안다'는 것의 함정을 보여주고, 자신의 망상으로 인해 추락한 사람에게 속죄하는 과정을 그리고 있습니다.

1938년, 2차 세계대전이 일어나기 전 영국 남부에 위치한 서리 지방으로 날아가 봅시다. 그곳에는 탈리스 집안의 대저택이 자리하고 있습니다. 정부의 요직을 맡은 아버지는 부재중이었고, 그 대신 늘 편두통에 시달리는 어머니, 그리고 큰딸 세실리아와 막내딸 열세 살 소녀 브리오니가 저택에 살고 있었지요. 브리오니는 비록 어린 나이였지만 작가 지망생이었습니다. 늘 뭔가 끼적이고는 자신의 습작을 엄마와 언니에게 보여주며 두근거리는 가슴을 안고 평을 기다리는 소녀였습니다. 부족한 것 하나 없는 부유한 집안의 어린 막내딸 작품이란 것, 말하지 않아도 뻔합니다. 하지만 엄마와 언니는 브리오니가 실망할까 봐 극찬을 해주고 격려를 아끼지 않습니다. 소설을 잘 쓰려면 뭔가 이야깃거리가 풍부해야겠지요. 언제부터인가 브리오니는 자신의 눈앞에 펼쳐지는 모든 현상들을 각색하면서 바라보게 되었습니다.

브리오니와는 달리 언니 세실리아는 질식할 것만 같은 집안을 벗어나 자유롭게 살고픈 젊은이입니다. 그런데 말 못할 고민이 있습니다. 탈리스 집안의 파출부 아들인 로비라는 청년을 좋아하고 있습니다. 로비는 세실리아 아버지의 장학금으로 공부를 하고 있지요. 두 사람은 어릴 때부터 함께 자랐고 서로에게 연정을 느끼고 있었지만 신분의 벽을 의식하지 않을 수 없었습니다.

두 사람은 저택 정원에 있는 분수대 앞에서 마주칩니다. 상대를 향한 뜨거운 마음을 애써 숨기면서 대화를 하려니 자꾸 어긋나기만 합니다. 꽃병에 물을 담으려는 세실리아와 그걸 도와주겠다는 로비는 가벼운 몸싸움까지 벌이게 됩니다. 젊은이들의 서툰 사랑의 몸짓이 아련하고 애틋하기까지 합니다. 그런데 몽상가 브리오니의 눈에는 다르게 보인 것 같습니다.

후텁지근한 8월, 이 고즈넉한 탈리스 가의 저택에 모처럼 사람 사는 냄새가 납니다. 큰아들 레온이 사업으로 크게 성공한 친구와 함께 방문한 것이지요. 때마침 이모네 세 자녀까지 잠시 이 집에 머물고자 찾아옵니다. 가족들은 나름대로 정성을 들여 손님을 맞습니다. 그리고 밤 10시라는 늦은 시각에 성대한 만찬을 열게 됩니다.

하지만 만찬은 즐겁지 않았고 엎친 데 덮친 격으로 성폭력까지 벌어집니다. 손님으로 온 이종사촌인 롤라가 어떤 청년에게 당한 것입니다. 이 집의 막내딸 브리오니가 달려갔을 때는 범인은 유유히 멀어져가는 중이었습니다. 어둔 밤 불빛 하나 없는 정원에서 피해자 롤라를 제외한 브리오니가 유일한 목격자입니다.

롤라는 범인이 누군지 알고 있습니다. 그날 낮에도 같은 사내에게 성추행을 당했기 때문입니다. 그런데 롤라가 충격에 떨면서 말을 잇지 못하고 있을 때 브리오니가 그녀에게 속삭여 묻습니다.

"누구였어?"

롤라가 미처 대답하기도 전에 브리오니는 가능한 한 침착한 소리로 덧붙입니다.

"그 사람 봤어. 내가 봤어."

사건은 벌어졌고, 피해자가 나온 이상 가해자가 있는 건 당연합니다. 게다가 그를 봤다는 목격자까지 있으니 롤라는 이제 긴 말을 하지 않아도 됩니다. 그런데 어째 일이 좀 이상하게 흘러갑니다. 브리오니가 단정 짓는 '그 사람'이 정작 롤라가 또렷하게 알고 있는 '그 사람'이 아닌 것 같기 때문입니다. 무슨 이유인지 롤라는 가타부타 말이 없습니다. 그러는 사이 브리오니는 자신의 판단을 믿습니다. 브리오니는 처음부터 범인을 알고 있던 것입니다.

"로비였어. 그렇지?"

피해자가 입을 열기도 전에 브리오니가 범인을 정확하게 지목합니다. 목격자의 진술이 맞는지 틀리는지는 피해자가 정확하게 판단할 수 있습니다. 그런데 롤라는 이렇게 대꾸할 뿐입니다.

"네가 봤잖아."

브리오니가 지목한 범인 로비는 바로 언니 세실리아와 서로 좋아하는 청년입니다. 그리고 로비가 이런 흉측한 범죄를 저지를 이유와 정황은 이미 충분했습니다. 오늘 하루 그가 보여준 모습, 특히 그날 낮 분수대 앞에서 언니에게 저지른 행동을 보아도 알 수 있습니다.

급기야 경찰이 출동하고 브리오니는 이제 모든 사람들이 지켜보는 가운데 경찰 앞에서 증언을 하게 되었습니다. 브리오니의 확신은 흔들리지 않았습니다. 한밤중에 탈리스 저택으로 달려온 형사가 브리오니에게 재차 확인합니다.

"그러면 네가 그를 본 거구나."

"그 사람이라는 걸 알아요."

"네가 알고 있는 것에 대해서는 잠시 접어두자. 지금 네 말은 네가 그를 보았다는 거지?"

"네, 내가 그를 봤어요."

"지금 네가 나를 보고 있는 것처럼 말이니?"

"네."

"네가 네 눈으로 직접 그를 보았다는 거지?"

"네, 내가 그를 봤어요. 내가 그를 봤어요."

브리오니가 정말로 범인을 보았을까요? 물론 보기는 봤습니다. 칠흑 같은 어둠 속에서 멀어져가는 뒷모습을 봤으니까요. 하지만 형사의 질문은 흥미롭습니다. '보았는가?'라는 질문에 '안다'는 대답을 하는 목격자. 그러자 형사는 알고 있다는 건 잠시 접어두고 실제로 보았는지를 재차 묻고 있습니다. 추궁을 당하던 브리오니는 자신이 '알고' 있는 범인을 자신이 눈으로 '본' 범인이라고 단정 짓습니다. 결국 의대 진학을 꿈꾸던 청년 로비는 성폭행범으로 감옥에 갇히게 됩니다.

작가 이언 매큐언은 로비가 수갑을 차고 경찰차에 오르기까지의 그 날 하루를 아주 지루할 정도로 찬찬히 묘사하고 있습니다. 그 서술이 어찌나 치밀하고 복잡한지 성미 급한 사람은 진저리를 치며 책을 던져 버릴지도 모릅니다.

제목에서도 알 수 있듯이 이 작품의 주제는 '속죄'입니다. 그런데 잘못을 뉘우치는 사람이 로비가 아니라 브리오니라는 점이 흥미롭습니다. 그런 점에 착안해서 작품을 처음부터 다시 읽어가자니 작가는 여느 등장인물의 눈에 펼쳐지는 그날 하루의 풍경과 브리오니의 눈에 펼쳐지는 풍경을 철저히 다르게 묘사하고 있습니다.

브리오니는 남들과 똑같이 주변에서 일어나는 일들을 바라보지만 철저하게 자신의 주관, 더 솔직하게 말하면 자신의 망상을 덧칠해버립니다. 누군가의 사소한 몸짓이나 말투도 브리오니에게는 특별한 의미를 지니게 되고, 일련의 스토리를 완성하는 장치가 됩니다. 보고 있지만 사실을 보는 게 아니고, 알고 있지만 제대로 알고 있는 게 아니지요. 지독한 주관적 세계에 갇히는 바람에 사실은 일그러지고, 그래서 누군가는 엄청난 파국을 맞게 됩니다. 건실한 한 청년의 삶을 망치고, 언니의 사랑을 조롱거리로 만든 것입니다. 다행스럽게도 자신의 착각이 불러온 비극을 뒤늦게 알아차리고, 주관의 마법에서 서서히 풀려나지만 이 일련의 과정은 브리오니 자신에게도 끔찍한 일이 되고 맙니다.

우리가 일상에서 숱하게 하는 생각과 말은 모두 '안다'는 것과 '본다'는 것의 차원을 벗어나지 않습니다. 그렇다면 '안다'는 것과 '본다'

는 것의 차이는 무엇일까요? 진실을 알고 있다고들 말하지만 그게 정말 진실일까요? '정말 진실인가요? 사실 그대로인가요?'라고 물으면 이렇게 대답할 수 있겠지요. "진짜야. 내가 봤다니까!" 하지만 보았다는 사실도 조심해야 합니다. 어쩌면 부분만을 보고서 전체를 본 것이라고 착각할 수도 있고, 나의 상태에 따라 내가 본 것이 왜곡될 수도 있기 때문입니다. 사실을 사실 그대로 온전히 파악하기 위해 우리가 버려야 할 것은 바로 선입견입니다. 쉽지는 않습니다. 그 선입견으로 우리는 지금까지 '나'를 주장하고 '나'를 구현하며 살아왔기 때문입니다.

어둔 밤 칠흑 같은 산길을 걷던 나그네가 길가에 똬리를 틀고 있는 뱀을 봤습니다. "뱀이다!" 소스라치게 놀란 그는 황급히 몸을 돌려 도망칩니다. 돌부리에 걸려 넘어져 피가 흐릅니다. 나뭇가지에 옷이 걸리고 팔에 상처가 납니다. 그렇게 뱀을 피해 밤새 도망칩니다. 그는 도망치는 내내 이렇게 상상합니다. '어쩌면 좋은가! 뱀도 아주 큰 녀석이던걸. 분명 독사일거야. 녀석에게 물리면 반드시 죽고 말거야. 어서 멀리 도망쳐야 해. 뱀이 따라오는 것 같아.' 그는 영원히 그 길을 두 번 다시 걷지 못할 것입니다. 그 산길에는 아주 거대한 독사가 똬리를 틀고 오가는 나그네를 잡아먹으려고 기다리고 있으니까요.

하지만 이렇게도 생각해보지요. 길가에 돌돌 말려 있는 무엇인가를 보고 뱀이라 생각한 채 도망치던 사내가 다음 날 날이 밝은 뒤에 그곳을 다시 가보는 겁니다. 그런데 어처구니없게도 거대한 독사는 없었습니다. 다만 누군가가 버리고 갔는지 굵은 새끼줄이 둘둘 말린 채 버려져 있었습니다. 새끼줄을 뱀이라 착각하고 도망친 것이지요. 이런 사실을 알아챘다면 그는 허허 웃을 테지요. 그리고 그 산길을 누구보다 당당하게 걸어갈 것입니다.

착각은 철저하게 자기중심적 판단입니다. 착각은 누구에게나 일어날 수 있습니다. 하지만 내가 알고 있는 것이 착각일 수 있다고 생각할수 있는 여유가 있다면 인생이 지금과는 달라질지 모릅니다.

"당신은 알고 있는가?"
"당신은 보았는가?"
"사실인가?"

그렇다고 대답하기에 앞서 한 번쯤은 자신의 발밑으로 시선을 던져봐야 할 것 같습니다.

'착함'을 강요하는 세상에서
'저항'하는 도둑으로 살아남기

도둑견습
김주영

"그 돼먹잖은 의붓아버지란 작자는, 초저녁부터 어머니와 흘레붙기를 잘하였습니다."

김주영의 단편소설 〈도둑견습〉의 첫 문장은 이처럼 상상하기조차도 민망한 러브신을 고발하는 것으로 시작합니다. 방 한 칸에서 온 식구가 생활하던 시절에는 그랬습니다. 그런데 어릴 적 꿈결에 느끼곤 했던, 낯설지만 입 밖에 내서는 안 될 것만 같은 이 묘한 러브신을 까발린 소년의 이름은 이원수입니다.

때는 1970년대, 도시의 어느 폐품집적소에 있는 폐차 직전의 마이크로버스가 소년의 집입니다. 아버지가 폐품집적소의 일을 보는 최가란 놈에게 어머니를 성상납한 결과 얻어낸 보금자리입니다. 소년에게는 이 일이 씻기지 않는 얼룩으로 남아 있습니다. 마지막까지 지켜야 할 것을 제 손으로 내주고도 여전히 무력하게 지내는 아버지, '그 짓'을 해놓고도 말짱한 얼굴로 지내는 어머니. 이 어처구니없는 어른들을 보면서 소년은 어리둥절합니다. 그러다 병약했던 아버지는 세상을 떠났고, 이런 상황이 소년은 버겁습니다. 자기가 할 수 있는 일은 아무것도 없으니 그저 될 대로 되라며 세상을 향해 지독한 욕을 내뱉는 게 최선입니다. 세상은 가난한 아버지를 지켜주지 못했고, 아버지는 어머니를 지켜주지 못했으니, 자신을 지켜줄 사람은 어디에도 없을 것이라는 생각에 지레 자포자기했을 것입니다. 그런데 엎친 데 덮친 격으로 이런 소년에게 의붓아버지가 등장합니다.

도대체 이 작자 강두표는 믿음이 가지 않습니다. 커다란 가위를 철컥철컥 소리 내며 동네 골목을 다니면서 폐품을 모으는 막장 인생인데다 우악스럽기 그지없습니다. 무엇보다 질색인 게 밤마다 어머니와 '그 짓'을 보란 듯이 해대면서도 종내 부끄러운 줄도 모르는 호색한입니다. 소년은 밤마다 고역입니다. 하지만 어쩌겠습니까. 그나마 의붓아버지가 친아버지와 다른 점이 있다면, 예의 그 최가란 놈이 마이크로버스 주변을 빙빙 돌면서 어머니에게 욕정 넘치는 눈길을 보내면 거의 미친 듯 발작하며 광분한 채로 하루를 보낸다는 것입니다. 적어도 의붓아버지는 자기가 지켜내야 할 것이 무엇인지는 아는 사람이었습니다.

그러던 어느 날, 이 우악스런 사내가 소년의 뒷덜미를 낚아채더니 "내일부터 나를 따라나서라"라는 겁니다. 대체 고물장수를 따라나서서 해야 할 일이 무엇일까요. 의붓아버지의 그악스러움에 눌려 따라나선 후에야 소년은 알아차립니다. 이 작자가 남의 빈집에 들어가 고철로 쓸 만한 것들을 털 때 자신이 망을 봐야 한다는 사실을 말이지요. 소년은 이렇게 해서 도둑견습생이 됩니다. 무기력한 친부도 문제지만 자신을 범죄의 길로 끌어들인 계부는 더 심각합니다. 그런데 참 묘하기도 한 것이 계부 눈에는 모든 게 다 돈으로 보인다는 사실입니다. 그러니 수단 방법 가리지 않고 끌어 모아야겠지요. 가진 것 하나 없는 밑바닥 인생인데 양심을 찾겠습니까, 윤리와 도덕의 잣대를 들이대겠습니까.

어느 날, 소년은 계부를 따라다니며 망을 봐주다가 실수를 하고 맙니다. 집주인이 들어올 때 미리 짜둔 신호를 넣어야 하는데 그걸 하지 못했기 때문입니다. 계부는 딱 죽기 직전까지 늘씬하게 얻어맞고 도망갑니다. 그리고 어찌해야 좋을지 몰라 망연자실한 소년을 향해 계부를 두들겨 팼던 집주인 사내 둘이 서서히 다가옵니다. 사시나무 떨듯 떨면서 꼼짝없이 '죽었다' 생각하는 찰나에 문득 소년에게는 계부의 말이 떠올랐습니다.

"이 자식아, 쥐 새끼도 막다른 골목에 이르면 돌아서서 고양이를 문다구."

117

그렇습니다. 이판사판입니다. 소년은 막다른 골목에 내몰린 '쥐 새끼'입니다. 살아야지요. 무조건 살아내야지요. 뭘 가리겠습니까. 소년은 리어카 속에 들어 있던 조그만 쇠꼬챙이 하나를 꺼내 들고 두 사내를 향해 돌아섰습니다. 그러고는 막무가내로 들이댔습니다. 기가 찬 쪽은 사내들이었습니다.

"야, 요것 봐라아! 벼룩이 튄다아!"
"이 새캬! 니 눈깔엔 벼룩밖에 보이는 게 없니?"
"야, 요놈 봐라아! 너 몇 살이니?"
"몇 살이면 워쩔 텨? 너 애비 나이라도 보태 줄 텨?"

그런데 우스운 일이 벌어졌습니다. 사내 둘이 슬그머니 돌아선 것입니다. "시골 장터에 붙들려 온 고슴도치라도 구경하듯" 쇠꼬챙이를 치켜든 자신을 빙빙 돌며 웃다가 사라진 겁니다. 이 난데없는 결말. 실랑이는 싱겁게 끝났고, 어쩌면 두 사내는 대적하기에 너무 보잘것없는 벼룩 같은 어린 녀석이기에 그냥 보내준 건지도 모르지만, 그게 어딥니까. 자신의 독기에 어찌 되었거나 저들은 물러갔잖습니까. 이거야, 바로 이거야! 소년은 깨닫습니다. "악돌이를 당해낼 인간은 없다는 사실. 어른들이란, 틀은 커도 건드리면 움츠리는 족제비처럼 운명적으로 허약하다는 걸" 소년은 깨달았습니다. 하지만 깨달음 뒤에 찾아오는 감정은 두려움입니다. 산 너머 산이라고, 자기가 허술하게 망을 본 바람에 늘씬하게 두들겨 맞고 도망친 의붓아버지가 서슬 푸르게 마이크로버스에서 기다리고 있을 테니 말입니다. 비록 집주인 사내들에게 얻어맞고 도망친 도둑놈 신세이긴 하지만 그 극악한 성정을 잘 알고 있으니 소년은 이제 죽은 목숨입니다. 집으로 가는 버스 안에서 차장과 실랑이를 하는데, 순간 누군가 등을 툭 칩니다. 의붓아버지입니다. 창자가 끊어질 듯한 놀라움과 두려움이 덮친 순간, 그는 씩 웃어줍니다.

"히히, 내가 다 봤다, 임마. 너 통수 한번 거뜬하게 치던데! 됐어. 잘하는 짓이라구. 희망이 가득한 놈이야, 넌."

달아나지 않고 '아들'을 지켜본 아버지입니다. 소년이 불러온 파국을 실패라 보지 않고, 파국을 향해 쇠꼬챙이 하나 치켜들고 맞짱 뜨는 아들을 향해 희망이 가득한 놈이라고 등을 쳐주는 '아버지'입니다.

소년은 그날처럼 기분 좋았던 날도 없었습니다. 물론 그날부터 그를 아버지라고 부르기로 작정하였지요. 돈도 없고 무식하며 도둑질이나 하고 오락이라고는 어머니와 홀레밖에 할 줄 모르는 그였지만, 사람을 군더더기 없이 용서할 줄 알고 힘을 북돋을 줄 아는 그 왕자표 아저씨를 아버지라 부르는 데 거리낄 것은 없었지요.

아버지는 그날 이후 자리보전하고 드러누웠지만 소년은 괜찮았습니다. 거친 세상을 향해 뭐든 해낼 수 있다는 자신감이 생겼기 때문입니다. 소년은 아버지에게서 꿈과 희망과 용기를 얻었습니다. 폐품집적소에서 폐차 직전의 마이크로버스를 집 삼아 눈치 보며 살아가던 열다섯 살 소년에게 이보다 더 절실한 말은 없습니다. 꿈과 희망과 용기!

이제 소년에게는 아버지의 고물 리어카와 가위를 물려받아 철컥철컥 가위질로 골목을 다니면서 "사이다 병, 콜라 병, 헌 양재기 삽시다" 하고 외치는 강단이 생겼습니다. 심지어는 주인이 집을 비운 사이 대문을 열어놓고 낮잠에 빠진 식모를 위협해서 고철로 쓸 만한 것을 모조리 털어 내올 배짱도 생겼습니다. 집으로 돌아와 하루의 무용담을 아버지에게 털어놓으면 자리보전하고 있던 아버지는 몸을 후딱 일으키고서 말합니다.

"넌 이제 내 아들이야. 이 강두표의 아들이라구, 딴 놈의 아들이 됐다간 죽엇? …… 열심히 혀, 책임은 내가 져, 이 강두표가 진다구. 그래야 우리 집이 헐리지 않는 기여 임마, 그걸 알아야 혀."

하지만 아버지가 자리에서 일어나지 못하는 날이 길어지자, 그동안 의붓아버지의 서슬에 눌려 지내던 최가 놈은 저들의 보금자리인 마이크로버스를 해체하기 시작합니다. 소년은, 소년은 어떻게 될까요?

놀랍게도 소년은 실망하지 않는다고 말합니다. 보금자리를 하루 사이에 잃더라도 어머니를 넘겨주지 않는 아버지가 거인으로 보이기 때문입니다. 그리고 그런 거인의 아들에게 비열하기 짝이 없는 최가 놈 하나쯤 때려누일 자신감이 없어서는 말이 안 됩니다. 비록 아버지는 더 이상 힘을 못 쓰는 존재가 되어버렸지만 소년은 이제 거인을 등에 업고 비정함으로 가득 찬 최가 놈을 향해, 저 몰인정한 세상을 향해 거침없이 덤벼듭니다.

"야 이 새캬, 이리 나오라구, 쌍!"

착하게 살아야 복을 받는다는 말은 여전히 유효한 진리겠지만, 착하게 살도록 세뇌당한 민중들은 자신의 착함을 등쳐 먹는 세상의 불의에도 착하게 굽니다. 그런 세상을 향해 대거리를 하지 않으면 착함은 주소를 잃습니다. 비록 주인공의 직업이 도둑이기는 하지만 쇠꼬챙이를 휘두르는 소년의 몸짓이 장해 보입니다. 저항하고 거부하지 못하는, 거세된 인간들의 무력증은 악행보다 더 무섭게 느껴지기 때문입니다.

자연을 파괴하는 오만한 현실에
사랑의 자리는 없다

연애소설 읽는 노인
루이스 세풀베다

달달한 연애소설을 읽고 싶은 날이 있습니다. 몹시 피곤한 날, 물에 젖은 솜처럼 무거운 몸을 이끌고 집으로 돌아온 금요일 늦은 오후, 세상이 내 어깨에 올려두었던 의무와 책임의 무게에서 나를 슬그머니 놓아주고 싶은 시간. 이때는 낯선 남녀의 사랑이 달달하게 녹아 있는 연애소설 한 권을 들고 침대로 가는 게 제일입니다. 연애소설 몇 페이지 넘기기도 전에 곯아떨어지기 일쑤이지만, 주인공들은 독자의 방해를 받지 않고 자신들의 사랑을 아름답게 완성하겠지요. 달달한 연애소설 읽는 게 취미라 할 수는 없지만, 팍팍한 인생에 달콤한 휴식을 주는 건 틀림없습니다.

아마존 강 유역에 사는 볼리바르 노인은 연애소설 읽는 게 삶의 유일한 낙입니다. 그렇지만 아무 연애소설이나 읽는 건 아닙니다. 무엇보다 그 사랑은 "연인들이 사랑으로 인해 고통을 겪지만 결국은 해피엔딩으로 끝나는" 소설책이어야 합니다. 그런데 노인이 책을 읽는 방식이 아주 독특합니다.

먼저 그는 한 음절 한 음절을 음식 맛보듯 음미한 뒤에 그것들을 모아서 자연스런 목소리로 읽었다. 그리고 그런 식으로 단어가 만들어지면 그것을 반복해서 읽었고, 역시 그런 식으로 단어가 만들어지면 그것을 반복해서 읽었고, 역시 그런 식으로 문장이 만들어지면 그것을 반복해서 읽고 또 읽었다. 이렇듯 그는 반복과 반복을 통해서 그 글에 형상화된 생각과 감정을 자기 것으로 만들었던 것이다. 음절과 단어와 문장을 차례대로 반복하는 노인의 책 읽기 방식은 특히 자신의 마음에 드는 구절이나 장면이 나올 때도 마찬가지였다. 그는 도대체 인간의 언어가 어떻게 해서 그렇게 아름다울 수 있는가를 깨달을 때까지, 마침내 그 구절의 필요성이 스스로 존중될 때까지 읽고 또 읽었다.

강이 마주 보이는 오두막집의 고독 속에서 노인은 자기 삶에서 두 번째로 소중한 보물인 돋보기를 꺼내들고 연애소설 한 권을 펼칩니다. 그리고 한 글자 한 글자를 느릿느릿 중얼중얼 읽어갑니다. 낮은 목소리, 중얼중얼, 한 자 한 자, 느릿느릿…… 이 단어들은 어쩌면 한 권의 책에

바칠 수 있는 가장 숭고하고 겸허한 독자의 자세가 아닐까 합니다.

글을 읽을 줄은 알지만 쓸 줄은 모르는 노인은 서서 책을 읽습니다. 어느 날 허리가 아파서 더 이상 오래 앉을 수 없다는 사실을 깨닫고서 자신의 키에 맞춰 높은 책상을 만든 뒤 늘 서서 책을 읽고 서서 밥을 먹습니다. 홀로 살아가는 노인의 허름한 오두막 앞에는 아마존의 야생을 고스란히 담은 난가리트사 강이 천천히 변함없이 흐르고, 노인은 강을 바라보며 선 채로 연애소설을 천천히 읽어갑니다. 자, 이제 노인이 언제부터 이렇게 고독한 생활을 하게 되었는지를 말할 차례입니다. 노인이 연애소설 읽듯 천천히 귀 기울여 주십시오.

그에게는 아내가 있었습니다. 돌로레스 엔카르나시온 델 산티시모 사크라멘토 에스투피냔 오타발로. 사랑하는 아내의 이름입니다. 그의 일생에서 여자는 돌로레스 하나뿐입니다. 어린 나이에 결혼했건만 자식이 생기지 않자 사람들은 수군거렸습니다. 결국 부부는 사람들로부터 도망쳐서 아마존 강 유역의 밀림 속으로 들어갑니다. 아마존 강 유역에 정착하는 이주민에게 무상으로 2헥타르의 숲을 제공하겠다는 정부 시책을 그들 부부는 받아들였던 것이지요. 하지만 정부의 약속은 처음부터 지켜지기 어려운 것이었습니다.

우거진 아마존 강 유역의 2헥타르 숲. 정부가 무상으로 제공한 큰 칼 두 개와 삽으로는 그 숲을 어찌할 수가 없었습니다. 죽도록 일해서 나무 한 그루와 칡뿌리 몇 개를 뽑아내고 나면 다음 날 보란 듯이 무서운 속도로 다시 자라나 있었습니다. 죽을힘을 다해 개간하고 씨를 뿌렸지만 첫 소나기가 내리면서 그 땅과 씨앗을 모조리 쓸어가 버렸습니다. 그 이듬해 사랑하는 아내 돌로레스는 고열에 시달리다 세상을 떠났습니다. 아마존은 지상의 유일한 사랑인 아내를 빼앗아갔습니다. 그런 아마존을 노인은 저주했습니다. 엄청난 산불이 일어나 아마존 강 유역을 송두리째 태워버렸으면 하고 바랐습니다. 하지만 그는 아마존을 저주하면서 천천히 깨달아갔습니다. 자신은 이 밀림을 증오할 수 있을 만큼 그곳을 훤히 알고 있지 못하다는 사실을. 한 남자의 서글픈 사랑과 절망을 곁에서 지켜본 이들은 아마존 원주민인 수아르 족입니다. 그들은 혼자된 남자를 지켜주고 자신들과 함께 지내도록 허락하고, 그리고 아마존을 가르쳐주었습니다.

수아르 족과 사귀면서 반쯤 벌거벗은 채 밀림을 자유롭게 뛰어다니면서 그는 '가톨릭을 믿는 농부의 수치심'을 버리게 되었습니다. 근원을 알 수 없는 억압과 제한을 벗어버리고, 죄와 참회의 덮개를 치워버리자 그는 처음부터 숲에서 태어난 듯 자유로워졌습니다. 그리고 수아르 족이 인정할 만큼 아마존의 용사가 되어갔습니다. 그러는 사이 아마존에는 백인들이 흘러 들어오기 시작했고, 숲이 무너지고, 동물들이 죽어나갔습니다. 백인들에게 무너진 것은 숲뿐만이 아니었습니다. 수아르 족과의 동거도 불가능해졌습니다. 그는 결국 밀림을 떠나 문명세계로 돌아와야 했습니다. 문명세계라고 해봤자 원시성을 눈곱만큼 벗은 엘 이딜리오라는 작은 읍내였지만 말이지요.

그동안 노인은 아마존이라는 밀림이 인간의 욕심으로 무너지는 과정을 똑똑히 보았고, 총으로 무장한 백인들이 수도 없이 동물을 잡아 죽여 털가죽을 벗겨내는 과정도 보았습니다. 그는 늙어 갔습니다. 예전처럼 아마존 밀림 속을 훨훨 날아다닐 수도 없고, 화살을 쏘아 사냥감을 멋지게 명중시킬 능력도 떨어졌지요. 이제 노인은 강가 오두막에서 고독하게 살아갑니다. 늘 강을 바라보며 선 채로 슬픈 연애소설을 읽으면서 인생의 남은 페이지를 넘겨갔지요. 그런데 어느 날 이런 평화가 깨지고 맙니다. 처참하게 살해당한 백인 시신이 발견된 것이지요. 시신의 훼손 상태를 흘깃 살펴본 뚱보 읍장은 대번에 인디오들을 지목하여 범인을 말합니다.

"더 볼 것도 없어. 네놈들 짓이니까."

하지만 시신의 상처를 차분하게 살펴보던 노인은 말합니다.

"이건 살쾡이 발톱 자국이오."
"내 말을 못 믿겠다면 가까이 다가와서 냄새를 맡아보시라니까요!"
"암놈이 분명해. 아마 수놈은 그 근처를 어슬렁거리고 있었을 거야. 어쩌면 그놈도 상처를 입었을 테니까. 아무튼 암놈은 이 사람을 죽이자마자 오줌을 갈겼어. 수컷을 찾는 사이에 다른 짐승들이 이 시체를 건드리지 못하도록 말이지."

살쾡이 가죽이 돈벌이가 되자 백인 사냥꾼들이 숲으로 밀려들었고, 닥치는 대로 살쾡이를 죽이던 중이었습니다. 그런데 새끼 살쾡이를 죽이고 수놈까지 치명적인 부상을 입힌 한 백인 남자가 뒤늦게 사냥에서 돌아온 암컷 살쾡이에게 복수를 당한 것이지요. 사랑하는 새끼의 죽음과 수컷 살쾡이의 부상은 암컷 살쾡이를 살인귀로 만들었습니다. 슬픔과 분노에 사로잡힌 녀석은 이후에도 살인을 멈추지 않았습니다.

희생자가 속출하자 읍내에서는 수색대가 꾸려집니다. 조용히 흐르는 강을 바라보며 슬픈 연애소설을 읽던 노인은 그 누구보다 밀림 사정을 훤히 아는 터라 어쩔 수 없이 총을 들고 수색대에 합류하게 되었습니다. 그리하여 노인은 가족을 잃고 광기 어린 슬픔에 잠긴 야생 살쾡이와 마주하게 되었지요. 그런데 녀석은 노인에게 미묘한 동작을 지어 보입니다. 치명적인 부상을 입은 수컷 살쾡이를 어떻게 좀 해달라는 뜻인 것 같습니다. 하여 노인은 수컷 살쾡이를 편안하게 보내줍니다.

이후 소설은 엄청난 반전을 보입니다. 슬픔에 미쳐버린 암컷 살쾡이가 돌연 노인을 공격하고, 노인이 힘겹게 녀석을 상대하는 장면이 펼쳐집니다. 인간의 살육으로 가족을 잃은 야생 살쾡이는 죽기 살기로 덤벼듭니다. 야생 살쾡이와 노인의 사투 장면은 너무나도 치열합니다. 마치 헤밍웨이의 작품 《노인과 바다》에서 84일 만에 바다에 나간 늙은 어부 산티아고가 청새치와 길고 긴 사투를 벌이는 장면을 연상케 합니다.

세상의 수군거림과 정부의 무자비한 이주민 정책은 자신과 아내를 숲으로 유인했고, 아내를 죽음으로 몰아넣었습니다. 그의 사랑은 해피

엔딩이 아니었습니다. 그래서일까요? 노인은 암컷 살쾡이의 심정을 잘 알고 있었습니다. 자신을 향해 발톱과 이빨을 세우며 날아드는 녀석의 가슴에 총을 쏜 뒤 그는 자신의 비열함과 천박함에 눈물을 흘립니다.

노인은 느닷없이 화가 난 사람처럼 손에 들고 있던 엽총을 강물에 던져 버렸고, 세상의 모든 창조물로부터 환영받지 못하는 그 금속성의 짐승이 물속에 가라앉는 모습을 하염없이 지켜보았다. …… 그는 그 비극을 시작하게 만든 백인에게, 읍장에게, 금을 찾는 노다지꾼들에게, 아니 아마존의 처녀성을 유린하는 모든 이들에게 저주를 퍼부으며 …… 이따금 인간들의 야만성을 잊게 해주는, 세상의 아름다운 언어로 사랑을 얘기하는, 연애 소설이 있는 그의 오두막을 향해 걸음을 떼기 시작했다.

잔인한 현실에서는 연애를 아름답게 마무리하기 어렵습니다. 그래서 사랑 이야기를 책으로 쓰고, 책으로 읽습니다. 아마존 밀림의 어느 작은 마을에서는 틀니를 아끼고 돌보기를 소중하게 여기는 한 노인이 슬프지만 아름다운 사랑 이야기를 읽고 있습니다. 아름다운 사랑을 허락하지 않는 이 현실. 소설 속에서나마 그 사랑의 행복한 결말을 꿈꾸고픈 바람인가 봅니다.

소통이 불가능한 세상을 향한
어느 필경사의 외침

필경사 바틀비
허먼 멜빌

대부분의 사람들은 그 어떤 것의 지배를 받지 않고 자기 마음 가는 대로 하길 원합니다. "내 마음이야!"라며 자신이 주체적으로 행동했다고 믿어 의심치 않습니다. 그런데 가만 생각해보면 정작 우리 마음은 무엇인가의 영향과 지배를 받고 있습니다. 눈치를 보고 무언의 강압에 의해 마음은 어떤 행동을 할 것인지 선택하고 결정합니다.

자유인이란 그 어떤 것에도 굴복하지 않고, 눈치도 보지 않고 거침없고 '제 마음 가는 대로' 자유롭게 지내는 사람입니다. 그러려면 얼마나 대단한 권세를 지녀야 할까요? 자본주의 사회에서 이런 권세는 바로 '돈'입니다.

요즘은 자본주의의 무한 독주 시기입니다. 단연 돈이 최고인 시대입니다. 과연 돈의 위력은 대단합니다. 그런데 그 대단한 돈의 권세를 누리는 사람은 몇 안 되고, 절대 다수의 사람들은 그 앞에 무릎을 꿇고 지내고 있습니다.

요즘 시도 때도 없이 "무릎 꿇어"라는 고함이 비행기 안에서도 백화점 주차장에서도 들립니다. 우리 사회를 떠들썩하게 했던 일명 갑질 사건들을 보자면 내가 왜 꿇어야 하느냐고 치받지도 못한 채 무릎 꿇는 이들의 심정이 헤아려집니다. 어느 누가 그렇게 덥석 꿇고 싶겠습니까? 하지만 그들에게도 사정은 있지요. 그 한 순간만 참으면 어떻게든 지나가니까요. 밥벌이를 위해서 이 정도는 약과라고 말하는 이들도 있습니다. 이런 뉴스를 대할 때마다 머리에 떠오르는 문장이 하나 있습니다.

"안 하는 편을 택하겠습니다."

바틀비의 말입니다. 1850년대 미국 뉴욕 월스트리트의 한 변호사 사무실에 필경사로 취직한 바틀비였다면, 그는 틀림없이 이렇게 말했을 것입니다. 조금도 흥분하지 않은 채 차분하고 덤덤한 표정으로 말이지요.

1800년대 중후반의 어느 여름 날, 뉴욕 월스트리트에 위치한 한 변호사 사무실. 각종 서류를 사서할 필경사를 구한다는 광고를 내자 한 젊은이가 아침에 찾아왔습니다. "창백하리만치 말쑥하고, 가련하리만치 점잖고, 구제불능으로 쓸쓸한 모습"의 젊은이였습니다. 그는 그 자리에서 고용되었습니다.

변호사는 흡족했습니다. 신입사원 바틀비가 성실했기 때문입니다. 누구보다 일찍 출근했고, 다른 직원들처럼 차를 마시거나 수다를 떠느라 시간을 낭비하지 않았고, 심지어 점심을 먹으러 가지도 않았습니다. 사환을 시켜 생강과자를 사 오게 해서 그걸 먹으면서 일을 했습니다. 단 한 번도 쉬지 않았을 뿐만 아니라 퇴근도 가장 늦게 했습니다. 조금 아쉬운 점이 있다면 그의 성실한 자세에는 활기가 전혀 느껴지지 않았다는 점입니다. 어찌 되었거나 변호사는 그가 무척 마음에 들었기에 자기 책상 옆의 공간에 그의 자리를 둬서 자신이 신뢰하고 있음을 표현했습니다.

그러던 어느 날입니다. 변호사가 사무실의 다른 필경사들을 전부 불렀습니다. 서류 원본을 여러 통 필사했으니 혹시라도 오탈자가 없는지 함께 확인하는 자리였습니다. 복사기가 없던 시절이라 번거롭고 지루했지만 당연히 해야만 하는 일이었습니다. 그런데 다른 직원들이 변호사 앞에 모여들 때, 바틀비만은 오지 않았습니다. 변호사는 지금 이 일이 왜 필요한지를 설명해주었고, 다시 이리로 와서 합류하라고 말했습니다. 이때 바틀비는 상냥하면서도 단호하게 이렇게 대답했습니다.

"안 하는 편을 택하겠습니다."

이 말은 이후 자본주의 사회에서 약자로 살아가는 사람들의 저항을 상징하는 문장이 됩니다. 원 문장은 "I would prefer not to"입니다.

이 문장은 매우 다양하게 번역되고 있습니다. "그렇게 안 하고 싶습니다." "하고 싶지 않습니다." "그러지 않는 편이 낫겠어요."

한국 번역자들이 이렇게 다양한 번역문을 만들어냈지만, 결국은 "내가 가만 생각해보니 당신이 제안한 그 일은 거절하겠어요", 조금 더 줄이면 "싫어요, 안 할래요"입니다. 하지만 "싫습니다"라는 말보다 "안 하는 편을 택하겠습니다"라는 말에는 뭔가 저항할 수 없는 힘이 느껴집니다. 단호하게 거절하는 건 아니면서도 결국은 하지 않겠다는 쪽이니 당신이 그건 이해해줘야 한다는, 사뭇 인간적인 배려를 요구하는 듯한 거절이기 때문입니다.

변호사는 귀를 의심합니다. 가난한 젊은이가 뉴욕 월스트리트의 법률사무소에서 일자리 하나 잡은 것만도 어딘데……. 어떻게든 그 자리에서 쫓겨나지 않으려면 온갖 아부와 아첨을 떨어야 하거늘 바틀비는 지금 무슨 배짱인 걸까요? 변호사는 되묻습니다.

"안 하겠다고?"
"안 하는 편을 택한다고요."

소설에서는 '하겠다'와 '택한다'를 고딕체로 써넣었는데 뭔가 뉘앙스의 차이가 느껴집니다. 이후 바틀비와 변호사의 갈등은 쌓여갑니다. 변호사로서는 도저히 받아들일 수가 없었습니다. 자기 사무실에 나와 자기에게서 급료를 받는 주제에 자기가 뭔데 '택하고 말고'가 있나는 것이지요. "내게 고용된 이 사원에게서 수치스럽게 거부당할 수 있는" 일이 벌어졌다는 자체가 고용주에게는 받아들이기 힘든 현실입니다. 하지만 바틀비의 거절은 이어졌습니다. 이 황당무계하기까지 한 반역에 사무실 분위기는 어수선해졌습니다. 다른 직원들이 바틀비의 말투를 흉내 내면서 "○○하기를 택하겠습니다"라고 말했을 뿐만 아니라, 바틀비는 거부하는데 자신들은 왜 따라야 하느냐는 식의 저항도 보였습니다. 그리고 뒤늦게 변호사는 깜짝 놀랄 사실도 알아차립니다. 바틀비가 아침 일찍 출근하고 가장 늦게 퇴근하는 게 아니었다는 사실을. 그는 아예 사무실에서 숙박을 해결해왔던 것입니다. 오갈 데 없고, 친구도 없고, 그런데도 고용주에게는 뻗대는 바틀비입니다. 변호사는 그의 가족관계를 물었고 다양한 방법으로 달래며 협상까지 했습니다. 그러나 이런 노력에 대한 바틀비의 대답은 뜻밖에도 더 이상 필사하지 않겠다는 것이었습니다.

자신의 의지로 필사하지 않겠다고 선언한 바틀비는 이후 정말로 책상 앞에 앉지 않았습니다. 가만히 선 채로 유리창 너머 월스트리트의 건물 벽만 바라볼 뿐입니다. 고용주가 손에 쥐어주는 돈은 그대로 바닥에 떨어졌습니다. 나가라 해도 나가지 않는 편을 택하겠다고 말하고, 그러면 일하라고 하니 일하지 않는 편을 택하겠다고 말합니다.

변호사는 결국 이 사람을 떼어낼 방법으로 사무실을 이전하고, 새로 이사 온 변호사들은 이 황당한 젊은이를 구치소에 보내버립니다. 바틀비는 구치소에서 비실비실 말라갑니다. 변호사가 구치소 주방장에게 돈을 쥐어주면서 영양식을 특별히 부탁했지만 그것도 먹기를 거부합니다. 아니, 먹지 않는 편을 택한 것이지요. 그러다가 어느 날 구치소 안마당에서 그는 조용히 마지막 숨을 거둡니다.

작품의 제일 마지막에는 바틀비가 필경사로 오기 전의 일을 들려줍니다. 그는 워싱턴의 한 우체국에서 일을 했는데, 배달 불능 우편물을 처리하는 일을 담당했습니다. 발신자는 있는데 수신자는 없는 우편물. 수신자가 마음이 변했거나 이미 죽었거나 어딘가로 이사를 가버려 우체국으로 되돌아온, 그런 안타까운 편지들을 폐기처분하는 일을 맡아서 했던 사람이었지요. 그 사연을 일일이 읽고 분류해서 불태우는 일을 해온 바틀비였습니다.

어쩌면 한 통의 편지가 절망의 나락에 빠져 있던 어떤 사람에게는 더할 나위 없는 생명의 밧줄이었을 테지요. 누군가의 애정이 담긴 결혼반지도 수취인 불명으로 우체국에 되돌아왔고, 어떤 이의 굶주림을 해결해줄 약간의 돈도 그에게 가 닿지 않고 되돌아왔을 때 바틀비는 그 사연들을 읽고 난 뒤 불태워야 했습니다. 사람들의 희망을 불태우는 자신의 일에 몸서리를 쳤을 것입니다.

꽉 막힌 세상. 두드려도 열리지 않는 세상. 인정(人情)이 수취인 불명으로 되돌아오는 세상. 능률과 성과가 우선이어서 지체되는 것은 재빨리 폐기 처분해야 하는 세상. 그 속에서 버티려면 감정도 의지도 죽여야 하는 세상. 이미 자신의 선택이랄 게 전혀 없는, 남에 의해 정해져 있는 세상. 바틀비의 삶은 이런 세상에 대한 항거였습니다.

"그렇게 하지 않는 편을 택하겠습니다."

　비록 이런 외침이 그를 세상의 부적응자로서 죽음으로 이끌었지만, 이렇게 외쳤다고 해서 걸림돌 취급을 하는 세상은 또 어떻습니까. 오래 전 금융자본주의의 꽃밭인 미국 월스트리트에서 터져 나온 이 외침이 오늘 왜 이렇게 내 귀에 쟁쟁하게 울리는지 모르겠습니다.

사랑이란 변할 순 있지만
늙지 않는 것

콜레라 시대의 사랑
가브리엘 가르시아 마르케스

한때 사람들은 변심한 애인을 앞에 두고 이렇게 따졌습니다. "사랑이 어떻게 변하니?" 하지만 정답은 "사랑은 변하는 거야"였고, 이 말은 광고문구로 등장해서 꽤 많은 호응을 불러 모았습니다.

사랑은 변합니다. 세상 모든 것이 덧없기 짝이 없는데 사랑이라고 별수 있겠습니까? 그렇습니다. 사랑은 변하는 겁니다. 이건 진리입니다. 그런데 이것 하나만큼은 기억해야 합니다. "사랑은 늙지 않습니다." 세월이 늙고, 사람이 늙고, 시대가 늙어도 사랑은 늙지 않습니다. 그걸 세월로 증명해 보인 이가 바로 플로렌티노 아리사입니다. 무려 51년하고도 9개월 4일……. 그 긴 세월 동안 조금도 늙지 않고 조금도 낡지 않고 조금도 시들지 않은 것이 페르미나 다사를 향한 플로렌티노 아리사의 사랑입니다. 이 징하도록 질긴 사랑을 그려낸 작가는 '콜롬비아의 세르반테스'라 불리는 가브리엘 가르시아 마르케스입니다. 그의 작품《콜레라 시대의 사랑》속에서 두 연인의 사랑은 그 긴 세월을 버텨냅니다.

마르케스는 23년 동안 생각하고 18개월에 걸쳐 집필하여 1967년에 발표해서 온 세상이 소설 읽는 재미에 폭 빠지게 만든《백년의 고독》의 작가입니다. 그러고 보니 마르케스의 작품을 읽으려면 일단은 '좀 살아본 사람'이어야겠다는 생각이 듭니다. 그의 작품들은 세월을 무기로 하기 때문입니다.《백년의 고독》도 23년 동안 구상했다고 하질 않나, 오늘 소개할《콜레라 시대의 사랑》도 51년이라는 숫자가 버젓하게 등장하고 있습니다.

유명한 선박회사 사장의 아들이면서도 거의 사생아와 다름없이 자라야 했던 플로렌티노 아리사는 우체국에서 일하는 소심한 청년이었고, 페르미나 다사는 노새 장사꾼으로 돈을 모아 신분상승할 틈을 엿보고 있는 홀아버지 슬하에서 자란 처녀입니다. 어느 날 우연히 두 사람은 마주쳤고, 사랑에 빠진 플로렌티노 아리사는 매일 아침 7시면 페르미나 다사가 늘 지나다니는 아몬드나무 그늘 아래에 앉아 시집을 읽는 척합니다. 그리고 마침내 사랑을 고백하는 편지를 쓰기 시작합니다. 그런데 아버지의 바람대로 숙녀 수업을 받고 있던 페르미나 다사는 애송이 청년의 들뜬 연애편지에 속을 태울 그런 여자가 아니었지요. 아무리 기다려도 답장 한 줄 받지 못하자 플로렌티노 아리사는 그만 몸져눕습니다. 상사병인 거지요. 열을 내며 끙끙 앓는 아들을 초조하게 지켜보던 어머니는 혹시 콜레라가 아닌지 의심까지 하게 됩니다. 하지만 천만다행하게도 페르미나 다사의 맘이 움직이기 시작했고, 이제 두 사람의 순수한 연애편지 교환은 속도를 냅니다. 결국 어린 그들은 사랑의 언약까지 하게 되지요. 하지만 소녀의 아버지는 반대합니다. 그 도시에서 최고로 유서 있는 집안의 청년과 결혼시키는 것이 꿈인데 아비가 누군지도 모르는 우체국 견습사원이라니요. 어림 반 푼어치도 없는 소리입니다.

아버지는 그날로 가산을 정리하고 딸을 데리고 여행에 나섭니다. 고단하고 험한 노새 장사꾼들과 함께한 여정 끝에 페르미나 다사는 다른 사람이 되어버립니다. 아버지의 과보호 속에서 꿈만 꾸던 소녀에서 어머니의 빈자리를 대신해 집안 모든 일을 처리하는 의젓한 숙녀로 바뀐 것입니다. 아버지는 딸의 변화를 확인하고 다시 예전 집으로 돌아옵니다.

플로렌티노 아리사의 마음은 한결같았지만 페르미나 다사는 변했습니다. 다시 사랑의 불을 지필 수도 있었을 텐데 그럴 마음도 별로 없었지요. 그러던 어느 날 콜레라 증세를 보이던 열여덟 살의 그녀는 스물여덟 살의 젊은 의사 후베날 우르비노 박사의 왕진을 받게 되고, 박사는 페르미나 다사의 도발적이면서도 고혹적인 매력에 빠져 앞뒤 재지 않고 애정공세를 벌입니다. 결국 페르미나 다사의 남편은 플로렌티노 아리사가 아닌, 그녀 아버지가 그토록 꿈꾸던 유서 깊은 귀족 가문의 후베날 우르비노 박사가 되었습니다. 사랑의 패배자가 된 플로렌티노 아리사는 콜레라와 같은 지독한 고열에 시달린 뒤에 그녀를 평생 마음속에 품고 살기로 결심합니다.

플로렌티노 아리사의 마음속에는 페르미나 다사뿐이고, 페르미나 다사의 마음속에는 남편 후베날 우르비노 박사뿐이었습니다. 그러나 그런 지고지순한 아내를 향한 후베날 우르비노 박사의 애정은 이내 식어버립니다. 몰래 다른 여인과 밀회를 즐기게 되지요. 그럼에도 불구하고 귀족 집안으로 시집을 가서 흠 잡히지 않으려고 무진 애를 쓰며 후덕한 아내의 역할을 충실하게 해내던 페르미나 다사는 그 도시에서 인정받는 귀부인으로 거듭납니다. 남편과 함께 주요인사로 도시의 큰 행사에 등장하는 페르미나 다사를 지켜보는 플로렌티노 아리사의 마음은 편치 않습니다. 그러면서도 그녀를 향한 사랑을 거듭 확인하고, 평생 결혼을 하지 않고 순결을 지킵니다. 순결을……. 순결을 지킨다는 이 대목에서 혹시라도 소설을 읽어본 사람들은 '풋' 하고 웃어버릴 수도 있겠습니다. 그는 첫사랑 여인을 향한 애정을 지키기 위해 헤아릴 수 없이 많은 여인과 정사를 벌이기 때문입니다. 그리고 그 사랑의 일정을 조목조목 노트에 기록하였으니 622번의 사랑이 그의 생애에 이어집니다. 그래도 이렇게나마 첫사랑을 마음속에 고스란히 간직할 수 있었다니 그러면 된 겁니다.

그렇게 51년하고도 9개월 4일 동안 사랑의 순결을 지켜온 플로렌티노 아리사는 어느 날 기쁜 소식을 듣게 됩니다. 첫사랑을 빼앗아간 후베날 우르비노 박사가 앵무새를 잡으려고 사다리에 올랐다가 떨어져 죽었다는 소식입니다. 이제 페르미나 다사는 자유의 몸이 되었습니다. 스페인의 식민지배가 끝나고 보수파와 진보파가 세력다툼을 벌이는 격변기임에도 불구하고 구시대 유물인 귀족 집안의 명망에 먹칠을 하지 않으려 애를 쓰던 페르미나 다사는 70대 할머니가 된 후에야 자신의 삶을 살게 된 것입니다. 플로렌티노 아리사는 다시 한 번 사랑의 불을 지핍니다. 다시는 실패하지 않으려 조심하면서 '귀족이 되어버린 옛 연인'에게 다가갑니다.

남편의 죽음 이후에 페르미나 다사는 자신의 정체성을 찾게 됩니다. 신분상승한 신데렐라로서 남의 눈치만 보고 남을 위해서만 살아왔던 그녀는 평생 쇼윈도부부로 지내오는 가운데 자기가 하고 싶었던 것을 자기 의지대로 해본 적이 없다는 사실을 알아차린 것입니다. 그녀는 다 늙어 과부가 된 자신의 집에 들락거리는 플로렌티노 아리사를 통해 아주 천천히 자신의 본래 모습을 되찾게 됩니다. 이성과 지성의 저 깊은 우물 바닥에 웅크리고 있던 뜨거운 열정이 그제야 기지개를 펴게 된 겁니다. 하지만 쉽지는 않았습니다. 그녀의 자식들은 70대 늙은 남녀의 만남을 불편한 시선으로 바라봅니다. 저들의 생각에 사랑이란 젊은 이들에게만 주어진 특권이요, 늙은이의 사랑은 노망이고 주책이며 남 보기 부끄러운 추잡한 짓일 뿐입니다. 중년의 딸자식은 이렇게 비난하기까지 합니다.

"우리 나이에 사랑이란 우스꽝스러운 것이지만, 그들 나이에 사랑이란 더러운 짓이에요."

평생 타인의 시선을 의식하고 밖에서 주어지는 가치에 따라 행동하며 자신의 본모습을 감추며 지내야 했던 페르미나 다사에게 이런 자식들의 비난은 하나의 전환점이 되어버립니다. 이제는 더 이상 남을 위해 살 수 없다는 것이지요. 일흔두 살의 그녀는 이렇게 말합니다.

"일 세기 전에는 우리가 너무 젊다는 이유로 그 불쌍한 남자와 날 괴롭히더니, 이제는 너무 늙었다는 이유로 그러는군."

본능이 이끄는 대로 살아가기로 작정한 페르미나 다사입니다. 그런 그녀에게 플로렌티노 아리사는 배를 타고 강을 여행하자고 제안합니다. 인간의 규범이 미치지 않는, 이 강둑과 저 강둑 사이를 흘러 다니는 여행, 전통과 규제라는 딱딱한 대지가 아닌 유연하게 흐르는 강물 위에 두 사람은 몸을 맡깁니다. 천천히 강을 따라 내려갔다가 다시 강을 따라 올라오는 소박한 일정이지만 51년하고도 9개월 4일 동안 속만 태우다 다시 만나고, 그로부터도 주변 시선에 얽매여 속절없이 발만 구르는 시간을 보낸 두 사람은 여객선 안에서 몸을 섞습니다.

머리는 다 빠지고, 치아마저 온전치 않아 틀니를 해야 하고, 젖가슴은 짜부라지고, 배에는 탄력이 없으며, 팔다리가 뻑뻑해져 움직이기가 영 힘들고, 노인네 냄새가 풀풀 나는 두 사람은 그렇게 사랑을 맺습니다. 정사는 싱겁기 짝이 없었고 딱 그렇게 끝이 납니다. 하지만 어쩌겠습니까? 그게 현실인 것이지요. 70대에 접어든 노인들의 사랑은 그런 것입니다. 아니, 그런 것인가 봅니다. 두 사람은 세상의 방해를 받지 않고 사랑의 행각을 계속하기로 마음먹습니다. 그 유일한 방법은 노란 깃발입니다. "이 배에 콜레라 환자가 타고 있다"는 징표인 노란 깃발을 내걸고 두 사람은 강을 오르내리기로 결심합니다. 대체 언제까지 그렇게 하겠다는 말인가요? 이에 대해 53년 7개월 11일의 낮과 밤 동안 준비해온 플로렌티노 아리사의 대답은 이렇습니다.

"우리 목숨이 다할 때까지."

사랑의 유효기간이 궁금하십니까? 남의 눈치 보는 사랑이 아닌 진정한 사랑에는 유효기간이 없습니다. 굳이 정한다면 목숨이 다할 때까지겠지요.

마르케스의 작품은 이렇게 끝을 맺습니다. 70대 노인들이 마침내 첫사랑을 이룬다는 줄거리는 좀 식상합니다만, 그래도 이들의 사랑 이야기는 팔팔합니다. 청춘을 살아보기도 전에 낡아버린 젊은이들은 엄두도 내지 못할 만큼 진한 사랑 이야기입니다. 죽음을 불러왔던 콜레라 시대. 그런 시대도 너끈히 이겨내야 진짜 사랑이라 부를 만하지 않을까요.

빚과 소비의 굴레에 묶인 사람들의
처절한 몸부림

알바 패밀리
고은규

'하루 일하지 않으면 하루 먹지 않는다.'

중국 당나라의 선사 백장회해는 이런 생각으로 평생을 살았던 수행자입니다. 언제나 바지런하게 몸을 움직이며 자신의 하루 몫을 살아냈습니다. 그는 늘 움직였고 자신이 해야 할 일, 할 만한 일을 찾아냈습니다. 보다 못한 제자들이 좀 쉬라며 손에서 연장을 빼앗아 숨기면 하루 종일 먹지 않았다고 합니다.

"내게 남들이 고생하여 일한 것을 공짜로 받아먹을 덕이 있는가?"

평생 무소유와 청빈의 모토로 참선의 삶을 이어온, 그래서 세상의 존경을 받는 선승은 이렇게 자신을 살폈습니다. 그가 평생 몸을 움직이며 한 일은 이윤을 내자고 하는 노동이 아니었고, 일중독자여서 해댔던 노동도 아니었습니다. 내 밥그릇에 담기는 쌀 한 톨, 물 한 방울이 거저 생겨나고 거저 굴러 들어오는 것이 아님을 잘 알았기 때문입니다. 그것이 얼마나 많은 관계 속에서 맺힌 열매인지 잘 알기 때문에 소홀하게 여기지 않겠다는 마음에서였습니다. 자신이 살아있다는 자체도 마찬가지겠지요. 내 이웃과 사회와 촘촘한 관계 속에서 인연을 맺지 않으면 절대로 불가능한 것이 나의 생존인지라, 나 역시 세상의 왕성하고도 활발한 움직임에 기꺼이 동참한다는 뜻일 겁니다. 어쩌면 조용한 산사에서 깊은 참선의 경지에 들어가는 것만이 수행이 아니라, 세속의 복잡다단한 시스템에 참여해 몸을 움직이면서도 그 마음이 흔들리지 않는 것이 진정한 참선의 경지임을 깨달은 것이라 할 수 있습니다. 그런데 노동으로 삶의 행렬에 아름답게 동참한 중국의 옛 선사가 있는가 하면, 노동의 가치를 달리 주장한 곳도 있습니다.

"노동이 너희를 자유롭게 하리라."

나치 독일이 세운 다하우 강제수용소 입구에 달려 있는 문구입니다. 자기와 다른 종족이라는 이유로 재산을 빼앗고 강제로 끌고 온 것도 모자라, 나치는 포로가 일할 수 있느냐 없느냐로 생사를 나눴습니다. 유대인들은 죽을 때까지 노동했고, 죽지 않기 위해서 노동할 수 있다는 것을 보여줘야 했으며, 대다수의 불운한 유대인들은 노동할 수 있음을 보여주어도 가스실의 연기가 되어 굴뚝으로 사라져야 했습니다.

일이 즐겁고, 일하는 과정에서 삶의 이유를 찾으며, 그 열매를 품에 안고 보람을 느낀다면 얼마나 좋을까요? 하지만 명분도 없이, 타인에 의해 강제되는 노동은 한 인간의 품위를 무참하게 짓밟습니다.

그렇다면 이제 눈을 돌려 우리 이웃을 살펴보지요. 우리 사회도 노동에 관해서는 무척 할 말이 많아졌습니다. 그렇잖아도 예로부터 부지런한 민족이었습니다. 그런데 그 시절에는 '노동'이란 말을 쓰지 않았습니다. 언제부터인가 노동, 근로라는 말이 자리 잡았고, 세속의 일에서 조금 느슨하게 여유를 부려도 좋을 노년층조차도 일하지 않으면 안 되는 세상이 되어버렸습니다. 자아를 찾기 위해 일을 한다는 말을 한 적도 있습니다. 하지만 그것도 이젠 옛말이 된 듯합니다. 남녀노소 할 것 없이 모두가 일하지 않으면 살 수 없게 된 세상입니다.

스물한 살의 로라는 일명 '리뷰왕'입니다. 로라가 활동하고 있는 인터넷 사이트는 값비싼 수입 의류나 핸드백, 지갑, 구두와 같은 제품의 사용후기를 공유하는 패션정보 사이트인 '세일즈 프로모션'입니다. 로라는 이곳에 제품 사용후기를 올려서 사람들의 구매 욕구를 바싹 끌어올립니다. 판매가 잘 이뤄지면 회사는 리뷰를 잘 써 조회수와 추천수가 많은 회원에게 마일리지를 지급하는데, 이 마일리지는 현금으로까지 교환할 수 있어 젊은이들에게는 아주 매력적인 일자리라 하지 않을 수 없습니다. 그런데 로라는 매우 과감합니다. 백화점에서 인기 좀 끌겠다 싶은 상품이 있으면 엄마 신용카드로 과감히 사들입니다. 그리고 자기 블로그에 상품과 관련한 온갖 이야기와 사용후기를 푸짐하게 올립니다. 그러면 인터넷 판매업체가 그 물건을 구입해 와서 백화점보다 훨씬 싼 값에 판매를 합니다.

회사로부터 두둑한 마일리지와 보너스를 챙겨 받은 로라는 백화점에 자신이 구입한 제품을 반품합니다. 그저 단순변심으로 반품한다고 전화를 하고, 백화점 측에서 곤란해 하면 '소비자보호원'을 들먹입니다. 그러면 백화점 측은 두말하지 않고 반품과 환불을 해줍니다. 로라는 자기 돈 한 푼 들이지 않고도 인터넷 판매업체에게 두둑한 커미션을 받아 챙길 수 있으니 그 수입은 여느 대학생들의 용돈을 웃도는 아주 빵빵한 액수입니다.

로라의 아르바이트는 이렇게 지름신의 강림에 맥을 못 추는 여성들을 공략해서 그들을 더욱 부추기는 일입니다. 그렇게 해서 챙긴 수입으로 자신도 열심히 물건을 사들입니다. 물론 그렇게 사들인 물건들은 한철을 지나지 못해 재활용 쓰레기장에 버려지기 일쑤지요. 스물한 살 로라는 이렇게 물건을 사들이고 온갖 달콤한 말로 물건을 홍보하는 글을 블로그에 올리고, 그 물건들을 반품하고, 또 다른 물건들을 사들이는 것으로 하루를 보냅니다. 그러잖아도 가구공장이 부적 어려워져서 벌써 반년째 집에 들어오지 못하는 아버지를 대신해 로라의 활약은 눈부십니다. 엄마도 동네 큰 마트에서 아르바이트를 하고 있지만 딸 로라 덕분에 화장품이며 옷가지를 넉넉하게 쓰고 지냅니다. 기술 하나 없이도 쉽게 돈을 버는 로라를 보자면 그저 놀라울 뿐입니다. 그래서 로라의 오빠 로민은 늘 엄마에게 찬밥입니다. 이러한 세상의 변화를 따라가지 못해 여전히 부모에게 용돈을 비는 로민에게 돌아오는 건 동생 반에 반이라도 닮으라는 호통뿐입니다.

한편, 아버지의 가구공장 이름은 '호두가구'입니다. 세상에서 가장
튼튼한 가구를 만들겠다는 각오로 사업을 시작했지만 저가 가구들이
물밀듯이 밀려오자 설 자리를 잃어갑니다. 그런데 쥐구멍에도 볕들 날
이 있다고 했던가요. 아버지는 운 좋게 홈쇼핑에 물건을 납품하게 되었
습니다. 비록 홈쇼핑에게 수익의 거의 전부를 뜯기는 계약이지만 그래
도 엄청난 양의 주문을 받게 되어 모처럼 아버지 공장은 활기를 띠게
되었지요. 그런데 아들 로민이 아버지가 갈아입을 옷가지를 전하러 간
날, 이날은 아버지 공장 역사에서 가장 슬픈 날이기도 했습니다.

방송이 나간 뒤 엄청난 주문량에 무리를 하면서까지 제품을 만들어
배송을 시작했건만 하필 바로 그때 타 홈쇼핑에서 '원 플러스 원' 가구
판매 방송을 한 것입니다. 반품과 환불, 취소가 이어졌고, 아들 로민이
찾아간 그날, 트럭들은 아버지 가구공장 앞마당에 반품되어 돌아온 가
구들을 우르르 쏟아내고 있었습니다. 단 한 번 홈쇼핑에 물건을 납품했
다가 그것으로 끝! 더 이상 버텨내지 못하고 문을 닫고 말았습니다. 딸
로라는 반품과 환불 취소로 빵빵한 수입을 올리고 있는데, 그녀의 아버
지는 그런 구조로 인해 공장 문을 닫게 된 것입니다. 그런데 이런 불량
한 구조 때문에 문을 닫고 쓰러지는 쪽은 힘없는 사람들입니다.

로라의 거듭되는 반품과 환불 요구에 잔뜩 뿔이 난 백화점 측에서는
그녀를 체리피커로 지정하고 뒷조사를 벌입니다. 체리피커란, 기업의

유통구조상의 허점을 노려서 자기 이익만 챙기는 얄미운 소비자를 일컫는 말이지요. 결국 로라는 인터넷상에서 그 어떤 활동도 하지 못하게 되고 맙니다. 자기가 올린 글에 대한 권리조차도 주장할 수 없게 되었습니다. 로라 덕분에 엄청난 수익을 올린 판매업체는 이때 아무런 보호막이 되어주지 못했습니다.

로라는 이제 혹독한 아르바이트 전선으로 내몰립니다. 무엇보다도 엄마의 신용카드를 한도까지 올려가면서 값비싼 제품들을 구매했건만, 백화점 측에서 환불을 해주지 않자 어마어마한 카드빚까지 지고 말았습니다. 아버지는 홈쇼핑업계의 무책임한 행태에 고스란히 빚을 지고서 평생의 업을 닫고 말았고, 딸은 유통구조의 허점을 노려 실속을 차리다가 카드빚만 진 채 블랙컨슈머에 체리피커라는 불명예와 인터넷 활동금지라는 '훈장'을 달게 되었습니다. 엄마는 딸의 능력에 혹했다가 동네 마트에서 계산원으로 일해야 하는 처지로 내몰립니다.

이제 온 가족은 생계를 위해 아르바이트를 잠시도 멈출 수 없게 되었습니다. 닥치는 대로 일자리를 찾아다니고 매달립니다. 다행스러운 점은 일자리 찾기가 그리 어렵지는 않다는 사실입니다. 일자리는 어디나 있었습니다. 가령 수영장의 물 관리요원이나 24시간 편의점, 또는 전단지를 돌리거나 매장에서 허드렛일을 하거나 각종 배달업무 등등……. 그렇지만 이런 일들에는 언제나 함정이 도사리고 있습니다. 무엇보다 오래 할 만한 일은 아니라는 점, 그런 만큼 언제든지 그만둘 이유가 늘 도사리고 있다는 사실입니다. 정당한 시급을 요구하기란 엄두도 내지 못할 일입니다. 법적 시급을 주지 않아도 일자리가 필요하다며 몰려드는 사람들은 얼마든지 있기 때문입니다.

　소설 속 로민네 가족 네 사람은 이렇게 해서 알바를 전전합니다. 물론 아버지는 대기업의 부당함에 맞서 시위를 하기도 하지요. 그러나 그들은 꿈쩍도 하지 않습니다. 아버지는 마침내 깨끗이 패배를 인정하고 새롭게 작은 사업을 시작하기로 합니다. 하지만 종잣돈이 없으니 제2금융권에서 돈을 빌려야 합니다. 대기업의 횡포로 사업을 접어야 했던 아버지는 대기업의 돈놀이에 다시 스스로를 가둡니다. 우리가 살아가는 현실이 바로 이런 상황입니다.

　생각해보면, 예전에는 물건들이 워낙 비싸서 한번 사면 아끼고 아껴서 오래오래 썼습니다. 하지만 이제는 그렇지 않지요. 그저 막연히 갖고 싶다고만 생각했던 물건들도 싼값에 살 수 있게 되었고, 더러 여전히 비싸다 하더라도 카드 할부로 얼마든지 구입할 수 있습니다.

　싼 물건이 마냥 좋지만은 않습니다. 물건이 싸졌다는 것은 그 물건을 만들어내는 사람들의 임금이 낮아졌다는 뜻이 됩니다. 대기업과 중소기업들은 가격경쟁을 벌이는데 이 싸움에서 승자는 두말할 것도 없이 대기업입니다. 중소기업은 그들의 자금력을 당해낼 재간이 없습니다. 값이 싸져서 좋다던 서민들은 가격경쟁에 패해 회사가 문을 닫아 일터를 잃게 된다는 걸 그리 심각하게 받아들이지 않습니다. 그런데 속상한 일은 사람의 값어치도 덩달아 내려갔다는 점입니다. 예전에는 일당을 받는 날품팔이를 업신여기기도 했습니다. 어떻게 사람의 노동이 단 하루의 품을 파는 것으로 계산될 수 있느냐는 것이지요. 하지만 지금은 일당도 대단한 시절입니다. 이제는 '시급'을 따지는 시대가 되었기 때문입니다. 게다가 한 시간을 일해서 버는 돈으로는 커피전문점의 커피 한 잔이 고작이던 시절도 지나왔습니다. 다행스럽게도 시급이 차츰 오르고 있습니다만, 물가도 같이 뛰고 있습니다.

인류 역사에서 노동은 사실 그다지 후한 점수를 받지 못했습니다. 가급적 노동을 하지 않는 것이 인간다운 삶이라 여겼습니다. 귀족과 양반들이 육체노동에 종사하지 않았다는 것이 그 증거라고나 할까요? 하지만 산업화가 급속도로 진행되면서 어느 사이 사람들 사이에 노동은 찬사를 받았습니다. 일하는 사람이 존중받게 되었지요. 수많은 민중들은 노동을 통해 얻은 수입으로 세간을 장만하고 상류사회로의 진입을 꿈꾸기도 합니다. 하지만 세상이 다 그렇게 노동 예찬으로 나아간 건 아니지요. 노동자를 일터로 내몰면서 여전히 어떤 부류의 사람들은 노동을 하지 않고도 삶의 여유를 누리고 있기 때문입니다. 심지어 노동은 형벌로도 비견됩니다. 앞서도 말했지만, 강제수용소 정문에 "노동이 너희를 자유롭게 하리라"라는 구호를 내걸고 죄 없는 유대인들을 강제노동으로 내몰았던 나치 독일이 그랬고, 소련 등지에서도 죄수들은 대체로 강제수용소에서 노동을 감당해야 했습니다. '아오지 탄광'이란 말도 예외는 아닙니다.

이제는 걸음을 멈추고 생각해봐야 합니다. 노동을 할수록 더 가난해지기 때문입니다. 오죽하면 '워킹푸어'라는 말도 있을까요. 가난해지니 더 싼 물건을 찾고, 물건을 싸게 공급하자니 노동의 가치는 더 내려갑니다. 어찌 되었거나 박리다매의 세상에서 가진 자는 손해는커녕 오히려 더 풍족해지고, 낮은 임금과 빚더미에 허덕이는 가난한 자는 물건이 싸졌다며 정신없이 사들이느라 빚이 늘어갑니다.

고은규 작가의 《알바 패밀리》는 이런 악순환을 제대로 보여줍니다. 로라네 집안 이야기가 우리 주변에서 흔히 볼 수 있는 사례라는 것이 두렵습니다. 어쩌면 우리 모두가 이미 소비와 자본과 노동이라는 쳇바퀴를 도는 존재로 전락했다는 생각에 오싹 두려움이 입니다. 이들 가족은 가난과 빚의 악순환에서 언제나 풀려날 수 있을까요? 이들에게 인간다운 삶이 찾아오기는 할까요? 인간다운 삶도 소비와 자본의 구조에서 자유롭지 않을 텐데 말이지요.

폭력으로 무장한 권력은
두려움을 먹고 자란다

그저 한 인간에 불과했던 황소
페터 빅셀

《책상은 책상이다》의 저자로 우리나라에서도 많은 독자를 거느리고 있는 스위스 작가 페터 빅셀. 그의 또 다른 작품으로《나는 시간이 아주 많은 어른이 되고 싶었다》라는 산문집이 있습니다. 이 책에는 서른여덟 편의 작품이 담겨 있는데, 그중에 글 한 편이 오래도록 제 가슴에 남아 있습니다. '그저 한 인간에 불과했던 황소'라는 제목의 글인데, 처음에는 그저 휙휙 읽어버렸습니다. 하지만 묘하게도 깔깔한 느낌이 남았습니다. 자꾸 생각하게 되었습니다.

페터 빅셀이 열 살이나 열한 살 정도의 어린 소년이었을 때 일입니다. 소년은 이웃에 사는 바흐오프너 부부의 집에 자주 들러 농사일을 거들었습니다. 어린아이가 얼마나 도움이 될까마는 그래도 이들 부부는 소년을 격려해줬고, 아주 두꺼운 빵과 햄과 치즈도 주었습니다.

어느 날 바흐오프너 부부가 기르는 황소 한 마리를 아랫마을로 몰고 가는 일이 맡겨졌습니다. 부부가 잠시 외출한 사이에 그 집의 늙은 일 꾼이 시킨 일입니다. 책에는 나와 있지 않지만 짐작건대 씨소(種牛), 그 러니까 씨받이를 위해 잠시 아랫마을 농가로 몰고 가게 한 것 같습니 다. 그런데 어린 소년에게 황소를 맡기는 것이 걸렸는지 늙은 일꾼은 채찍까지 주면서 "말을 듣지 않으면 채찍으로 머리통을 때려. 그러고는 드러누워서 꼼짝도 하지 말고 그냥 있어"라고 일러줍니다. 황소는 몸집 이 아주 컸습니다. 특히 어린 소년의 눈에 녀석은 무시무시한 악마처럼 보였을 수도 있습니다.

거대한 황소였다. 시멘탈 종(種)으로, 눈에는 핏발이 섰고 두 눈 사이에는 악마처럼 고수머리가 있었다. 황소는 키가 몇 미터나 되었고-물론 그럴 리는 없었을 테지만-나는 아주 작았다.

한적한 길을 걸어서 아랫마을 농가로 가는 동안 소년은 덜덜 떨었 습니다. 너무 무서워서 차마 황소를 쳐다볼 수도 없었습니다. 눈이라도 마주치면 이 거대한 녀석이 머리로 자신을 들이받을 것 같았습니다. 소 년은 달달 떨면서 이렇게 중얼거렸습니다.

"제발 날 건들지 마. 날 건들지 마. 아무 짓도 하지 마. 제발, 제발."

아랫마을 농가로 갔다가 다시 황소를 몰고 바흐오프너 부부네 외양간으로 돌아올 때까지 소년은 느슨하게 고삐를 쥐고 숨도 제대로 쉬지 못하면서 '제발, 제발'을 염불 외듯 외웠습니다. 외양간에 고삐를 묶고서야 안도의 한숨을 내쉬었고, 주인 부부 역시 이 힘센 황소를 무사히 몰고 다녀온 소년을 보고 크게 기뻐했습니다.

그런데 참으로 믿지 못할 일이 벌어집니다. 이날 이후부터 황소가 소년의 말만 듣는 것입니다. 오랫동안 길러온 주인의 말도, 노련한 농부의 말도 듣지 않고 심하게 저항해서 애를 먹인 녀석이었는데 어찌된 일인지 소년 곁에만 서면 고분고분 그야말로 '순한 양'이 되어버린 것입니다. 사람들은 소년에게 뭔가 특별한 능력이 있다고 생각한 것 같습니다. 결국 소년은 이 황소에게 일이 생길 때마다 불려 갔습니다.

"페터가 와야 해. 황소 때문에 말이야."

이 말 한마디면 소년은 불려 와서 저 고집스런 황소의 고삐를 쥐어야만 했습니다. 무서워 죽을 지경이었지만 어른들의 말이니 어길 수도 없었습니다. 황소를 맡은 소년은 늘 눈물바람이었습니다. 황소가 자기를 좋아하는 줄 알고는 있지만 도무지 황소가 사랑스럽게 느껴지지 않았습니다. 그저 녀석이 자신을 치받기라도 하면 어쩌나 하는 두려움뿐이었고, 급기야 소년은 이런 바람을 품게 되었습니다.

'황소가 죽어버리면 좋겠어!'

하지만 다행스럽게도 소년은 더 이상 두려움에 떨지 않아도 되었습니다. 소년이 황소를 몰고 갈 마지막 날이 왔기 때문입니다. 소년은 황소를 몰고 갈 곳이 도살장이란 걸 알았습니다. 황소는 이런 비극을 아는지 모르는지 순한 양처럼 소년을 따랐습니다. 소년은 이번에도 눈물을 흘렸습니다. 하지만 이 눈물은 두려워서 흘리는 눈물이 아니었습니다. 황소에게 끔찍한 일이 벌어지기를 바란 자신을 저주하는 눈물이었고, 그 강한 황소가 종말에 이른 것이 불쌍해서 흘리는 연민의 눈물이었습니다. 도살장에 이르렀을 때에 세상에서 가장 막강한 힘으로 비쳐지던 황소도 나약한 한 인간과 다르지 않다는 것을 느끼면서 소년은 도살장에 넘겨주고 귀를 막고 달려 나왔습니다.

황소 이야기는 여기까지입니다. 페터 빅셀은 황소 이름도 생각나지 않는다고 고백하면서도 아주 오랫동안 이때의 일이 잊히지 않는다고 말합니다. 그러니까 황소와의 기묘한 '우정'이 그에게는 몇 가지 화두를 안겨준 게 틀림없습니다.

첫 번째 화두, 황소는 대체 무엇 때문에 작고 여린 소년에게만 고분고분했을까요? 조금만 성깔을 드러내도 자기가 원하는 대로 다 할 수 있을 정도로 황소는 힘이 셌습니다. 장정 몇이 달려들어도 당해낼 수가 없었을 것입니다. 하지만 황소는 이런 자신의 힘을 몰랐던 것 같습니다. 대신 그는 평생 자기에게 영향력을 행사하려는 사람들만 만났던 것입니다. 사람들은 그의 몸집과 생김새에 지레 겁을 집어먹고 애써 그 앞에서 채찍을 휘두르고 고삐를 바투 쥐고 호통을 쳐댔던 것입니다. 황소가 사람들의 부림에 협조하지 않고 뻗댔던 것은 어쩌면 사람들의 폭력에 놀랐기 때문일지도 모릅니다. 그가 겁을 집어먹고 당황해서 허둥대는 것을 사람들은 황소가 고집을 부린다고 생각해서 더욱 위협을 가했던 것입니다.

사람들의 위협에 늘 겁을 집어먹었던 황소는 얼마나 외로웠을까요? 하지만 그도 벗을 만나게 되었습니다. 몸집이 작고 언제나 바들바들 떨고 있던 소년이 바로 딱 자기의 모습이었던 것입니다. 자기에게 힘을 행사하지 않고 조용히 자기 옆에 붙어 서서 함께 길을 오가는 유일한 사람이었던 것입니다. 그런 소년이었기에 자신의 고삐를 쥐고 도살장으로 향하는 길에도 그는 온순하게 단 한 번도 저항하지 않고 따라갔던 것입니다.

우리는 누군가를 만나면 늘 관계 짓기에 바쁩니다. 관계는 언제나 서열과 닿아 있습니다. 사람들은 서열을 좋아합니다. 그리고 어떻게 해서라도 상대방 우위에 있기를 바라고, 그 자리에 오르려고 애씁니다. 남들 위에 서게 되면 그 순간 그 앞으로 모든 힘이 모여듭니다.

권력을 쥔 자는 그렇지 못한 자를 인간적으로 대하지 않습니다. 가급적 윽박지르고 겁을 줍니다. 그래야 그 기세에 눌려 겁을 잔뜩 집어먹은 사람들이 앞다투어 권력 앞으로 모여들고 무릎을 꿇기 때문입니다. 권력을 쥐지 못한 자들은 권력자 앞에 더욱 다소곳해질 수밖에 없습니다. 복종하면 따뜻한 밥과 포근한 잠자리가 생기기 때문입니다. 사람들은 저 따뜻한 것들을 빼앗기지 않으려 더욱 앞다투어 복종합니다. 권력은 복종하는 자의 두려움을 보며 더욱 몸집을 불리고 권세를 누립니다. 저들의 권력은 쉽게 무너지지 않습니다. 그 이유는 공포에 떠는 사람들의 복종이 저들의 양식이 되기 때문입니다. 그래서 페터 빅셀은 이렇게 말합니다.

> 어쨌든 모든 권력은 공포다. 권력은 자신이 퍼뜨리는 공포를 먹고 산다.

이런 기막힌 상황에서 더 아이러니한 것은 공포에 떠는 사람들이 부지런히 자발적으로 저들의 뒤를 좇는데, 그러는 과정에서 자신들에게도 권력이 있다고 믿는다는 사실입니다. 권력을 기형적으로 키워주면서 그 그늘에 숨어들어서 권력자의 마음에 들었다는 사실에 안도하고 흡족해하는 것이 나약한 사람들의 모습입니다. 바로 여기에 두 번째 화두가 등장합니다. 황소가 무서워 견딜 수 없다면서도 황소를 몰고 가는 심부름에 왜 그토록 꼬박꼬박 자신이 나갔느냐는 것입니다. 자기보다 몇 배나 몸집이 큰 황소를 몰고 가면서 한없이 겁에 질려 울음을 터뜨렸던 페터 빅셀은 그때의 자기 모습을 돌이켜보며 이렇게 고백합니다.

> 나도 그 황소 옆에서 힘센 친구 옆에 있는 어린 사내아이처럼 약간은 자랑스러움을 느꼈다는 걸 인정한다.

소년은 두렵기 짝이 없는 권력자가 자신을 총애한다는 사실이 실은 좋았던 것입니다. 생명의 위협까지 안겨주는 '독재자'에게서 호감을 품게 된다는 이 모순은 어쩌면 별 볼 일 없는 나약한 범부들의 공통적인 정서일 수도 있습니다. 그 속에서 생의 의지를 다시 한 번 느껴보는 것이지요.

삶의 종착역에서는 부스러기처럼 흩어질 권세와 위력이건만 그걸 얻거나 그 그늘에 들어가야지만 사는 보람을 느끼는 게 범부들의 속성이라니 조금 씁쓸합니다.

흥청거리던 불빛은
영원한 사랑의 신호였다

위대한 개츠비
F. 스콧 피츠제럴드

여름이 가시고 서늘한 바람에 살짝 한기를 느낄 때쯤에 딱 어울리는 소설이 있습니다. 저 유명한 F. 스콧 피츠제럴드의 《위대한 개츠비》입니다. 5년을 한결같이 마음에 품고 있던 여인 데이지를 다시 만나 사랑을 불태우는 개츠비. 하지만 여름 석 달의 애태움도 속절없이 그는 자기 집 수영장에서 총에 맞아 숨집니다.

1920년대 미국 뉴욕 주, 막대한 돈이 풀리자 그 돈을 움켜쥔 채 유흥과 환락을 찾아 헤매는 사람들이 어지럽게 얽히고, 돈을 좇는 사람들이 무리를 지어 몰려다닙니다. 재즈가 전성기를 맞고 할리우드가 기지개를 켜는 바로 그 시절에 개츠비가 뉴욕 주 롱아일랜드만에 저택을 마련합니다. 눈이 휘둥그레질 정도로 엄청난 규모의 대저택을 마련하기까지 그가 투자한 세월은 딱 3년. 웬만큼 벌어서는 절대로 가질 수 없는 저택인 만큼 개츠비가 정당한 수단으로 돈을 번 게 아니라는 사실은 짐작하고도 남습니다.

수단과 방법을 가리지 않고 돈을 벌어 저택을 마련한 개츠비는 거의 매주 토요일 밤마다 떠들썩한 파티를 엽니다. 그의 파티에는 누구나 와서 즐기며 주인처럼 며칠 지내다 갈 수 있습니다. 술과 음악과 수다가 끊이지 않고, 각계각층의 사람들이 저들 성향대로 어울리다 떠나갑니다. 사람들은 이 집이 개츠비 저택이란 것만 알 뿐, 정작 그가 어떤 사람인지는 모릅니다. 그저 소문만 무성할 뿐이지요.

롱아일랜드만 서쪽에 자리한 개츠비의 저택이 주말 밤마다 화려한 조명과 흥겨운 음악과 술에 취한 인파로 흥청거리는 반면, 정작 저 건너 동쪽에 자리한 저택은 고즈넉한 침묵 속에 잠겨 있습니다. 선착장 끝에 달아놓은 초록 불빛만 깜박거릴 뿐입니다. 동쪽과 서쪽, 이스트에그와 웨스트에그는 그렇게 차원이 다른 세상입니다. 정체불명의 신흥 갑부인 개츠비의 저택이 자리한 웨스트에그가 막 떠오르는 미국의 대중문화를 상징한다면, 저 건너 정적 속에서 초록 불빛만 반짝이는 이스트에그는 영국을 흠모하는 보수적이고 전통적인 귀족문화를 상징합니다. 그리고 그 이스트에그에는 개츠비가 사랑해 마지않는 여인인 데이지가 살고 있습니다.

개츠비는 매우 불우한 어린 시절을 보냈습니다. 삭막하고 가난하고 황량했습니다. 그러다 1차 세계대전이 터졌고, 개츠비는 군인이 되었습니다. 군복은 그 사람의 정체를 드러내지 않습니다. 그저 젊은 남자로만 보여주게 마련입니다. 군복을 입은 개츠비는 우연히 데이지를 만납니다. 그때 이 세상에 자기 환경과는 전혀 다른 세상도 존재하고 있다는 걸 처음으로 알아차립니다. 가난한 개츠비에게 데이지는 상상도 할 수 없을 정도로 우아하고 화려하고 순결하고 사랑스런 천상의 여인이었습니다. 게다가 데이지 집을 처음 방문했을 때의 놀라움은 상상 이상이었습니다.

> 그녀의 집을 보고는 눈이 휘둥그레질 만큼 놀랐다. 그렇게 아름다운 집에 들어가본 것은 난생처음이었다. …… 그 집에는 무르익은 신비로움이 있었다. 위층에는 다른 침실들보다 더 아름답고 시원한 침실들이 있을 것만 같았고, 복도에서는 즐겁고 화려한 활동이 벌어지고 있을 것만 같았으며, 라벤더꽃 속에 처박혀 곰팡내 나는 로맨스가 아니라 올해 출시된 번쩍거리는 신형 자동차처럼 싱싱하게 살아 숨쉬는 향기로운 로맨스가 있을 것만 같았고, 시들지 않은 꽃들로 가득한 무도회가 벌어지고 있을 것만 같았다.

가난한 청년 개츠비에게 환상의 여인 데이지는 추하고 삭막한 시절을 한순간에 잊게 만들어 아름다운 꿈을 꿀 수 있도록 하는 존재였습니다. 반면 그의 실상을 잘 모르던 데이지에게 개츠비는 그저 잘생긴 청년이었습니다. 태어날 때부터 부유했던 데이지는 세상 모든 사람이 다 자기 집안만큼의 경제수준일 거라 생각했던 듯합니다. 두 사람 사이에 연애의 불꽃이 튀었을까요?

개츠비가 다시 전선으로 떠나간 뒤 데이지는 부유하기 이를 데 없는 톰 뷰캐넌과 결혼합니다. 그렇게 두 사람의 사랑은 막을 내립니다. 데이지는 톰과의 사이에서 딸도 낳고 대부호의 안주인답게 그 삶에 적응해갑니다. 남편 톰은 가는 곳마다 여자 문제를 일으키고, 데이지는 그게 결혼이려니 생각하며 적당히 포기하며 지냅니다. 두 마리 토끼를 쫓을 수는 없을 테니 남편과의 신의는 포기한 채 명문가 부유층의 마담으로서 사치스런 생활을 하며 살아갈 뿐이지요. 그런데 개츠비는 그녀를 포기하지 못했습니다. 자신을 배신하고 떠나간 그녀를 미워하지도 못합니다. 미워하기엔 그녀가 너무나 사랑스럽고 우아한 여성이기 때문입니다. 사랑을 믿었던 그는 데이지를 찾아다닙니다. 그러다가 롱아일랜드만의 이스트에그에 남편과 함께 살고 있다는 사실을 알게 되고, 그 맞은편 웨스트에그에 대저택을 마련합니다. 주말 밤마다 화려한 조명 아래 소란스런 파티를 여는 것도 데이지에게 자신의 존재감을 알리기 위한 몸부림이었습니다.

어찌 되었거나 어렵게 두 사람은 다시 만납니다. 그리고 개츠비는 자기 집을 데이지에게 구경시켜줍니다. 데이지가 좋아할 만한 것으로 집안을 가득 채운 개츠비는 조마조마한 심정으로 그녀의 대답을 기다립니다. 남편을 사랑하지 않으니 당신, 개츠비에게 돌아오겠다는 말이 그녀의 입에서 나오기만을 기다립니다. 사실 데이지는 심하게 흔들렸습니다. 남편의 불륜을 눈치채고 있어 실망했던 차에 오직 자신만을 기다리고 있는 옛 연인을 만났고, 더구나 그 연인이 어쩌면 자신보다 더 부자라는 사실을 알아챘으니 어찌 안 그러겠습니까.

하지만 8월의 어느 무더운 날, 선택의 기로에 선 데이지는 그해 여름 가장 지독한 늦더위에 예민해지고, 몹시 불안정한 상태로 운전을 하다가 하필이면 남편의 불륜녀를 치고 맙니다. 게다가 그 차 조수석에는 개츠비가 타고 있었지요. 자신도 떳떳하지 못한 주제에 아내의 흔들림에 지독한 질투를 느꼈던 남편 톰은 불륜녀의 남편에게 "뺑소니 운전자는 개츠비"라고 일러줍니다. 그리하여 개츠비는 결국 불륜녀 남편의 총에 맞아 죽습니다.

개츠비의 사망으로 뺑소니 교통사고도 말끔하게 처리되었고, 이제 토요일 밤마다 화려한 파티가 열렸던 그의 저택에서는 주인의 관만 덩그러니 놓여 조문객을 받게 되었습니다. 하지만 아무도 찾아오지 않습니다. 제집처럼 드나들며 파티를 즐기던 수백 명 가운데 개츠비를 애도하러 오는 사람은 아무도 없습니다. 심지어 데이지조차 연락이 뚝 끊겼습니다. 그녀는 남편과 짐을 싸서 어디론가 사라져버렸지요. 비가 주룩주룩 내리는 날, 쓸쓸한 장례식을 마치고 모든 게 끝나버렸습니다. 서른을 갓 넘긴 개츠비의 삶은 그렇게 막을 내렸지요.

사람들은 대체로 '위대한 개츠비'라는 제목에 불만을 털어놓습니다.

개츠비는 위대한 게 아니라 오히려 속물이라고 비난하기도 합니다. 분명 그는 밀주 매매와 사기라는 떳떳지 않은 방법으로 큰돈을 벌었을 뿐만 아니라 심지어 살인을 했다는 혐의도 받고 있습니다. 게다가 그렇게 번 돈으로 초호화 파티를 벌여 흥청망청 낭비하면서 자기를 과시하고 여자들 환심이나 사려다가 총에 맞아 죽었으니 실패한 인생이라는 것이지요.

나도 처음에는 그렇게 느꼈습니다. 하지만 소설을 거듭 읽었을 때 개츠비가 보였습니다. 삭막하고 황량한 출신의 사내가 이 지상의 존재라고 할 수 없을 정도로 아름답고 우아한 여자를 만났을 때 받은 위안이 보였습니다. 비록 자신을 떠나갔지만 그녀를 되찾기 위해 그녀의 집에서 보았던 화려함을 고스란히 재현한 저택을 준비한 그의 정성이 보였습니다. 그럼에도 자기를 과시하지 않고 수수한 서민의 모습으로 사람들을 대했던 그의 솔직함이 보였습니다. 그 누구도 비난하지 않고 모든 사람에게 저택의 문을 활짝 연 그의 관대함이 보였습니다.

"데이지의 목소리는 돈으로 가득 차 있었다"라고 말할 만큼 사랑하는 여인을 되찾기 위해 돈이 필요하다는 걸 알고 있었지만 개츠비는 그런 여인을 비난하지는 않았습니다. 수많은 독자들은 바로 이 문장에서 개츠비를 비난합니다. 탐욕에 눈먼 개츠비가 돈독이 오른 여인을 차지하려고 개처럼 돈을 벌었다는 이유입니다. 하지만 그런 여인을 사랑하면 안 되는 건가요? 그리고 남의 아내가 된 여인을 되찾으려 하면 안 되는 건가요? 그 남편은 지독한 불륜을 저지르고 다니는데 말이지요.

개츠비가 돈을 흥청망청 써가며 자기를 과시하는 졸부의 모습을 보였다고는 하지만 정작 소설 속에서 그가 허영덩어리였음을 암시하는 문장은 거의 보지 못했습니다. 마지막까지 사랑을 위해 죄를 뒤집어쓰고도, 그 사랑을 지키기 위해 밤새도록 여인의 불 꺼진 창을 올려다 본 개츠비였습니다. 지독하게 배신당했음에도 사랑을 믿은 개츠비였습니다. 그런데 사랑보다 돈이 우선인 세상에서는 개츠비의 사랑도 헐값에 넘어갑니다. 데이지도, 파티의 손님들도, 현대의 독자들도…….

개츠비에게서 돈 냄새만 맡은 독자들은 그를 비웃을지 몰라도, 그에게서 사랑의 미소를 본 독자라면 그의 행위가 가치 있다고 소리치게 될 것입니다. 그래서 이 작품의 제목은 '위대한 개츠비'일 수밖에 없습니다.

고독한 양치기 사내가 빚어낸
푸른 생명

나무를 심은 사람
장 지오노

　세상을 살다 보면 즐거움도 찾아오지만 언제나 시련 쪽이 더 힘이 셉니다. 너무 힘들어서 얼굴이 일그러지고 내일의 설렘도 사라져 버리고, 그래서 오늘 하루를 살아내기가 징글맞을 정도가 되면 사람들은 깊은 절망에 사로잡힙니다.

　"답이 없어!" 답이 없다는 말은 출구 없는 세상이란 뜻입니다. 그러니 그냥저냥 고통을 견디며 살아가는 게 최고라고들 말하기도 합니다. 산스크리트어에 '사하(saha)'라는 말이 있습니다. 우리가 사는 세상을 가리키는 말인데, '참고 견뎌야 하는 땅'이란 뜻입니다. 한문으로는 '사바(娑婆)'라고 합니다. 사바세계라고 하면 귀에 좀 익을까요? 조금 억지를 부리자면, '참자, 참아야 한다!' 하고 생각할 수 있을 정도만 되어도 그건 참을 만하다는 뜻입니다. 정말 힘든 사람은 고독 속으로 자신을 몰아갑니다. 참겠다거나, 참고 있다고 중얼거리지도 않습니다. 그는 더 이상 말을 하지 않습니다.

쉰다섯 살의 사내 엘제아르 부피에는 고독하게 살아가는 양치기입니다. 마을과도 멀리 떨어진 곳에 위치한 작은 오두막에서 양치기 개 한 마리와 살고 있습니다. 물론 그의 가족으로 서른 마리 양을 빼놓을 수는 없습니다.

도보로 프랑스를 여행하던 '나'는 우연히 이 고독한 사내를 만납니다. 그런데 그 사내는 매일 튼실한 도토리를 백 개씩 골라서 주머니에 담고 아침마다 쇠꼬챙이 하나 들고 집을 나섭니다. 어떤 지점에 이르면 자기를 따라온 서른 마리 양들은 양치기 개에게 맡기고 다시 홀로 언덕을 오릅니다. 그가 가는 곳은 전체가 벌거벗은 황무지입니다.

황무지 언덕을 한참 올라간 엘제아르 부피에는 쇠꼬챙이로 땅을 깊이 파고 도토리 하나를 심은 뒤에 정성스레 흙을 덮습니다. 그 모습이 어찌나 정성스럽던지 '나'는 사내에게 묻지 않을 수 없었습니다.

나는 그곳이 그의 땅이냐고 물었다.

그런데 엘제아르 부피에는 이 땅은 자신의 소유가 아니며 어쩌면 "공유지이거나 아니면 그런 것에 대해서는 생각하지도 않는 사람들의 것이 아니겠느냐"라고 합니다. 그리고 지금까지 3년을 이렇게 매일 도토리를 심었으니 대략 10만 개 정도라는 것입니다. 그런데 그의 계산법이 재미있습니다. 10만 개의 도토리를 심었어도 개중에 2만 개 정도만 싹을 틔웠고, 또 들쥐나 산토끼가 먹어치우거나 알 수 없는 자연재해로 인해 절반 정도는 포기해야 할 것이니 아마도 장차 1만 그루의 떡갈나무가 자라게 될 것이라는 계산입니다. 10만 개의 도토리를 심어서 1만 그루의 떡갈나무를 예상하면서도 매일 아침 이런 노동을 하고 있다면 이건 어째 밑지는 장사입니다. 게다가 그 땅은 그의 소유도 아닙니다. 그런데도 사내는 묵묵히 날마다 그 일을 하고 있습니다. 처음부터 몸집 작은 야생동물과 사이좋게 나눠 먹을 생각을 하면서 말이지요. 홀로 지내는 이 사내에게는 애달픈 사연이 있습니다. 오래전 아들 하나를 잃고 연이어 아내마저 잃었다는 것입니다. 사랑하는 사람을 잃어버린 사내에게 그곳은 죽음의 땅이었습니다. 사내는 그 땅에서 벌어지는 죽음을 생각하고 이렇게 결론을 내렸습니다.

나무가 없기 때문에 이곳의 땅이 죽어가고 있다.

그리고 헐벗은 땅, 생명이 자라지 못하는 땅이기 때문에 사람들이 죽어간다는 데에까지 생각이 미쳤습니다. 땅을 되살릴 방법은 없을까요? 생각 끝에 가진 것이 별로 없는 자신이 할 수 있는 일은 나무를 심는 것뿐이라고 결론지었습니다. 마을에서 멀리 떨어져 지내기 때문에 동네 사람들도 눈치채지 못했습니다. 사내는 자신이 나무를 심는다는 것을 구태여 알리지도 않았습니다. 묵묵히 나무를 심을 뿐, 그가 심은 나무가 어떤 영광을 가져올지는 관심 밖이었습니다.

이 기묘한 사내를 만나고 얼마 지나지 않아 1차 세계대전이 터졌습니다. '나'는 전쟁터에서 5년을 지냈습니다. 죽고 죽이는 참혹한 아수라장에서 가까스로 빠져나온 '나'는 문득 사내를 생각해냈고, 제아무리 한가롭게 나무를 심는다고 해도 전쟁의 불행에서 벗어나지는 못했으리라 짐작하면서도 그를 찾아 나섭니다.

5년의 세월이 흐른 그곳에서 눈에 띄는 큰 변화는 없는 듯했습니다. 하지만 뭔가 대기에서 알 수 없는 빛깔이 감돌고 있음을 눈치챕니다. 5년 동안 그의 도토리들이 땅속 깊숙한 곳에서 싹을 틔워냈고, 진즉에 심어둔 녀석들은 천천히 나무의 꼴을 갖춰가기 시작한 것입니다.

엘제아르 부피에는 전쟁 속에서도 여전히 나무를 심고 있었습니다. 나무를 심는 동안 그는 전쟁의 두려움을 느끼지 않았다고 말했습니다. 그는 생명의 편에 서 있었고, 생명을 심는 일은 그에게 안락함을 전해주었기 때문입니다. 책에는 "인간이란 파괴가 아닌 다른 분야에서는 하느님처럼 유능할 수 있다는 생각이 들었다"라고 말하고 있습니다. 이 문장은 의미심장합니다. 하는 짓마다 모조리 파괴와 살상뿐인 인간이란 존재가, 파괴가 아닌 창조적인 일도 할 수 있다는 것이지요. 전쟁이라는 상황 속에서도 인간은 파괴자이기만 한 것이 아니라 세상을 살 만한 곳으로 만들 수 있는 전지전능한 존재라는 의미를 발견한 것입니다.

시골의 양치기 노인 엘제아르 부피에는 이런 이치를 '사실'로 증명해 보인 사람입니다. 증명이 된 사실은 '진리'로 등극합니다. 아내와 아들을 잃고 고독 속에 내쳐진 늙은 남자의 나무심기는 서서히 그 열매를 맺어갑니다. 황무지로 버려졌던 드넓은 황야에 사람 키를 넘는 떡갈나무가 넘실대게 되었고, 메말랐던 시냇물에 맑고 서늘한 물이 흐르게 되었습니다. 놀라운 것은 인근 사람들조차 이 숲이 어느 한 개인의 손으로 이루어졌다는 점을 전혀 알아차리지 못했다는 점입니다. 물론 노인 혼자만의 힘은 아닙니다. 바람이 불어와 사방에 싹을 날렸고, 흙이 그 싹을 덮었으며, 이슬과 햇빛이 양분을 대주었기 때문입니다. 하지만 그 모든 일의 배경에는 부피에 노인이 있었습니다. 그가 어찌나 묵묵히 그리고 꾸준히 일을 해나갔던지 사람들은 숲을 일군 노인의 노력을 알아차리지 못했습니다. 오죽했으면 산림감시원이 뒤늦게 찾아와 노인에게 "천연 숲이 자라는 것을 위태롭게 할지도 모르니 집밖에서 불을 피워서는 안 된다"고 경고까지 했겠습니까! 아마도 노인은 산림감시원의 경고에 자신이 한 일을 드러내기보다 그저 알겠노라고 대답했을 것입니다.

소설의 화자가 나무 심는 사람 엘제아르 부피에를 처음 만난 것은 1913년의 일이고, 마지막으로 만난 것은 1945년의 일입니다.

1913년에는 이 마을에 열 집인가 열두 집이 있었고, 사람이라고는 단 세 명만이 살고 있었다. 그들은 난폭했고 서로 미워했으며, 덫으로 사냥을 해서 먹고살았다. 육체적으로나 정신적으로나 거의 원시인에 가까운 삶이었다. 버려진 집들을 쐐기풀이 덮고 있었다. 그들에게는 죽음을 기다리는 것밖에 희망이 없었다. 하물며 선한 일을 하며 사는 것은 생각할 수도 없었다. 하지만 모든 것이 변해 있었다.

변화는 공기를 통해 가장 먼저 느낄 수 있습니다. 메마르고 거친 바람 대신 향긋한 냄새를 실은 부드러운 바람이 불어왔습니다. 그리고 물 흐르는 소리가 들려왔습니다. 공기와 물이 생명을 얻었는데 그보다 더 놀라운 것은 사람입니다. 떠나기 바빴던 사람들이 마을로 돌아와 살기 시작했습니다. 사람들은 함께 집을 짓고 작은 채소밭과 꽃밭을 가꾸었습니다. 한 사내의 덤덤한 나무심기가 1만 명의 사람들을 마을로 불러 모았고, 그들이 그 땅에서 생명을 뿌리내릴 수 있도록 도운 것입니다.

이 소설은 "엘제아르 부피에는 1947년 바농 요양원에서 평화롭게 눈을 감았다"라고 끝을 맺습니다. 작가가 실제 만난 인물을 다룬 이 작품의 첫 페이지에는 이 책의 내용 전체가 담겨 있습니다.

한 사람이 참으로 보기 드문 인격을 갖고 있는가를 알기 위해서는 여러 해 동안 그의 행동을 관찰할 수 있는 행운을 가져야만 한다. 그 사람의 행동이 온갖 이기주의에서 벗어나 있고, 그 행동을 이끌어 나가는 생각이 더없이 고결하며, 어떤 보상도 바라지 않고, 그런데도 이 세상에 뚜렷한 흔적을 남겼다면 우리는 틀림없이 잊을 수 없는 한 인격을 만났다고 할 수 있다.

자신의 고독과 불행이 메마른 땅에서 비롯되었다는 생각에서 시작한 나무심기는 이름도 얼굴도 모르는 낯선 사람들에게 생명 넘치는 마을을 안겨주었습니다. 그는 자기연민에 빠지지 않았습니다. 대신 세상 밖으로 나가서 세상을 살리는 일을 시작했습니다. 자신이 할 수 있는 일을, 할 수 있는 만큼, 묵묵히 꾸준하게 해왔습니다.

　　땅을 살리는 일은 사람을 살립니다. 향긋한 공기와 맑은 물, 그리고 행복에 겨운 사람들의 말소리가 그 행위에 따르는 결과입니다. 나무를 심은 사람은 그였지만 이제 그는 없습니다. 대신 그의 흔적은 찬란한 생명과 기쁨이 되어 남아 있습니다.

진저리 치고 소름 돋는 시대지만
누군가는 기록해야 했다

그 많던 싱아는 누가 다 먹었을까
박완서

벌써 오래전 일입니다. 2002년 한일월드컵 당시의 열기는 정말 대단했습니다. 남녀노소 가릴 것 없이 수많은 사람들이 거리로 쏟아져 나와 축제를 즐겼지요. 그때 참 묘한 기분에 사로잡힌 적이 있습니다. 지하철을 탔는데 평소 사람들로 북적거리던 전동차가 한산했습니다. '이상하네. 이렇게 전동차가 빌 때도 있어? 아무튼 한가하니 좋네' 하고 생각만 했지 전동차가 텅 빈 이유까지 따져볼 생각은 하지 못했습니다. 하지만 반대편 전동차가 와 섰을 때 깜짝 놀랐습니다. 시청역 방향 전동차 객실은 거리응원을 하려고 붉은 티셔츠를 입고 나선 사람들로 가득 찼기 때문입니다. 객실 안에는 열기와 흥분과 기대가 일렁였습니다.

반면 내가 탄 전동차는 썰렁하기 짝이 없었습니다. 객실도 텅 비었고, 플랫폼도 텅 비어 있었습니다. 순간 소름이 돋았습니다.

그게 에어컨 때문인지는 모르겠습니다. 하지만 수많은 사람들이 '저쪽'을 향해 몰려가는데, 그 대세를 거스르며 '이쪽'을 향하는 객실의 스산함 때문이었던 것만은 분명합니다. 문득 '나도 저쪽을 향해 가야 하지 않을까? 그게 맞지 않나?' 하는 생각이 강하게 일었습니다. 모두가 좇는 곳과 반대로 향한다는 것이 무척 외롭고 두려웠습니다. 대중의 지향을 거스른다는 것에 대한 그 서늘한 느낌은 오래도록 내게 남았습니다. 그 후 이런 소름 돋음을 다시 한 번 경험했으니 박완서 작가의 자전적 소설인《그 많던 싱아는 누가 다 먹었을까》를 읽었을 때입니다.

이 소설은 어릴 적 고향인 개성을 떠나와 서울 서대문 달동네에 정착한 박완서라는 한 개인의 성장 이야기입니다. 하지만 그 시대적 배경은 복잡다단합니다. 일제 강점기, 해방 후의 혼란기, 6.25전쟁과 1.4후퇴가 깔려 있기 때문입니다. 이 소설은 당시 시대상과 그 시대 인물의 삶을 생생하고 통렬하게 그리고 있습니다. 무엇보다 작가의 비판적인 시선이 어머니를 향한다는 점이 흥미롭습니다. 소녀의 눈에 비친 어머니는 무척이나 강한 사람이었습니다. 그토록 어지러웠던 시대에 남편 없이 혼자 힘으로 자식 둘을 서울 유학까지 보냈으니까요. 하지만 딸은 그런 어머니에게 후한 점수를 주지 않습니다. 대신 한 인간으로서 냉정하게 지켜볼 뿐입니다. 그런 점에서 이 소설은 여성에서 여성으로 이어지는 한국 근현대사의 자화상이라고 할 만합니다.

작가는 어릴 적 뼈대 있는 집안이었지만 고향을 떠나오면서 그곳에서 누렸던 모든 특혜를 한순간에 잃습니다. 어린 자식들을 건사해야 했던 어머니는 기생옷 바느질로 생활전선에 나섭니다. 예전 같으면 천하다고 눈길도 주지 않았을 테지만 지금은 찬물 더운물 가릴 처지가 아닙니다. 하지만 마음 한편에는 뼈대 있는 집 자손이라는 일말의 자존심이 빳빳하게 고개를 쳐들고 있습니다. 그렇기에 어머니는 서민 동네에 세 들어 살면서도 이웃들에 대한 경멸감을 감추지 않습니다. 이들의 이웃은 그냥 이웃이 아니라 '바닥 상것'들이었습니다.

쌈박질이 그치지 않는 동네였다. 내외간에도 이년, 저놈 하고 싸우다가 나중엔 길거리로 싸움판을 옮겨 "아이고, 나 죽소. 이놈이 사람 잡네. 이 동네엔 사람도 안 사나?" 하면서 동네 사람까지 참여를 시키려 들었다. 그럴 때 엄마는 인두판 위에서 기생 저고리의 간드러진 선을 자신 있게 인두질하면서 "저런 바닥 상것들 봤나, 언제나 이 숭한 동네를 면할꼬." 나직하게 탄식하곤 했다. 엄마는 그럴 때, 우리야말로 겨우 기생들 덕에 먹고산다는 걸 잠시 깜박한 것일까.

어머니의 자존심은 기생이나 바닥 상것들인 같은 민족에게만 향한 것은 아니었습니다. 점령군 일본인에게도 좀처럼 겁을 먹지 않았습니다. 비록 할아버지의 엄한 명이었지만 끝까지 창씨개명을 하지 않았고, 일본어 배우기를 거부했으며, 어린 딸 학교에 가서도 일본인 선생과 통역을 사이에 두고 자신의 의견을 쏟아냅니다. 일본인들의 의복과 생활 방식을 비웃으며 민족적 자존심을 아주 높이 내세웁니다. 하지만 그 속마음은 전혀 달랐습니다. 귀한 아들이 총독부에 취직하기를 열망했고, 창씨개명을 하지 않아 취직에 장애가 될까 전전긍긍합니다. 하여 할아버지가 세상을 떠나자 어머니는 누구보다도 창씨개명을 서둘렀습니다. 물론 호주를 승계한 오빠의 반대로 무산되기는 했지만 말입니다.

이런 어머니에게 아들은 하늘이었습니다. 섬약하게까지 보이기는 했지만 아들의 존재는 대단했습니다. 그런데 아들은 철저하게 어머니의 기대와 어긋나는 길을 걷습니다. 출세해서 보란 듯이 떵떵거리며 살 수 있지만 거부합니다. 폐결핵을 앓고 있는 가난한 처녀와 혼인하겠다고 고집을 피웠고 '빨갱이' 물까지 들었습니다. 아들로 인해 어머니와 가족들은 피난을 가지 못하고 인민군 치하의 서울살이를 했습니다. 그리고 아들로 인해 1.4후퇴 당시 다시 서울에 남겨져야 했습니다.

멋대로 편을 갈라 제 편이면 옳고, 아니면 그르다면서 상대의 가슴에 총질을 서슴지 않았던 시대. 그 속에서 옳고 그름의 기준을 세워 옳음의 편에 서고자 몸부림치던 오빠. 옳고 그름의 기준은 없고 오직 자식이냐 자식 아니냐가 삶의 기준이 되었던 엄마. 박완서 작가는 그런 어머니와 오빠를 지켜보면서, 그리고 이념의 옷을 아침저녁으로 갈아입는 세상을 지켜보면서 그 모순의 비린내에 진저리를 칩니다.

그러나 마냥 그럴 수만은 없었습니다. 세상이 다시 뒤바뀌었기 때문입니다. 후퇴하는 국군의 뒤를 따라 수많은 서울시민들이 황망히 짐을 꾸려 피난길에 오릅니다. 거리는 피난을 떠나는 사람들로 아수라장이 되어버렸지만, 총기 사고로 구파발의 작은 병원에서 엉성한 수술을 끝낸 오빠로 인해 가족은 피난민 대열에 가장 늦게 합류합니다. 하지만 피난민 대열에서 점점 뒤처지더니, 날이 어둑어둑해질 즈음에는 이들 가족만 동그마니 남습니다. 피난을 가야 살아남는다는 보장도 없고, 인민군 치하에서도 잘만 버티면 죽지는 않으리란 지혜를 터득한 어머니는 세상의 눈을 속일 정도의 피난민 퍼포먼스는 취했으니, 그동안 봐뒀던 피난처로 가자며 가족들을 이끕니다. 그곳이 바로 오래전에 떠났던 서대문구 현저동 달동네입니다.

이제부터 소설의 백미입니다. 남의 집 부엌을 뒤져 '도둑질'로 끼니를 해결한 딸은 다음 날 아침 일찍 집 밖으로 나섭니다. 높은 지대여서 세상이 훤히 내려다보이는, 그녀 눈에 비친 서울은 텅 비어 있었습니다. 그녀는 순간 소름이 쫙 끼쳤다고 말합니다.

천지에 인기척이라곤 없었다. 마치 차고 푸른 비수가 등골을 살짝 긋는 것처럼 소름이 쫙 끼쳤다. 그건 천지에 사람 없음에 대한 공포감이었고 세상에 나서 처음 느껴 보는 전혀 새로운 느낌이었다. …… 이 큰 도시에 우리만 남아 있다. 이 거대한 공허를 보는 것도 나 혼자뿐이고 앞으로 닥칠 미지의 사태를 보는 것도 우리뿐이라니. 어떻게 그게 가능한가. 차라리 우리도 감쪽같이 소멸할 방법이 있다면 그러고 싶었다.

    그토록 지지고 볶고 죽이고 살리며 아수라장을 방불케 하던 도시가 거대한 공허로 남았을 때, 남부여대의 행렬에 끼어 슬그머니 사라질 수도 있었던 기회마저 놓친 작가에게 찾아온 것은 '소름'이었습니다. 앞서 모두가 시청 앞 광장을 향하는 전동차에 올랐을 때 반대 방향의 텅 빈 전동차에서 느꼈던 나의 '소름'은 댈 것도 아닙니다. 하지만 작가는 그 끔찍하게 거대한 공허에서 어떤 의미를 찾아냅니다.

    그때 문득 막다른 골목까지 쫓긴 도망자가 획 돌아서는 것처럼 찰나적으로 사고의 전환이 왔다. 나만 보았다는 데 무슨 뜻이 있을 것 같았다. 우리만 여기 남기까지 얼마나 많은 고약한 우연이 엎치고 덮쳤던가. 그래, 나 홀로 보았다면 반드시 그걸 증언할 책무가 있을 것이다. 그거야말로 고약한 우연에 대한 정당한 복수다. 증언할 게 어찌 이 거대한 공허뿐이랴. 벌레의 시간도 증언해야지. 그래야 난 벌레를 벗어날 수가 있다.

    작가가 찾아낸 의미는 바로 증언자의 의무입니다. 모두가 한쪽 방향만을 향해 정신없이 짐을 꾸려 떠날 때 그 대열에서 어슷하게 비켜서면 공허와 공포가 찾아옵니다. 소름이 돋습니다. 그러나 그에 움츠러들지 않는 이는 증인이 되고 증언자가 됩니다. 애초 어머니를 향했던 딸의 낯선 시선은 이제 어머니를 넘어 시대를 향합니다.

    지금 우리 시대는 무엇 하나 제대로 수습하지 못한 채 우왕좌왕 난

리입니다. 무엇이 옳은 것이고 그른 것인지 헷갈립니다. 세상은 선(善)과 정(正)을 잘 지켜왔을까요? 그리고 역사가 그런 이들에게 합당한 위치를 부여했는지 심히 의심스럽습니다. 일제강점기와 한국전쟁이 남긴 상처는 계속 깊어만 가는데 경제발전과 출세라는 반창고로 용케 눈가림을 해왔습니다. 모두들 돈과 출세를 좇아 보따리를 싸고 떠난 바람에 인정(人情)의 도시에는 텅 빈 공허만 가득했을 테지요. 하지만 필시 그 공허를 강하게 느낀 누군가는 소름이 돋았을 터입니다. 그는 아마 후세에 이 시대를 증언할 테지요. 그렇다면 그의 증언에 우리는 어떤 모습으로 등장하게 될까요?

탄광촌 소년의
잔인했던 어느 하루

케스-매와 소년
배리 하인즈

   빌리 카스퍼. 영국 요크셔 지방 작은 탄광촌에 살고 있는 소년입니다. 배다른 형 쥬드와 살고 있습니다. 물론 그에게는 엄마와 아빠가 있지만, 현재 별거 중입니다. 엄마는 남자관계가 어지러웠고, 그 꼴을 보다 못한 아빠가 집을 나가버렸기 때문입니다. 생계까지 책임지게 된 엄마는 아들의 교육 같은 건 안중에도 없습니다.

   공영주택지에 살고 있는 빌리 가족은 무척 가난합니다. 엄마는 벌이가 신통찮았고, 배다른 형 쥬드는 탄광에서 일하고 있지만 역시 박봉이고, 경마에서 돈을 따 단 며칠이라도 탄광에 일하러 가지 않게 되기만을 바라는 청년입니다. 그는 동생 빌리를 괴롭히는 재미로 삽니다. 빌리는 용돈을 벌고 생활비를 보태기 위해 아침 일찍 신문 돌리는 일을 합니다. 그래서 학교 수업시간에 졸기 일쑤입니다. 자연히 모든 선생님들의 잔소리와 매질은 빌리에게 쏟아집니다.

빌리의 딱한 사정을 조금 더 나열해볼까요? 빌리는 종합중학교 4년 내내 체육복을 준비하지 못했습니다. 아이들 교육에 관심이 없는 가난한 엄마는 그냥 버티라고 말합니다. 그냥 버틴 덕분에 빌리는 체육선생님의 조롱과 학대를 받아야 합니다.

성적이 좋을 리 없는 빌리는 사교적이지도 못합니다. 내성적이고 소극적입니다. 게다가 몸집도 왜소해서 학교에서 친구들과 인성 못된 교사들의 놀림과 학대를 도맡아서 받고 있습니다. 한국으로 치면 고등학교 졸업반쯤에 해당할까요? 빌리는 이제 곧 사회로 나가게 됩니다. 하지만 빌리가 번듯한 직장에 다닌다는 건 꿈에도 상상할 수가 없습니다. 학교 성적도 좋지 않고, 부모와 친지들이 소년에게 아무런 도움이 되지 않습니다. 빌리 같은 영국 탄광촌 아이들이 취직할 곳은 빤합니다. 탄광입니다. 그런데 빌리는 그곳에 가고 싶지 않다고 말합니다. 반듯한 곳에서 사회생활을 하고 싶다는 꿈을 품고 있습니다. 하지만 빌리는 그런 곳이 어떤 곳인지도 모릅니다.

소년 빌리 카스퍼에게는 하루하루가 지옥입니다. 그는 주변 사람들이 자신에게 퍼붓는 무례와 비난을 이해하지 못합니다. 그러고 보니 빌리를 괴롭히고 놀리는 사람들은 죄다 빌리보다 더하지도 덜하지도 않은 사람들입니다. 세상의 중심에서 밀려난 쇠락한 탄광촌에서 살아가는 사람들이기에 나름대로 세상을 향한 반발심과 자괴감을 태산처럼 품고 살아갑니다. 이런 사람들은 자기보다 약해보이는 빌리를 괴롭히 며 그 한을 품니다.

빌리는 자기 주변 모든 사람들이 자기를 업신여기고 괴롭히고 조롱 하는 것에 무릎을 꿇지 않습니다. 그는 진정으로 이런 사태가 온당치 못하다고 항변합니다. 그의 항변은 울음에 섞이기 일쑤고, 울먹이지만 절대로 머리를 숙이지 않는 빌리를 사람들은 또 괴롭힙니다.

아직 세상 밖으로 나오지 않은 소년 빌리에게 '사실'은 냉혹하기만 합니다. 따뜻한 사랑으로 품어주던 아빠는 집으로 돌아오지 않고, 엄마 는 멋대로 살아가느라 가정을 돌보지 않습니다. 배다른 형은 잔인하고 무자비하게 그를 대하고, 학교 선생님들은 늘 빌리를 가리켜 골칫덩어 리라고 비난하고, 친구들은 이런 빌리를 놀려대고 학대합니다. 이런 빌 리에게 무슨 희망이 있을까요? 이런 빌리의 사정을 나열하는 것만으로 도 지칩니다. 그러니 당사자는 사는 게 어떨까요? 지옥이 따로 없을 겁 니다. 그런데 빌리에게 친구가 하나 있습니다. 정말 유일한 친구이지요. 그를 살게 해주는 야생의 힘과 같은 존재인, 케스라 불리는 매입니다.

과수원 높은 나무의 새둥지에서 어린 새끼일 때 몰래 훔쳐낸 뒤 헛 간에서 키우며 훈련을 시킨 매입니다. 빌리는 아침 일찍부터 신문을 돌 리고 엄마와 형의 모진 구박과 심부름을 해내고 학교로 정신없이 달려 가는 와중에도 케스만을 생각합니다. 야생의 케스를 훈련시키는 일에 어찌나 빠져들었는지 동네 불량배들과 어울릴 뻔한 '기회'도 놓쳐버릴 정도입니다. 사람들의 괴롭힘도 문제가 되지 못합니다. 그에게는 케스가 있기 때문입니다.

빌리의 세계는 야생매 케스가 중심입니다. 그는 웬만한 전문가 뺨칠 정도의 연습으로 마침내 케스와 한 몸이 되어 움직일 수 있게 되었습니다. 케스는 빌리의 몸짓을 따라 창공을 날아오르고 빌리의 왼팔로 돌아옵니다. 사람들은 이런 빌리와 케스를 가리켜 이렇게 말들을 합니다.

"저 봐라, 빌리 카스퍼가 애완용 매를 가지고 있다. ……그거 길들었니?"

하지만 빌리는 이런 사람들을 맘껏 비웃어줍니다.

"이건 애완용이 아니에요. 매는 애완용이 아니라구요. 길드는 거 좋아하시네-훈련을 받은 거뿐예요. 매는 사납고 거칠다구요. 매는 아무도 상관 않아요. 저한테조차 별로 관심이 없어요. 그리구 그게 바로 근사한 점이에요."

케스에 대한 빌리의 애정은 작문시간에 고스란히 펼쳐집니다. 탄광촌 아이들에게 소설을 가르쳐야 하는 작문선생님 파이딩은 '사실'과 '허구'에 대해 목 아프게 설명합니다. 그런데 딴짓을 하다가 들킨 빌리가 선생님과 반 친구들 앞에서 자신의 가장 중요한 '사실'을 설명하게 됩니다. 매사에 느리고 말주변이 없는 빌리이건만 자신의 매 케스에 대

183

해 이야기를 하자 장광설이 펼쳐집니다. 빌리는 작문선생님도 스펠링을 물을 정도의 전문용어를 조금도 틀리지 않고 거침없이 쏟아냅니다.

빌리에게는 어리석은 사람들에게 구박받는 자신의 삶이 '사실'이 아니었습니다. 조금도 길들여지지 않은 야생매 케스, 하지만 훈련을 아주 잘 받아서 세상 모든 존재를 압도하고, 세상의 모든 소음을 제압하는 힘을 내뿜는 케스와의 시간만이 '사실'이었습니다.

그렇다면 작문선생님이 내준 또 하나의 과제인 '허구'는 어떨까요? 빌리에게 있어 허구는 이렇습니다. 아침에 눈을 떠보니 엄마가 김이 모락모락 나는 아침식사를 침대로 가져왔고, 아빠가 집에 돌아왔고, 형은 군대를 가서 돌아오지 않는 것이었습니다. 학교에 갔더니 선생님들이 자신의 머리를 쓰다듬어주고 미소를 지었으며 하루 종일 재미있는 일을 함께했고, 엄마는 이제 더 이상 일하러 나가지 않아도 되었고, 그래서 밤늦도록 가족 셋이 영화를 보고 맛있는 것을 먹고 달콤한 잠을 자는 것이었습니다. 어찌 보면 누구에게나 당연하게 일어나는 일이 빌리에게는 '허구'라는 점이 마음 아픕니다. 그 정도로 탄광촌 아이에게 현실은 가혹하다는 말이 되겠지요.

소설 《케스-매와 소년》은 탄광촌 소년 빌리의 하루를 그린 작품입니다. 그리 두껍지는 않지만 소년의 하루를 그려낸 작품치고는 제법 분량이 됩니다. 작가 배리 하인즈는 그만큼 소년의 하루를 아주 치밀하게 그려내고 있습니다. 소년의 몸동작과 손짓 하나하나를 놓치지 않습니다. 자칫 지루할 수도 있겠지만 작가의 이런 문장에서 하루를 고스란히 살아내야 하는 소년의 고단한 들숨과 날숨이 생생하게 느껴집니다. 작품 속의 하루는 아침 일찍 신문배달로 시작해서 형과 엄마와의 사소한 갈등, 케스를 잠깐 돌본 뒤 부지런히 학교로 달려가서 종일 선생님들로부터 야단을 맞고, 형의 부탁으로 마권을 사는 일로까지 이어집니다. 그런데 그날, 빌리는 형이 준 돈으로 마권을 사지 않습니다. 대신 그 돈으로 감자튀김을 사 먹고 케스에게 줄 쇠고기를 삽니다. 이 일은 엄청난 파장을 불러옵니다. 하필 형이 돈을 걸려고 했던 말에게서 대박이 났기 때문입니다. 그토록 꿈꾸었던 거금이 거품처럼 사라졌다는 걸 알게 된 형은 빌리에게 복수하려고 가장 아끼던 케스에게 다가갑니다. 그런데 빌리의 신호만을 따르는 야생매 케스는 낯선 사람을 경계했습니다. 헛간으로 들어온 빌리의 형을 반갑게 맞을 리 만무입니다.

소설의 끝은, 아니 빌리의 하루는 지독한 슬픔으로 막을 내립니다. 희망이라고는 찾아볼 수 없는, 쇠락한 탄광촌의 가난한 소년 빌리에게는 케스와의 우정도 허락되지 않나 봅니다. 빌리는 그날 밤 거리를 헤매고 또 헤맵니다. 그리고 가슴속 울음을 다 쏟아낸 뒤 집으로 돌아와서 헛간 뒤뜰에 케스를 묻습니다. 그러고 나서 잠자리에 들었습니다. 그렇습니다. 소설의 마지막 문장은 "들어가서, 잠자리에 들었다"입니다. 소년의 슬픔을 지독할 정도로 세밀하게 그려내고서는 마치 아무 일도 없었다는 듯, 이런 게 뭐 그리 대단한 일이냐는 듯 작가는 이런 문장으로 소설을 끝맺습니다.

느닷없이 따귀를 얻어맞은 듯 소설의 마지막을 맞고 보니 황당하기까지 합니다. 하지만 불행에 익숙해진 사람들에게는 그 어떤 기막힌 파국도 그때뿐이라는 생각이 듭니다. 제아무리 발버둥을 쳐도 헤어날 길이 없다는 데 생각이 미치면 하루를 살아낸 옷을 벗고 잠자리에 들 듯 불행을 머리맡에 벗어두고 이불 속으로 기어들 수밖에요.

빌리의 미래가 어찌될 것인가를 생각하다 포기했습니다. 소년에게는 미래를 꿈꾸는 것조차 사치일지도 모르기 때문입니다. 작가가 희망 없는 소년의 하루를 이토록 처절하게 세밀히 그려낸 것은 이 징한 하루만이 현실이요, 사실일 뿐이라는 걸 말하고자 한 것일지도 모릅니다. 불행에 길들여진 세상에서 판도라의 상자는 영원히 열리지 않으려나 봅니다.

쪼그라든 세상에서 만난
운명의 지배자

그리스인 조르바
니코스 카잔차키스

읽고 나서 감히 리뷰를 써볼 엄두조차 내지 못한 책이 몇 권 있는데 그중에 한 권이 바로 니코스 카잔차키스의 《그리스인 조르바》입니다. 조르바는 보통 사람들의 격과 틀을 넘어서 있는 존재입니다. 그래서 자유롭습니다. 너무 자유로워서 조르바는 자유 그 자체입니다. 자유 그 자체이니, 조르바에 대해 뭔가 말한다는 것 자체가 어불성설입니다. 그럼에도 조르바를 말해보고 싶습니다.

이 책은 서른다섯 살 먹은 책벌레 청년이 비 오는 이른 새벽, 크레타 섬으로 출발하는 배를 타려고 항구 술집에서 기다리는 것으로 시작합니다. 청년의 이름은 중요하지 않습니다. 내가 읽은 이윤기 번역본에 의하면 그는 줄곧 '두목'이란 이름으로 불립니다. 딱 한 번 이름이 등장하는데 그 이름은 오그레. 청년은 절친한 벗과 막 이별을 한 직후입니다. 조국의 해방과 독립을 위해 투신하겠다는 벗은 이 청년을 안타까워합니다. 책상을 떠나지 않고 늘 오래된 문헌을 보며 현자의 삶을 그리워하기 때문입니다. 벗은 이 청년에게 대놓고 '책벌레'라고 비웃습니다. 청년은 현재 불교경전을 베껴 쓰고 있는 중입니다. 내용으로 짐작하건대 분명 《숫타니파타》입니다. 《숫타니파타》에서 붓다와 마(魔), 혹은 붓다와 당시 제사장들이 주고받는 대화를 공책에 옮겨 쓰면서 붓다가 추구하는 경지에 대해 탐색하고 그에 도달하고자 애쓰고 있습니다. 그는 북적대는 도시를 떠나 조용한 섬에서 자신이 추구하는 경지에 조금 더 다가가고 싶어 합니다. 이 청년은 지금 리비아에 면한 크레타 해안에 폐광이 된 갈탄광 자리를 하나 얻었고, 그곳으로 떠날 배를 기다리고 있던 중이지요. 그곳에 가서 느긋하게 탄광사업을 벌이면서 자연 속에서 성자들의 경지를 만끽하고 싶었던 것입니다. 그런데 비 오는 이른 새벽, 항구의 선술집에서 배가 떠나기를 기다리며 창밖을 내다보던 이 청년 앞에 웬 산적두목 같은 사내가 떡하니 등장합니다.

"여행하시오? 날 데려가시겠소?"

첫 만남 자체가 뜬금없습니다. 주의 깊게 그를 뜯어보며 "왜요?"라고 묻는 청년에게 조르바는 오히려 화를 냅니다.

"왜요! 왜요! …… '왜요'가 없으면 아무 짓도 못하는 건가요? 가령, 하고 싶어서 한다면 안 됩니까? 자, 날 데려가쇼."

난데없이 나타나서 자기를 여행에 데려가 달라는 이 늙은 사내를 앞에 두고 선뜻 '그럽시다'라고 말하지 못하는 청년에게 그는 또 이렇게 못을 박습니다.

"무슨 생각을 하시오? …… 당신 역시 저울 한 벌 가지고 다니는 거 아니오? 매사를 정밀하게 달아 보는 버릇 말이오. 자, 젊은 양반, 결정해버리쇼. 눈 꽉 감고 해버리는 거요."

나이는 60대로 접어든 게 틀림없고, 키는 훌쩍 큰데 깡마르고, 움푹 들어간 뺨에 튼튼한 턱, 튀어나온 광대뼈와 잿빛 고수머리 그리고 밝고 예리한 눈동자를 지닌 사내 조르바는 이렇게 해서 청년 오그레의 갈탄광 매니저가 됩니다. 《그리스인 조르바》는 이렇게 청년 두목과 그의 매니저인 조르바가 크레타 섬에서 한겨울을 나면서 보고 겪은 일들을, 그리고 갈탄광을 열심히 파내려 들어가다가 쫄딱 망해버린 사연들을 적고 있습니다.

청년은 조용하고 사색적인 생활을 합니다. 밤새도록 《숫타니파타》를 베껴 쓰면서 자신의 책상 앞으로 붓다를 불러내어 그를 넘어서려고 안간힘을 씁니다. 지고지순한 정신의 경지에 다다르기 위해 금욕을 추구합니다. 먹는 걸 좋아하지 않고, 처녀들을 보면 유혹에 빠지지 않으려고 애쓰며, 탄광의 인부들을 인간적으로 대하는 신사입니다. 반면 태생부터가 자유롭게 살도록 되어 있는 조르바는 술과 여자에 환장합니다. 온몸에 김이 나도록 먹어대고, 하루 세 끼 다 챙겨 먹어야 하고, 책 읽는 걸 세상에서 가장 싫어하고, 종교에 대해서는 지독하게 비판적입니다. 어제는 지나갔고 내일은 오지 않았고 지금 현재에 살고 있으니 그 현재를 충실하게 살면 된다는 게 조르바의 인생관입니다. 탄광의 인부들을 인격적으로 대하지 않고 무자비하게 몰아세웁니다. 전쟁에 나가 숱한 사람들을 죽였고, 숱한 여자와 놀아봤고, 자식을 낳았지만 챙기지 않는 듯합니다. 그리고 다 늙어서 길에서 우연히 만난 청년을 '두목'이라 부르며 붙어살면서 탄광사업으로 그의 돈을 탕진하고 있는 중입니다.

이 소설을 네다섯 번 읽었습니다. 그런데 읽을 때마다 앞서는 보지 못했던 구절이 눈에 들어오고, 예전에 무릎을 치게 했던 문장을 다시 만나면 가슴이 설레다 못해 구토가 날 지경입니다. 저 무식하기 짝이 없는 늙은 사내 조르바에게는 날 애달프게 만드는 매력이 넘쳐납니다. 그걸 찾아볼까요? 세상의 신화에 대해 너무나도 독창적인 해석을 내리는 조르바를 향해 책상물림 청년 두목이 이렇게 말합니다.

"조르바, 당신이 책을 써보지 그래요? 세상의 신비를 우리에게 설명해 주면 그도 좋은 일 아닌가요?"

그러자 조르바는 대꾸합니다.

"못할 것도 없지요. 하지만 못했어요. 이유는 간단해요. 나는 당신의 소위 그 '신비'를 살아 버리느라고 쓸 시간을 못 냈지요. 때로는 전쟁, 때로는 계집, 때로는 술, 때로는 산투르를 살아 버렸어요. 그러니 내게 펜대 운전할 시간이 어디 있었겠어요? 그러니 이런 일들이 펜대 운전사들에게 떨어진 거지요. 인생의 신비를 사는 사람들에겐 시간이 없고, 시간이 있는 사람들은 살 줄을 몰라요."

이 말 하나에 조르바의 인생관이 담겨 있다고 해도 좋습니다. 우리는 어쩌면 평생 '무엇'에 대해 알아보느라고 한 번도 '무엇'인 적이 없었습니다. 아, 정말 그렇습니다. 불교신자는 붓다에 대해, 붓다의 가르침에 대해 생각하느라 일생을 보냅니다. 하지만 이건 조르바 스타일이 아닙니다. 조르바는 붓다로 살아버립니다. 붓다에 대해 알아보는 게 아니라 붓다로 사는 것이지요. 진리에 대해 알아보는 게 아니라 진리로 존재하는 것이지요. 그러자니 그것을 '논할' 시간이 없다는 겁니다. 바로 그런 원리로, 조르바는 일할 때면 일 그 자체가 되어버립니다. 조르바는 이렇게 말합니다.

"일을 어정쩡하게 하면 끝장나는 겁니다. 말도 어정쩡하게 하고 선행도 어정쩡하게 하는 것, 세상이 이 모양 이 꼴이 된 건 다 그 어정쩡한 것 때문입니다. 할 때는 화끈하게 하는 겁니다. 못 하나 박을 때마다 우리는 승리해 나가는 것입니다. 하느님은 악마 대장보다 반거충이 악마를 더 미워하십니다."

이런 사람이기에 그의 눈은 깨끗합니다. 그는 매일 아침마다 매 순간마다 새로 태어납니다. 그는 세상을 언제나 처음 보는 듯 감탄합니다. 돌멩이가 발부리에 채여 언덕길을 굴러갈 때도, 노새를 볼 때도, 이른 봄날 아침 들판을 가득 채운 봄꽃들을 보았을 때도 감탄합니다. 지나가는 여자를 봐도, 남자를 봐도, 냉수 한 컵을 보고도 똑같이 놀라며 묻습니다. 모든 사물을 매일 처음 보는 듯이 대하는 그는 이렇게 묻습니다.

"대체 저 신비의 정체는 무엇일까요?"

살아야 할 때 제대로 살지 못하고, 늘 다른 삶을 꿈꾸는 이들은 지금이 얼마나 소중한지 알아차리지 못합니다. 저울을 품에 넣고 다니는 이들은 늘 생명도 무게를 달며 값을 따집니다. 하지만 조르바에게 생명은 처음이자 끝입니다. 그는 조국을 위한다는 이름으로 전쟁에 나가서 숱한 원수들을 무찔렀지만 끝내 이렇게 말합니다.

"내게는, 저건 터키 놈, 저건 불가리아 놈, 이건 그리스 놈, 하던 시절이 있었습니다. …… 요새 와서는 이 사람은 좋은 사람, 저 사람은 나쁜 놈, 이런 식입니다. …… 좋은 사람이냐, 나쁜 놈이냐? …… 나이를 더 먹으면 이것도 상관하지 않을 겁니다. 좋은 사람이든 나쁜 놈이든 나는 그것들이 불쌍해요. 모두가 한가집니다. 태연해야지 하고 생각해도 사람만 보면 가슴이 뭉클해요. 오, 여기 또 하나 불쌍한 것이 있구나, 나는 이렇게 생각합니다."

이 소설의 절정은 마을의 젊은 과부가 살해된 사건이 아닐까 합니다. 너무나도 젊고 매력적인 과부를 짝사랑하던 어린 청년이 사랑을 이루지 못하자 바다에 몸을 던지고 맙니다. 그 죽음에 격분해서 마을 사람들이 그녀를 죽이려고 몰려듭니다. 여자도 남자도 나섰습니다. 다들 그녀를 타락한 여자라며 단죄하겠다고 나섰습니다. 그런데 정작 저들은 그녀를 범하려는 마음을 품었던 데 대한 자괴감과 민망함, 그리고 자신들보다 더 매력적인 것에 대한 질투가 뒤섞인 것에 화를 내는 중이었습니다. 결국 과부는 젊고 매력적이고 임자가 없다는 이유 때문에 처참하게 살해당합니다. 그 과부를 마을 사람들로부터 지키려고 나선 사람은 조르바가 유일합니다. 하지만 성난 군중들을 당해낼 재간이 없었고, 결국 숨이 끊어진 과부를 두고 통곡하다 이렇게 중얼거립니다.

"이 땅이 그런 몸을 가꾸는 데, 대체 몇 년의 세월을 보내왔을까요."

그저 하나의 몸뚱이로 사람을 보는 게 아니라 그 한 몸뚱이가 품고 있는 생명의 힘을 조르바는 알고 있었던 것입니다. 책에는 이것 말고도 멋진 구절이 가득한데 한 구절만 더 소개하고 글을 마쳐야겠습니다.

이곳으로 오면서 나는 내 운명을 데려왔네. 운명이 나를 데려온 것은 아니네.

자꾸만 사람들이 쪼그라들어 갑니다. 사람들이 뭔가에 잔뜩 길들여지고 주눅이 들어 기를 펴지 못하고 있습니다. 나는 그게 보기 싫습니다. 남자답게 여자답게 맘껏 당당하고 속에 들어 있는 끼를 부렸으면 좋겠습니다. "이게 내 운명인가 보다"라며 탄식하지 말고 "내 운명을 데리고 간다"라며 호기를 부리는 사람들을 만났으면 좋겠습니다.

자유인 조르바! 그의 인생관을 접하면서 내 생각도 달라졌습니다. 누군가 붓다의 가르침을 한마디로 말하라고 한다면 "자유"라고 답하게 되었기 때문입니다. 이건 아무래도 스스로 불자라고 천명한 니코스 카잔차키스 때문이지 싶습니다.

범죄를 저지르기까지의 과정에 대한
집요한 추적

인 콜드 블러드
트루먼 커포티

법 없이도 사는 사람. 이 세상에 그런 사람들이 존재합니다. 그런데 법 없이도 사는 사람들까지도 범죄의 대상이 됩니다. 평소 사악했던 사람이 범죄의 표적이 되면 뿌린 대로 거두는 법이라고 말합니다. 착한 사람이 표적이 되면, 하느님은 착한 사람을 먼저 데려간다고들 말합니다. 범죄에 희생이 되는 일에는 착한 사람도 악한 사람도 평등하다는 뜻일진대, 에둘러 그리 표현하는 것이겠지요.

1959년 11월 중순, 미국 콜로라도 주 경계에서 동쪽으로 110킬로미터 떨어진 곳에 자리한 시골마을 홀컴은 전형적인 농촌입니다. 이 마을에 있는 리버 밸리 농장의 주인은 매우 건실한 마흔여덟 살의 허버트 윌리엄 클러터입니다. 그는 건장한 체격을 지녔고, 최고 부자는 아니었지만 마을 사람 누구나가 인정하는 부유한 농장주입니다. 오래전부터 신경성 질병을 앓고 있는 병약한 아내와의 사이에서 딸 셋과 아들 하나를 두고 있고, 현재 열여섯 살 사랑스런 셋째 딸 낸시와 그보다 한 살 적은 아들 캐넌과 단란하게 살고 있습니다.

클러터는 모범적으로 가정을 잘 이끌고 있으며, 지역사회에서의 공헌도 아주 높았습니다. 그는 술에 취하는 것을 가장 싫어하고, 매주 예배를 한 번도 거르지 않는 독실한 감리교인이었습니다. 고용한 일꾼들에게는 약속한 날짜에 약속한 액수의 품삯을 정확하게 지불했고 후하게 인심을 베풀기도 했습니다. 그는 가난한 사람들에게도 따뜻한 관심과 후원을 아끼지 않았는데, 이런 성품을 어린 두 아이들도 고스란히 물려받았습니다. 낸시는 우등생인 데다가 얼굴도 예쁘고 몸매도 좋아서 남학생들을 죄다 짝사랑에 빠지게 한 소녀입니다. 게다가 다정하고 상냥했고 열여섯 살 소녀에게 어울리지 않을 정도로 시간을 쪼개가면서 친구와 가족들에게 헌신했습니다. 막내아들 캐넌은 내성적인 순둥이였습니다. 병든 어머니의 손바닥만 한 정원을 손질하는 일에 정성을 쏟았고, 결혼을 앞둔 둘째 누나에게 선물할 장식장을 손수 짜는 사랑스런 소년이었습니다.

그런데 11월 중순의 어느 날, 이 선량한 일가족이 괴한의 총에 맞아 비참하게 살해당했습니다. 온 가족이 집 안 곳곳에서 머리에 총을 맞고 쓰러져 있었는데, 특히 아버지인 클러터 씨는 목에 칼로 베인 상처까지 있었습니다. 범인은 누구이며, 왜 이 가족에게 이토록 무자비한 짓을 저지른 것일까요? 얼마나 뼛속 깊이 원한이 사무쳤기에 일가족의 머리에 총알을 박아 넣은 것일까요? 하지만, "전 세계 모든 사람들 중에서 클러터 가족만큼 살해당할 가능성이 적은 사람들도 없었다는 겁니다"라는 것이 수사관이 이 가족의 원한관계를 중심으로 탐문수사를 펼친 끝에 내린 결론입니다. 이웃들은 경악했습니다. 두려움에 사로잡혔고, 심지어 좌절하기까지 했습니다.

"이런 일이 클러터 가족 말고 다른 집에 일어났더라면 이런 기분까지는 들지 않았을 거예요. 그 집 사람들보다 덜 존경받는 사람들이었다면요. 부유하고, 믿을 만한 사람들이었죠. 그 집 식구들은 여기 사람들이 정말로 높이 평가하고 존중하는 가치를 대표하고 있었어요. 그런데 그 사람들이 그런 일을 당하다니……. 그건 마치 신이 없다는 얘기를 들은 것이나 다름없어요. 삶에서 의미를 빼앗아 가는 거죠. 두려운 것도 두려운 거지만, 그보다는 좌절했다고 하는 편이 더 맞아요."

신이 진짜로 존재한다면 이렇게 신앙심이 깊고 선량한 가족들을 죽음으로, 그것도 처참한 비극으로 몰고 가지는 않았을 것이라는 게 당시 마을 사람들의 심경입니다. 클러터 일가족 살해사건은 당시 미국사회에 큰 충격을 안겨준 실제 사건입니다. 그나마 다행이라면 범인들이 오래지 않아 잡혔고, 그 후 교수대에서 죗값을 치렀다는 사실입니다.

신문기자이면서 소설가인 트루먼 커포티는 이 사건을 예사로 넘기지 않았습니다. 오드리 헵번의 영화 〈티파니에서 아침을〉의 원작자로서 대중적으로도 큰 성공을 거둔 작가 커포티는 이 일가족 살인사건을 치밀하게 따라가 보기로 결심합니다. 그는 피해자들의 주변 인물과 수사관을 만나 수사과정에 대해 면밀히 검토했고, 두 명의 범인들과도 직접 인터뷰를 통해 어릴 적 가정환경에서부터 범죄를 저지르던 순간, 그리고 이후 짧은 도피행각과 교수대에서 생을 마칠 때까지의 상황을 치밀하게 추적합니다. 그리하여 6년에 걸친 취재를 통해 소설《인 콜드 블러드》를 완성합니다.

작가는 스스로 이 작품에 '논픽션 소설'이라고 이름을 붙였습니다. 이에 대해 논란이 끊이지 않았지요. 소설은 '픽션'인데, 세상에 '논픽션 소설'이란 게 말이 되느냐는 겁니다. 이 작품이 '픽션'이냐, '논픽션'이냐로 의견이 분분한 가운데 사람들은 '논픽션'이란 데에 더 강하게 의문을 제기했습니다. 그도 그럴 것이 작가는 사건 당사자들을 취재할 때 일체의 녹음기기를 사용하지 않았고 메모도 하지 않았기 때문입니다. 탐문할 때 철저히 상대방의 말에 귀를 기울였고, 이후 순전히 기억만으로 글을 썼다고 스스로도 밝히고 있어서 정확도에서 의심을 받을 수밖에 없었습니다. 게다가 범죄소설이건만 정작 사건 그 자체에 대한 설명은 작품의 전체적인 분량이나 중요도에서 힘이 약합니다. 대신 작가는 두 범인들의 행각을 지루할 정도로 쫓아다니고 있고, 저들의 끝없는 자기변명과 체포 이후에 갈팡질팡하는 심적 갈등을 밀도 있게 풀어내고 있습니다. 이제 범인들을 만나볼 차례입니다.

이 끔찍한 범행을 저지른 사람은 페리와 딕. 이 둘은 캔자스 주립교도소의 감방 동기입니다. 딕은 스물여덟 살로, 세 아이의 아빠이지만 이혼남이며, 선량하고 가난한 늙은 부모와 남동생이 있습니다. 그런데 페리는 좀 복잡 미묘한 인물입니다. 체로키 인디언 엄마와 백인 아버지 사이에서 태어난 혼혈로서 아주 키가 작고 특히 다리는 자라다 만 것처럼 짧습니다. 그런데도 몸통은 단단합니다. 페리는 어렸을 때 부모의 가정불화로 수녀원에서 운영하는 고아원에 맡겨진 뒤에 그곳에서 학대를 받았는데, 자주 노란색 새가 날아드는 꿈을 꾸면서 환상을 보았고 게다가 다 큰 어른이 되어서까지 침대에서 자다가 오줌을 쌉니다.

감방 동기인 이 두 사람은 지독하게 어울리지 않습니다. 인디언 혼혈의 외모 때문에 주눅 들고, 어릴 때부터 버림받고 학대받았다는 피해의식에 시달리며 신의 구원을 믿지 않으면서도 늘 찬송가를 부르며 종교적 서정을 유지하던 페리에 비해 딕은 완벽한 무종교주의였고 껄렁껄렁하고 여자를 밝히고 두뇌회전도 아주 빠른 사내였습니다. 하지만 어찌 되었거나 두 사람에 의해 살인은 저질러졌고 재판이 열리기 전까지 철저하게 서로 격리된 채 수사를 받아야만 했습니다. 처음에는 당연히 사건과는 무관하다며 두 사람은 함구했습니다. 그러나 수사관이 "내일이 무슨 날인지 알고 있나? 낸시 클러터의 생일이야. 살아 있었다면 열일곱 살이 되었겠지"라며 넌지시 흘린 말에 심하게 흔들린 사람은 페리입니다. 하지만 딕은 그보다 한 발 앞서 이렇게 털어놓습니다.

"페리가 그랬어요. 전 말리지도 못했어요. 걔가 다 죽였어요."

당시 수사관과 재판부는 직접적인 살해 행위를 누가 저질렀는지는 밝히지 못합니다. 두 사람은 나란히 교수형을 받게 되지요. 그런데 작가는 검거된 딕과 페리를 직접 만나 이야기를 들으면서 어느 사이 페리를 변호하는 듯한 입장을 취하게 됩니다. 그의 살인행위를 두둔하는 건 아닌데 그런 극단적인 환경으로 내몰린 그의 성장배경과 범죄 이후 보이는 인간적인 모습에 살짝 기울어진 듯한 느낌이 강하게 듭니다. 작가 역시 부인하지는 않습니다. 작가는 페리와 인터뷰하면서 분명 이런 의문이 들었을 겁니다.

'범죄자가 될 운명을 지니고 태어난 사람이 과연 있을까?' 그런 운명을 가지고 태어난 사람은 없을 겁니다. 그렇다면 사회가 멀쩡하거나 멀쩡할 수도 있는 사람을 범죄자로 몰아넣었다는 말이 됩니다. 하지만 오로지 후천적인 환경 탓만 하려니 똑같이 불행한 환경에 놓였어도 꿋꿋하고 반듯하게 살아가는 사람도 있습니다. 모든 불행한 사람들이 죄다 치명적인 잘못을 저질러 미래를 더 어둡게 만들지는 않는다는 것입니다. 작가의 글에서는 또 다음과 같은 물음이 떠오릅니다.

'잔혹한 범죄를 저지를 때 어떤 심경일까? 세상이나 주변 인물에 대한 증오가 피해자에게 전이되어서 범죄자는 범행 당시 지독한 분노에 사로잡혀 있는 걸까?' 하지만 이 작품을 보면 그렇지도 않은 것 같습니다. 그저 담담하게, "클러터 씨는 친절하고 좋은 신사 분 같더군요. 말도 부드럽게 하고……"라는 페리의 고백처럼 순진하기까지 한 심정일 수도 있다는 겁니다. 또한 페리는 소녀 낸시가 정말 다정하고 착했으며 자신과 이야기를 나누었다고 고백합니다. 늘 누군가의 관심과 사랑이 그리웠던 페리는 다정하게 자신의 말을 들어주는 낸시가 인상적이었다고 기억합니다. 그리고 순둥이 소년 캐년과 가족을 걱정하며 울부짖는 병약한 부인에 대해서는 동정심까지 품었습니다.

이는 죄 없고 순박한 사람들인 줄 알면서도 그 생명을 끊었다는 말이 됩니다. 그렇다면 대체 생명을 끊는다는 행위에는 어떤 감정이 서려 있는 것일까요? 세상은 그런 행위를 한 자를 어떻게 바라봐야 할까요? 잔혹한 범죄에 대한 응분의 대가가 사형이었지만, 이 형벌은 정작 직접적인 피해자가 아닌 주변 사람과 사회에 지불하는 죗값일 뿐입니다. 게다가 피해자는 세상을 떠났습니다. 살아서 일의 처음부터 끝까지 증언해야 할 사람은 가해자입니다. 피해자는 사라지고 가해자가 우리에게 남겨졌으니 범죄의 재구성은 오로지 가해자와 주변인의 몫이라는 말입니다. 과연 이 세상에서 그 누가 사건을 객관적으로 정당하게 바라보고 판결을 내릴 수 있을까요?

작가는 훗날 이렇게까지 고백합니다.

"페리와 나는 어렸을 때부터 같은 집에서 자란 것 같았어. 그런데 어느 순간 나는 앞문으로, 그는 뒷문으로 나간 것 같았지."

페리에게로 쏠리는 작가의 시선을 따라가 보면 범죄라는 행위와 행위자 사이에 자꾸 틈을 내려는 의도가 슬며시 보입니다. 잔혹한 행위에 따라 준엄한 처벌을 받는 건 맞지만, 행위 이면에 숨어 있는 섬약하고 불안정한 인간 자체를 보아주기를 독자들에게 바라는 것 같습니다.

이 책이 소설과 비소설 사이에서 줄타기를 하면서 미국대학에서 저널리즘을 강의할 때 빠지지 않는 교재가 되고 있는 이유를 알 것 같습니다.

출가자의 걸음에 담긴
맨발의 서정

사람의 맨발
한승원

하얀 바탕에 햇볕에 그을고 주름진 누군가의 벌거벗은 왼발 하나만 턱하니 올려 있는 표지를 대하고 가장 먼저 터진 것은 피식거리는 웃음이었습니다. 이 볼품없는 맨발의 주인공은 누구인가. 소설은 이렇게 붓다의 맨발로 시작합니다.

싯다르타의 두 발은 모든 것을 버리고 집을 떠난 출가자의 슬픈 표상이었다. 평생 대중 교화를 위해, 온 세상의 험난한 길을 밟고 다닌 맨발이었다. 발가락과 발톱들은 돌부리에 차이고 삐죽한 자갈과 가시에 찔리고 긁히는 상처를 입었다가 아물고, 또 상처를 입었다가 아물기를 거듭한 까닭으로 곳곳에 암갈색 옹이들이 박혀 있었고, 짐승의 낡은 가죽을 덮어씌운 것처럼 두껍고 너덜너덜 보풀이 일어나 있었다.

붓다가 세상을 떠났을 때 그의 제자 가섭(카샤파)은 곁에 없었습니다. 하필 그때 스승의 곁을 떠나 이리저리 다니며 사람들을 만나 진리를 설파하느라 정작 스승의 최후를 지켜보지 못했지요. 뒤늦게 부랴부랴 달려왔지만 이미 스승은 수없이 많은 천에 휘감겨 관 속에 들어간 뒤였습니다. 아무리 수제자라 할지라도 그걸 풀거나 헤집을 수는 없습니다. 그의 가르침에 취해 일생을 무소유로 살아왔건만, 속절없이 떠나버린 스승을, 그 스승의 마지막 유체를 눈앞에 두고도 보지 못하는 가섭에게 짙은 회한이 몰려옵니다. 그걸 느꼈을까요? 죽은 스승은 그 제자를 향해 마지막 사랑을 보여주었습니다. 관 밖으로 거친 맨발을 쑥 내밀었던 것입니다.

아, 이것은, 죽는 날까지 영원히 이 맨발의 뜻을 잊지 말라는 당부이다. 카샤파는 싯다르타의 맨발을 두 손으로 감싸 보듬은 채 어흑어흑 하고 울었다.

붓다가 맨발을 내보인 최후에서 시작한 소설 《사람의 맨발》은 시곗바늘을 되돌려 그의 어린 시절로 돌아갑니다. 사실 붓다의 왕자 시절 이야기는 새로울 게 없습니다. 싯다르타라는 이름으로 불리며 고생을 모르고 궁에서 자라고 그렇게 스물아홉 살까지 지내온 삶. 그리고 보리수 아래에서 붓다가 되어 사람들을 교화한 이야기도 대체로 알고 있습니다. 이 소설은 왕자의 어린 시절과 궁중에서 젊은 왕자로 지내던 이야기가 중심이 되고 있습니다. 그런데 작가의 관점이 흥미롭습니다. 싯다르타는 권모술수와 부정과 암투와 갈망과 애증이 난무하는 정치적 상황에서 한시도 자유롭지 못한 인물로 등장하기 때문입니다.

그리고 소설 속 싯다르타에게는 세 자매가 나란히 아내로 시집을 오게 되지만, 싯다르타는 그중에 야소다라에게만 유난히 이끌립니다. 청년 싯다르타가 야소다라를 밤마다 찾는 장면은 에로틱하기 이를 데 없습니다. 하지만 그러는 사이 외로움과 질투에 몸부림을 치는 다른 왕자비들의 모습은 궁중 야사를 보는 듯합니다. 불교신자들이 읽기에는 거부감이 일지도 모르겠습니다. 그토록 거룩한 부처님께서 궁중에서 왕자로 지내던 시절에는 어쩌면 대부분의 남정네들과 그리 다를 바 없는 삶을 살았다는 것이 당혹스러울 수도 있겠습니다.

소설 속 싯다르타는 장차 왕위를 이어갈 존재로서 나라 안팎의 사정을 두루 살피려고 애를 씁니다. 계급에서도 한참 밀리며 굶주리기를 밥 먹듯 하는 하층계급을 찾아가기도 합니다. 그 와중에도 이들은 저들끼리 서열을 짓고 편을 가르고 상대방의 목숨을 빼앗습니다. 싯다르타는 이런 사람들 속으로 헤집고 들어갑니다. 그리고 왕자로서 이들을 위해 할 일을 고민하고 이들이 먹고살 수 있는 방법을 찾아 자립의 길을 열어줍니다. 하지만 가슴속에는 늘 '존재라는 것이, 사람의 현실이란 것이 왜 이럴 수밖에 없는 걸까'라는 의문이 끊이지 않았습니다. 게다가 그에게는 늘 정치적 라이벌이 촉수를 뻗치고 있었습니다. 싯다르타의 장인인, 재정대신 다리나가 바로 그 주인공입니다. 사람의 선한 면을 믿고 행복을 일구려고 애쓰는 싯다르타의 노력을 한순간에 물거품으로 만들어버리는 권력지향적인 인물입니다.

싯다르타는 그와의 대결에서 밀리고 맙니다. 야소다라의 남편이자 왕자로서 품위를 지키며 허수아비처럼 얌전히 늙어가는 일 말고 그가 할 수 있는 일은 없었습니다. 그리하여 그는 출가를 감행합니다. 권력의 중심부에 자리해봤자 적대감만 부를 뿐이요, 세상을 풍요롭게 만들어봤자 또 다른 독점욕만 키울 뿐이라는 현실에 그는 지쳤습니다. 조금 더 나은 행복을 찾고자, 조금 더 완전한 행복을 찾고자 싯다르타는 오래전부터 막연히 품어왔던 바람을 실현하기로 합니다.

소설 《사람의 맨발》은 싯다르타의 출가 당일 풍경을 아주 자세하게 그려내고 있습니다. 붓다의 삶을 다룬 불교문헌에서는 "한밤중에 곤히 잠든 아내 야소다라와 아들 라훌라의 모습을 지그시 내려다본 뒤 말을 타고 성을 넘어 떠났다"는 한 문장으로도 충분했던 장면이건만 작가는 출가하는 날 싯다르타의 심정을 세세하게 그려냅니다. 한승원 작가의 펜 끝을 따라 그날을 상상해봅니다. 한 나라의 왕자가 무소유의 유리걸식을 택한다는 것이 쉽지는 않았을 것입니다. 권력을 내려놓는 일, 명예를, 사치를, 안락을, 관행을, 안전을 내려놓고 세상에서 물러나는 일이 바로 출가입니다.

출가를 결심한 그는 세상의 익숙한 모든 것과 작별을 고하는 의식을 천천히 치렀습니다. 소설 속에서 싯다르타는 자신을 둘러싸고 있던 방 안의 모든 풍경에게 인사를 고합니다. 커튼에게, 침대에게, 이불과 베개와 식탁과 은식기와 책들에게 작별인사를 건넵니다. 뜻밖의 설정이었습니다.

처음에는 우습기도 했습니다. 출가를 앞둔 자의 행동이라고 하기에 어울리지 않아 보였습니다. 하지만 가만히 생각해보니 그게 바로 출가였습니다. 출가는 더 이상 저 물건을 쓰지 않겠다는 뜻이기도 합니다. 더 이상 저것을 걸치지 않고, 더 이상 저기 위에 몸을 눕히지 않겠다는 뜻이기도 합니다.

언젠가 한승원 작가를 직접 뵙고 이 장면에 대해 이야기를 들은 적이 있습니다. 노작가는 작품에서 이 부분 묘사에 가장 정성을 들였다고 말했습니다. 70년 넘게 살아온 자신의 인생을 정리하는 마음을 담았다고도 했습니다.

그렇게 해서 왕자는 출가합니다. 그가 개혁하려 했던 가장 낮은 사람들의 삶의 방식을 스스로 택해 살아가게 됩니다. 그들 속으로 들어가서 그들과 똑같은 모습으로 살아가면서 그들을 다독이고 위로하며 나아지게끔 일으켜 세우는 일을 하기 시작합니다. 그렇게 시작한 맨발의 삶. 바로 이것이 붓다의 삶이기에 어쩌면 먼 훗날 뒤늦게 달려온 가섭을 향해 마지막으로 보여준 것도 맨발일 수밖에 없었을 것입니다.

"나는 이렇게 살아왔다. 그대는 어떻게 살아가겠느냐?" 이것이 바로 소설가 한승원이 그려낸 붓다의 일생입니다. '어떻게 살아왔느냐?' 는 말은 '어디를 돌아다니며 지내왔느냐'라는 뜻과 통합니다. 그래서일까요? 이력서(履歷書)라는 한자어에는 신을 신고 걸어 다닌 내역이라는 원초적인 뜻이 담겨 있습니다. 내가 살아온 인생을 표현하는 신체 부위 가운데 발보다 더 어울리는 것이 또 있을까 합니다. 소설을 읽으면서 머리에 맴도는 시 한 수가 있었습니다. 문태준 시인의 〈맨발〉인데 그 시에도 붓다의 맨발이 등장합니다.

어물전 개조개 한 마리가 움막 같은 몸 바깥으로 맨발을 내밀어 보이고 있다
죽은 부처가 슬피 우는 제자를 위해 관 밖으로 잠깐 발을 내밀어 보이듯이 맨발을 내밀어 보이고 있다
펄과 물속에 오래 담겨 있어 부르튼 맨발
내가 조문하듯 그 맨발을 건드리자 개조개는
최초의 궁리인 듯 가장 오래하는 궁리인 듯 천천히 발을 거두어 갔다
저 속도로 시간도 길도 흘러왔을 것이다

절창이라 하지 않을 수 없는 시입니다. 읽고 또 읽을수록 날것이 안겨주는 비린내와 그 텁텁하게 쓸쓸한 모양을 이보다 더 잘 표현해낸 시를 보지 못했습니다. '최초의 궁리인 듯 가장 오래하는 궁리인 듯' 붓다는 삶을 마감하는 마지막 순간까지 걷고 또 걸었습니다. 어디로 갈

것인지를 늘 궁리하면서 세상을 두루 관찰하고, 관찰을 마친 붓다의 육신을 신고서 그 맨발은 터벅터벅 자박자박 흙먼지 이는 길을 걸어갔습니다. 제자들은 스승 붓다께서 다가오면 달려 나가 가사와 발우를 받아들었고, 스승의 먼지 자욱한 두 발에 이마를 대고 절을 올렸습니다. 그리고 맑은 물을 받아와서 그 발을 뽀도독뽀도독 소리 나게 씻겨드렸습니다. 스승의 맨발을 두 손으로 부여잡고 천천히 먼지와 때를 벗기는 제자들의 마음은 어땠을까요? 아마도 제자들에게 가장 기억나는 스승의 신체는 단연 맨발이 아니었을까 합니다.

작가는 붓다의 위대함을 억지로 드러내려 하지 않았습니다. 작가는 출가의 과정을 진득하게 그려내면서 출가 후의 이력을 고스란히 담고 있는 맨발에 초점을 맞추었습니다. 붓다가 우리에게 마지막으로 보여준 것은 밖으로 쑥 내민 맨발이었지요.

시대에 따라 사는 법이 다를 수 있습니다. 카시트에 몸을 맡긴 채 시속 100킬로미터로 내달리는 현대의 수행자들에게 이 맨발의 서정이 어떻게 다가올지 궁금합니다. 크고 작은 갈등이 끊이지 않는 종교계를 향해, 스승의 가르침을 몸으로 살아볼 생각은 하지 않고 머릿속과 혀끝의 무기로만 쓰려는 세상을 향해, 죽은 부처가 관 밖으로 맨발을 쑥 내밉니다. 그 맨발을 끌어안고 울던 제자 가섭도 이미 사라진 시절입니다.

돈보다 중요한
사람대접의 가치

길은 멀어도 마음만은
류수홍

중국의 기세가 무섭습니다. 이제 전 세계가 중국의 눈치를 볼 판입니다. 그 어마어마한 대륙, 무시무시한 인구가 전 세계 기선을 제압합니다. 땅과 사람만이 전부는 아닙니다. 여전히 사회주의국가임을 표방하면서도 웬만한 자본주의국가도 흉내 내지 못할 정도의 소비를 해대며 자본의 힘을 즐깁니다.

태국 치앙마이로 여행을 가서 외국인들을 상대하는 식당에 들어갔을 때의 일입니다. 입이 짧은 덕에 요리 한 가지와 음료를 주문했는데, 종업원의 응대가 달갑지 않게 느껴졌습니다. 그도 그럴 것이 주변을 가득 채웠던 중국인 관광객들의 테이블에는 엄청난 가짓수의 음식들이 가득 채워져 있었기 때문입니다. 다 먹지도 못하면서도 일단 시키고 보는 것이 저들 문화인지는 모르겠지만, 외국 관광객들을 상대하는 식당인지라 음식값이 현지인 식당보다 엄청나게 비쌌음에도 그걸 아랑곳하지 않는 '기개'에 주눅이 들었습니다.

'아, 중국 사람들, 돈 많구나!' 이렇게 감탄하면서도 여전히 수많은 중국 사람들은 무시무시한 가난에 허덕이고 있다는 사실에 조금 씁쓸해졌습니다.

중국 화이허 강 주변의 작은 마을에 살고 있는 쑨궈민은 농민입니다. 중학교를 졸업했기 때문에 마을에서는 그래도 글깨나 읽은 사람 축에 속하지요. 그는 동갑인 착한 아내 쑤구이펀과 알뜰하게 살아가고 있습니다. 바지런하고 손재주가 있어서 농사도 잘 지었을 뿐만 아니라 수르나이라는, 우리의 태평소 비슷한 관악기를 꽤 잘 불어서 사방 백 리 안의 잔칫집이나 초상집에는 늘 불려 갔습니다. 그래서 쑨궈민은 동네 다른 집들과 달리 여유가 있었지요.

한 가지 아쉬운 점은 자식이 없다는 사실입니다. 결혼한 지 벌써 한 해가 지났건만 아내에게 태기가 없습니다. 동네 사람들은 수군거렸고, 특히 쑨궈민의 짓궂은 친구 쑨젠빙은 대놓고 그를 조롱했습니다. 쑨젠빙은 보란 듯이 아내와의 사이에 자식을 다섯이나 두었습니다. 하지만 당시 중국은 1가구 1자녀 정책을 시행하고 있었습니다. 당국의 입장이야 자식이 없는 쑨궈민이 모범인민이요, 자식을 다섯이나 낳은 쑨젠빙은 골칫거리를 넘어서 범법자였을 테지요. 그런데 쑨젠빙은 아들을 낳을 때까지는 불임 수술을 받지 않겠다며 막무가내입니다. 둘째 아이부터는 벌금이 2만 위안. 그러니 가난한 농민들로서는 이 벌금을 낼 능력이 없었고, 따라서 둘 이상을 낳게 되면 몰래 버리거나 내다 팔던 시절 이야기입니다.

자식이 없던 쑨궈민은 꾀를 하나 냅니다. 함께 사는 벙어리 삼촌에게 버들가지로 광주리를 만들어 달라고 한 뒤에 그걸 아내의 배에 두르게 한 것이지요. 누가 보더라도 아내는 번듯한 임신부가 되었습니다. 기다리고 기다리던 임신인 만큼 동네잔치를 크게 벌였습니다. 물론 다달이 조금 더 큰 광주리를 바꿔서 배에 두르는 것도 잊지 않았습니다. 아내 배가 점점 부풀어 오르자 쑨궈민은 도시로 나가서 버려지는 아이를 물색하기로 마음먹습니다. 하지만 쉽지 않았지요. 그렇게 초조하게 시간만 보내던 그의 옆에 작은 보따리 하나가 놓입니다. 그 속에는 "좋은 분이 거둬 키워주세요"라는 종이쪽지 한 장과 함께 분홍빛 볼을 가진 여자아이가 있었습니다.

이렇게 해서 마침내 쑨궈민과 쑤구이펀은 자식을 갖게 되었습니다. 저들은 동네 밖 시내에서 아이를 낳은 척 일을 꾸민 뒤 개선장군마냥 아이를 안고 고향으로 돌아왔습니다. 하지만 뜻밖의 고민거리가 하나 생겼습니다. 정부당국이 그의 집을 감시대상으로 삼은 것입니다. 그렇게 기다리던 자식을 낳았지만 딸이니 분명 아들을 낳겠다고 할 것이고, 그렇다면 정부정책을 어길 것이 틀림없습니다. 그의 친구인 고위관리는 뻔질나게 쑨궈민의 집을 드나들며 불임수술을 받으라고 잔소리와 협박을 해댑니다. 그렇지만 이들은 불임수술을 받을 수 없습니다. 그러다 자신들의 진짜 아이를 영원히 낳지 못하게 될 게 뻔하기 때문입니다. 마침내 부부는 마을을 몰래 빠져나갑니다. 산아 제한을 강요하는 정부 관리들로부터 도망친 것이지요.

소설은 이렇게 해서 이들 부부가 중국 전역을 돌면서 온갖 고생을 하는 이야기가 펼쳐집니다. 그러잖아도 농민공(농촌을 떠나 도시에서 일하는 중국의 빈곤층 노동자)들은 농촌을 떠나 도시로 나가려고 기를 쓰고 있는 때입니다. 고향에서 농사를 짓느니 차라리 도시로 가서 구걸하는 게 훨씬 논을 잘 벌기 때문입니다. 특히 갓난아이를 품에 안은 여성의 경우는 더 짭짤한 수입을 올릴 수가 있습니다. 하지만 쑨궈민은 구걸하기를 단호히 거부합니다. 대신 그는 넝마를 줍습니다. 도시 주변을 돌아다니며 넝마를 줍고 그걸 팔아서 한 푼 두 푼 모읍니다. 얼마나 무섭게 돈을 모으고 또 얼마나 무섭게 돈을 아끼는지 그의 어린 딸은 아이스크림이란 걸 한 번도 먹어보지 못할 정도입니다. 그런 가운데 그는 모두 다섯 명의 자식을 두게 되었습니다. 제일 큰 딸은 쑨허쉬, 둘째는 아들 쑨허주, 그 밑으로 두 딸 이름은 쑨허메이, 쑨허리, 그리고 막내딸은 쑨허팡입니다. 하나같이 향기롭고 아름답게 살라는 뜻의 이름입니다. 마음 같아서는 부자 되고 건강하라는 뜻의 이름을 짓고 싶었지만 쑨궈민은 속물같이 보일까 봐 생각을 고쳐먹습니다.

고향을 떠난 부평초 인생들에게는 범죄의 유혹이 따라붙습니다. 어느 날인가는 구걸 패의 왕초가 찾아와서 말합니다.

"다섯 애들을 빌립시다. 애들이 구걸을 해 오는 대신 하루 세 끼와 애 하나당 하루에 십 위안을 줄 테니."

그렇다면 다섯 아이만 잘 이용하면 이들 부부는 앉아서 매달 천오백 위안을 버는 셈입니다. 하지만 쑨쿼민은 단칼에 거절합니다. 아이들 몸값이 점점 올라가지만 요지부동입니다. 돈이라면 수단과 방법을 가리지 않는 중국 땅에서 끝까지 자존심을 지키려는 쑨쿼민과 그 가족들의 노력은 눈물겹습니다. 그나마 아이들은 엄마 아빠의 뜻을 잘 따라주고 형제들끼리 사이좋게 잘 지냅니다.

그러던 어느 날 아이들이 학교도 다니지 못한 채 무료하게 시간을 보내는 게 안타까웠던지 아버지 쑨쿼민은 수르나이를 가르쳐줍니다. 놀잇감이 생긴 아이들은 아주 열심히 연습했고, 공원에서 재미 삼아 불게 됩니다. 그런데 생각지도 못했던 일이 벌어집니다. 거리를 지나던 사람들이 아이들의 연주를 듣더니 돈을 내는 것이었습니다. 구걸처럼 보일까 봐 쑨쿼민은 거절했지만 사람들은 좋은 연주에 대한 답례라고 말하며 기꺼이 지불합니다. 그리하여 이들 가족은 어느 사이 수르나이 부는 일을 직업으로 갖게 되었고, 거리에서 연주로 벌어들이는 돈은 눈덩이처럼 불어납니다. 쑨쿼민은 그 돈을 무섭도록 지킵니다. 여전히 아이들은 궁색을 벗지 못했고, 아내는 친정집에 좀 보태주고 싶다며 하소연하지만 단 한 푼도 내놓지 않습니다. 아내가 목을 매달아보기도 했지만 소용없었습니다. 이렇게 다섯 아이를 데리고 타향으로 떠돌면서 지내다 마침내 고향으로 돌아가게 된 날, 쑨쿼민은 고향 어귀에 이르러서야 아이들에게 생전 처음 새 옷을 사서 입힙니다. 이제 큰 집에서 살며 학교도 다닐 수 있다며 들뜬 아이들 앞에 쪼그리고 앉은 아버지는 마침내 속마음을 털어놓습니다. 아버지가 그토록 억척스레 모은 돈을 어디다 쓸 것인지에 대해서 말이지요.

요즘 중국에서 들리는 소식은 하나같이 돈과 연관된 일뿐입니다. 해외여행에 나선 중국여행객들이 매장 물건을 싹쓸이한다는 소식은 이젠 새롭지도 않습니다. 전 세계의 큰손이 되어버린 중국, 수단과 방법을 가리지 않고 돈 되는 일은 뭐든 하고 그 돈을 보란 듯이 써버리는 중국 사람들의 모습은 두려울 정도입니다. 하지만 이런 사람들은 중국의 극히 일부분이라는 사실을 우리는 잘 알고 있습니다. 너무나도 많은 사람들이 호적도 없이 살아가고 있습니다. 사람이 너무 많은 탓에 사람의 목숨 값이 헐하기 짝이 없는 나라가 중국 아닐까 합니다. 이런 중국에서 아버지 쑨궈민 역시 악착같이 돈을 모으는 수전노와 다를 바 없습니다. 하지만 그렇게 모은 돈을 어디에 쓰려는지 소설 마지막의 딱 한 문장이 모든 걸 말해줍니다.

"아빠는 이 돈으로 너희들한테 다 호적을 만들어줄 거야. 가짜가 아닌 진짜 호적을. 이제부터 너희들은 호적을 갖는 거야. 진짜 사람으로 사는 거란다."

떳떳하게 벌금을 내고 진짜 호적을 만들어주겠다는 아버지의 이 결심으로 소설은 끝을 맺습니다. 중국 현대소설이라서 술술 읽히는데 마지막 장에서 쿵 하고 울림이 찾아올 줄 몰랐습니다.

사람이 사람대접을 받고 사는 일. 이보다 더 급하고 중요한 일이 어디 있을까요? 사노라면 절망스런 일을 맞을 때가 한두 번이 아닙니다. 우리는 그럴 때마다 운명을 탓하고 무릎을 꿇지만 쑨궈민은 이렇게 말합니다.

> "여보, 밖을 좀 봐. 나무가 있고, 강이 있고, 돼지가 있고, 마을엔 사람들이 있어. 하늘은 비를 내리고 땅에서는 곡식이 자라고 말이야. 당신이 살면서, 태양이 제때 뜨지 않은 걸 본 적 있어?"
>
> "아니."
>
> "우리가 키우는 돼지나 닭이 살기 싫다며 죽여달라고 한 적 있어?"
>
> "아니."
>
> "하늘을 나는 새가 떨어져서 머리를 박고 죽은 것 봤어?"
>
> "아니."
>
> "그러니까, 하늘의 뜻에 따라 땅에서는 곡식이 자라고 사람은 땅에 발붙이고 사는 거야. 나무가 있고, 강이 있고, 낮에는 해가 뜨고 밤이면 별과 달이 뜨고, 사람이 별 탈 없이 사는 것도 그래. 스스로 살기 싫으면 어쩔 수 없지만, 아무 탈 없이 잘 살고 싶다면 분명 방법이 있을 거야."

태어난 것 자체가 불법이어서 호적도 갖지 못한 아이들을 위해 벌금 낼 돈을 모은 아버지는 믿는 구석이 있었던 것입니다. 살려고 들면 못 살 것도 없다는 것이지요.

'하늘이 사람을 세상에 내보냈으니 필히 살길도 마련해놨을 거야.'

여섯 가족을 거느린 아버지 쑨귀민의 이 좌우명에 여러분은 동의하시는지요.

믿을 수 없는 현실과
믿고 싶은 이야기

파이 이야기
얀 마텔

　이 소설을 어떻게 풀어내면 좋을까요? 쉽지 않네요. 제목은 '파이 이야기'. 이안 감독이 영화로 제작하여 수많은 영화팬을 열광케 한 작품입니다. 하지만 영화보다 책을 선호하는 나는 얀 마텔의 유머 넘치고 매력적인 문체에 푹 빠졌습니다. 각설하고. 자, 다시 하소연해보겠습니다. 이 소설을 어떻게 들려드리면 좋을까요?

　첫째, 이 책은 한 소년이 태평양에서 227일 동안 표류하다 구조된 이야기라고 말하겠습니다. 인도 폰디체리에서 사설 동물원을 운영하던 부모가 사업을 접고 캐나다로 이민 가려고 일본 해운회사 소속의 화물

선 침춤호에 탑니다. 그런데 배가 침몰하였고, 소년 파이는 부모와 형을 잃고 천애고아가 됩니다. 구명보트에 몸을 의지한 파이는 망망대해 태평양을 떠돌다가 마침내 구조됩니다. 이렇게만 이 작품을 읽는다면 메시지는 간단합니다. "포기하지 말라. 희망을 버리지 않으면 반드시 빛을 보게 된다."

둘째, 이 책은 맹수와 소년의 생존 이야기입니다. 구명보트에는 열여섯 살 소년 파이 혼자만 타고 있었던 건 아닙니다. 다리를 심하게 다친 얼룩말과 오렌지주스라는 별명을 가진 암컷 오랑우탄 그리고 하이에나가 타고 있었습니다. 하이에나는 부상당한 얼룩말과 오랑우탄을 산 채로 잡아먹습니다. 하지만 이건 시작에 지나지 않습니다. 진짜 '선수'가 등장하기 때문입니다. 방수포 아래 적당히 기절해 있던 벵골 호랑이 리처드 파커가 마침내 깨어나 하이에나를 간단히 처리합니다.

이제 소년은 호랑이와 단 둘이 한 배에 타게 되었습니다. 굶주린 호랑이에게 열여섯 살 소년은 그야말로 간식거리도 되지 않습니다. 그렇지만 이 둘은 서로 의지하며 살아갑니다. 마지막까지 함께 버티다 멕시코만에 정착하는 순간 헤어지게 되지요. 이 작품을 이렇게 읽으면 "소년과 호랑이의 생사를 뛰어넘은 우정"이라고 말해도 좋을 것입니다.

하지만 이 책의 저자 얀 마텔은 이렇게 소박하게 작품을 마치지 않습니다. 이 소설은 철저하게 종교적인 작품입니다. 신(神)에서 시작해서 신(神)으로 끝나는 작품이라 해도 지나치지 않습니다.

본래 소년은 무신론자에다 철저한 현실주의자 부모 밑에서 자랐습니다. 모든 인도인은 힌두교인으로 태어난다고들 하더군요. 파이 역시 인도인이라서 힌두교인으로 태어나기는 했지만, 소년의 부모는 힌두교를 탐탁지 않게 생각합니다. 부모의 영향을 받을 법도 하지만, 파이는 어느 날 자신도 모르는 어떤 힘에 이끌려 '신'을 만나게 됩니다. 뭔가 숭고하고 엄숙하면서도 인간의 상식을 훌쩍 뛰어넘는 지고지순한 사랑의 원리 같은 것이 느껴졌다고나 할까요? 그렇지만 소년과 신의 만남은 좀 지나쳤습니다. 한꺼번에 세 가지 종교를 믿기로 결정했기 때문입니다. 힌두교, 이슬람교, 그리고 기독교입니다. 이 세 종교는 겉으로 보기에는 완전히 다르지만 그 속을 들여다보면 세상의 창조나 인간의 행불행에 신이 관여한다는 등의 원리는 비슷합니다. 세 종교의 공통점은 그러니까 '신'입니다. 각각의 종교가 "나의 신은 저들의 신과는 다르다"고 부르짖지만 소년에게는 문제가 되지 않습니다. 신들의 사랑과 창조의 원리가 너무나 오묘하고 아름답다는 생각에 흠뻑 빠져 있기 때문입니다. 소년은 아버지를 졸라 이슬람 신자들이 기도할 때 쓰는 카펫을 사다 달라고 조르고, 교회를 찾아가고, 그리고 인도 신들의 창조 신화를 행복하게 음미합니다. 그런데 정작 신들은 소년에게 좀 다르게 다가가려고 작정한 듯합니다. 소년은 망망대해에서 사랑하는 가족을 죄다 잃고 구명보트에 간신히 올라탄 채 227일을 표류하게 됐으니 말입니다. 대체 신들은 구제하러 달려오지 않고 뭣들 하시는지!

망망대해에서 표류한다는 것, 두 발을 지상에 딛지도 못한 채 이리저리 파도에 쓸려 떠다닌다는 사실은 직립보행의 인간에게는 지독한 두려움을 안겨줍니다. 급할 때 의지할 부모와 형은 이미 바닷속으로 사라졌고, 동동 떠 있는 바다 밑에는 상어가 떼를 지어 몰려다닙니다. 하지만 이건 약과입니다. 저 처절한 생존의 쪽배에는 200킬로그램이 훌쩍 넘는 벵골 호랑이 한 마리가 버티고 있다는 사실입니다 앞발이 브리태니커 백과사전만 한 이 녀석은 망망대해보다 더 무서운 존재입니다. 그야말로 기가 딱 막힐 노릇입니다. 망망대해가 더 무서운 건지, 벵골 호랑이 리처드 파커가 더 무서운 건지, 바닷속 상어 떼가 더 무서운 건지 판단도 서지 않습니다. 목숨이 붙어 있는 존재에게 이보다 더 가혹한 위기의 순간이 또 있을까요?

끝을 알 수 없는 망망대해가 막연한 두려움을 안겨준다면, 벵골 호랑이 리처드 파커는 바로 눈앞에서 시시각각 목을 조여오는 끔찍한, 매우 현실적인 두려움입니다. 결국 소년 파이는 눈앞의 두려움을 길들이기로 결심합니다. 같은 배에 타고 있는 만큼 죽어도 같이 죽고 살아도 같이 살아야 할 운명이라는 사실을 깨달았기 때문입니다. 소년은 물고기를 낚고, 바다거북을 산 채로 붙잡아 목을 따고 피를 마십니다. 소년이 철저한 채식주의자였다는 사실은 이 순간 아무런 의미가 없습니다. 오직 야수의 기질만을 지니고 있는 벵골 호랑이 리처드 파커와 세상을 창조한 신의 섭리를 찬양하던 아름다운 종교적 소년 파이는 이렇게 구명보트에서 서로의 명줄을 엮은 채 표류합니다. 그렇게 수없는 날들을 표류하다 홀연히 시력을 상실하고 죽음 직전까지 가게 되지요. 절망과 두려움과 위기는 더 이상 책 속의 글자가 아닙니다. 이 소년의 현재입니다. 작품에서는 드문드문 신을 향한 갈구의 외침도 등장합니다. 하지만 글쎄요, 무신론자인 내 눈에는 그 갈구가 그리 진지하게 느껴지지는 않았습니다.

소년 파이와 호랑이 리처드 파커는 마침내 어떤 섬에 도착합니다. 그곳은 그야말로 황홀경 그 자체입니다. 바닷물이 아닌 담수가 일렁이고, 미어캣이 군집해 살고 있는 무릉도원입니다. 소년은 자신의 두 발을 땅에 디딜 수 있다는 사실 자체에 감격하고 섬의 풍광에 취해버립니다. 하지만 야수인 리처드 파커는 밤이면 어김없이 구명보트에 와서 잠을 청합니다. 호랑이는 알고 있었던 것이지요. 안주하기에 그 섬은 너무나 위험한 곳이라는 사실을. 그리고 실제로 그 섬은 생명체를 죽여버리는 매우 위험한 곳이었습니다.

간신히 안주할 수 있었는데, 안주하면 죽음에 이른다는 사실은 시사하는 바가 매우 큽니다. 신을, 혹은 어떤 종교적 경지를 갈구하는 수행자가 도중에 만나는 황홀경이 바로 이런 것이 아닐까 합니다. 황홀경을 만나도 떨쳐 버리고 앞으로 나아가야 한다지요. 그 황홀경에 머무르는 순간 구도자는 미쳐버리거나 폐인이 되어버린다는 겁니다. 파이가 만난 아름다운 섬에서의 안주도 그런 의미가 아닐까 합니다. 그래서 파이도 리처드 파커도 끝내 떠나고 맙니다. 살기 위해서 도중에 만난 섬을 버리는 것이지요.

아무튼 파이는 227일 만에 멕시코 어느 외진 마을에 당도하고 구조됩니다. 그런데 섬에 닿자마자 호랑이 리처드 파커는 그의 머리 위를 날아올라 밀림으로 사라집니다. 한 번도 뒤돌아보지 않고 그냥 홀연히 사라집니다.

200일이 넘는 표류기간에 벵골 호랑이와 단둘이 살아남았다는 사실은 이제 소년 파이에게만 진실할 뿐, 그 사실을 믿어줄 사람은 아무도 없습니다. 우리 모두는 보지 않은 것은 믿지 않겠다는 입장을 취하기 때문입니다. 우리는 "있는 그대로" 받아들이겠다는 생각을 합니다. 하지만 '있는 그대로'는 어떤 모습일까요? 세상이 드러내고 있는 모습들을 우리는 각자가 보고 싶은 것과 듣고 싶은 것만 취하고서 그것을 '사실 그대로' '있는 그대로' 보고 있다고 생각하고 있는 건 아닐는지요.

소년은 사람들에게 맹수와 함께 살아남은 일을 들려줍니다. 그런데 아무리 자세하게 이야기해도 듣는 사람은 믿지 못하겠다고 도리질합니다. 어떻게 그럴 수가 있단 말인가! 호랑이가 소년 파이를 발견하는 즉시 잡아먹는 게 당연한 일 아닌가. 그런데 호랑이를 길들이면서 망망대해에서 그토록 오랜 세월을 버텨왔다고? 파이는 자신의 말을 믿지 못하겠다는 사람들에게 자신이 처했던 상황과 살아남아서 구조되기까지의 똑같은 이야기를 다른 버전으로 들려줍니다. 소년의 새로운 생존 이야기 속에는 선원과 요리사와 어머니가 등장하고, 살기 위해 인육을 먹는 내용이 처절하게 담겨 있습니다. 사실, 이 이야기가 좀 그럴듯하게 들립니다. 그런데 사람들은 이 이야기에도 도리질합니다. 동물이 나오는 건 비현실적이어서 싫고, 사람이 나오는 건 너무 잔인해서 싫다는 것이지요. 소년은 묻습니다.

223

"어느 이야기가 더 마음에 드나요? 어느 쪽이 더 나은가요? 동물이 나오는 이야기요, 동물이 안 나오는 이야기요?"

재미있지요? 대체 무엇이 사실일까요? 아니, 우리는 무엇을 사실로 받아들이고 싶은 걸까요? 종교적 경지는 우리를 이런 고민에 잠기게 합니다. 겪어본 사람만이 사실을 알 수 있을 뿐이지요. 작가 얀 마텔은 마지막으로 우리에게 묻습니다. 지금까지 들려준 이 이야기가 진짜일까요? 아닐까요? 여러분은 어떻게 판단하실지 궁금합니다.

모순과 편견으로 가득한 세상,
무고한 앵무새를 죽이다

앵무새 죽이기
하퍼 리

1960년에 소설가 지망생인 한 여성의 첫 번째 장편소설이 미국과 영국에서 출간됩니다. 그리고 이 작품은 이듬해 서른다섯 살의 작가에게 퓰리처상을 안깁니다. 세상에 처음으로 내민 작품으로 엄청난 상을 거머쥐게 된 것이지요. 그 작품의 이름은 바로 《앵무새 죽이기》입니다.

원제에 등장하는 모킹버드(Mockingbird)는 앵무새(parrot)가 아니라 흉내지빠귀라고 합니다. 다른 새를 흉내 내며 따라 울기를 잘하는 새라고 하지요. 하지만 이 소설이 우리나라에 처음 번역되었을 때 앵무새가 흉내를 잘 내기 때문에 그냥 '앵무새'로 옮겼다고 합니다. 작품 속에서는 이 새가 "인간을 위해 노래를 불러줄 뿐이지. 사람들의 채소밭에서 뭘 따 먹지도 않고, 옥수수 창고에 둥지를 틀지도 않고, 우리를 위해 마음을 열어놓고 노래를 부르는 것 말고는 아무것도 하는 게 없는" 존재이며, 따라서 이런 새를 죽이는 건 "죄가 되는 것"이라는 마을 중년부인의 말 속에서 등장합니다.

이 소설은 1960년에 출간됐지만 작품 속 배경은 1930년대 중엽 미국 남부 앨라배마 주의 메이콤이라는 가상의 작은 마을입니다. 1930년대라고 하면 미국이 경제대공황을 겪던 때입니다. 인심이 각박하던 시기였고, 인종차별이 극심하던 미국 남부라는 점은 독자에게 시사하는 바가 있습니다. 여전히 백인들은 자기들만의 세상에서 어깨에 힘을 주며 흑인들을 억압하고, 그 위에 군림하며 지내던 시기였고 그런 장소였습니다.

작품의 주인공은 여섯 살 말괄량이 소녀 스카웃입니다. 스카웃은 일찍이 어머니가 세상을 떠난 뒤로 아빠 애티커스와 네 살 위인 오빠 젬, 그리고 가사도우미인 흑인 여성 캘퍼니아 아줌마와 함께 살고 있습니다.

말괄량이 소녀 스카웃은 네 살 위인 오빠 젬, 그리고 남자친구 딜하고만 어울립니다. 이 셋은 늘 붙어 다니며 온갖 말썽을 부립니다. 궁금한 것은 참지 못했고, 연극거리를 만들어서 즉석에서 공연도 펼쳐보고, 들판을 뛰어다니고 나무를 오르내리며 온종일을 보냅니다. 그중에서도 이 아이들의 호기심을 가장 많이 자극하는 건 근처에 있는 사연 많은 래들리 씨네 집입니다. 동네 사람들과 어울리지 않고 두문불출하는 터라 아이들의 호기심과 상상력은 커져만 갔고, 그래서 틈만 나면 조용한

이 집을 염탐해서 어떻게 해서라도 래들리를 집 밖으로 끌어내리려고 안달입니다. 세상에 절대로 해를 끼치지 않는 이웃에게 악동 셋은 너무나 가혹한 침입자입니다. 제목 속의 '앵무새'는 어쩌면 이 래들리일 수도 있습니다.

한편, 말괄량이 소녀 스카웃은 언제부터인가 마을 사람들의 분위기가 묘하게 달라지고 있다는 걸 눈치챕니다. 평소 친하던 마을 사람들이 아빠를 불러내어 험악한 분위기를 연출하는가 하면, 심지어는 이런 욕도 합니다.

"스카웃네 아빠 깜둥이 애인이래요."

이런 욕설에는 이유가 있습니다. 그건 바로 아빠가 새로 맡은 일 때문입니다. 스카웃의 아빠 애티커스는 능력 있는 백인 변호사입니다. 굳이 '백인'이라는 말을 붙인 이유는 좀 특별한 사건을 그가 맡았기 때문입니다. 톰 로빈슨이라는 젊은 흑인이 백인 여성을 성추행했다는 혐의로 고소되었고, 법정에 선 그를 변호하는 임무를 바로 스카웃의 아빠인 애티커스가 맡은 것입니다.

당시에는 흑인 하나쯤이야 아무렇지도 않게 없앨 수 있었습니다. 백인들이 그렇게 생각하며 지내던 시대였습니다. 흑인들은 지저분하고 무식하고 윤리적이지 못하고 성적인 충동을 조절하지 못하는 철부지요, 잠재적인 범죄자라고 인식하던 시절, 톰 로빈슨이라는 흑인 남성이 범인으로 붙잡힌 것입니다. 그것도 감히 백인 여성을 성추행했다는 혐의로 말입니다. 하지만 이런저런 정황상 그는 무죄가 틀림없었습니다. 스카웃의 아빠인 애티커스 변호사 역시 그의 무죄를 믿어 의심치 않았고, 계속되는 재판과정을 통해 배심원들조차 톰 로빈슨의 무죄를 인정하는 분위기였습니다. 하지만 마을 사람들과 그 시대는 흑인의 피를 원했습니다. 흑인은 죽어야 했습니다. 왜냐고요? 백인이 아니기 때문입니다. 이건 상식이고 윤리였습니다. 적어도 그 시절 미국 남부 앨라배마 주에서는요. 죄 없는 한 사람의 목숨이 달려 있어도 소용없습니다. 그저 수많은 깜둥이 가운데 하나에 지나지 않기 때문입니다. 그렇다면 애초 래들리 씨가 악동들에게 일종의 '앵무새'였다면, 당시 백인 주도의 사회에서는 무고한 흑인들이 '앵무새'라고 할 수 있겠습니다. 백인들에게 전혀 해를 끼치지 않는 존재요, 그저 제 몫의 일을 묵묵히 해낼 뿐이기 때문입니다. 사람들은 이런 앵무새와 같은 흑인을 희생해서 뭘 얻으려고 하는 것일까요? 마치 악동 셋이 조용히 은거하고 있는 래들리 씨를 끊임없이 괴롭혀서 지루함을 달래려는 것처럼 저들도 뭔가 바라는 것이 있을 것입니다.

이런 분위기 속에서 백인 변호사가 톰 로빈슨을 변호하게 된 것입니다. 그렇다고 그가 흑인을 동정하는 건 아닙니다. 힘없는 약자를 향한 동정 이전에 정의와 양심의 문제라는 것이 애티커스의 입장입니다. 마을 사람들은 이런 그의 입장을 더욱 이해하지 못합니다. 대체 흑인에게 무슨 정의와 양심을 들이댈 수 있느냐며 쓸데없이 시간을 낭비하지 말라는 것입니다. 하지만 애티커스는 꿈쩍도 하지 않습니다. 정의는 이긴다는 믿음이 워낙 확고하기 때문입니다.

그의 이런 인생관은 자녀들을 향한 교육에도 고스란히 적용됩니다. 그는 두 아이를 자유롭게 키우면서도 남에게 피해를 입히지 않고, 자신이 한 일에 대해서는 반드시 책임을 져야 하고, 앙갚음 같은 것은 하지 말도록 가르칩니다. 세상에 존재하는 사람은 똑같이 소중한 존재이며, 그 누구도 다른 사람을 억압할 수는 없다고 누누이 일러줍니다. 때로 그의 이런 교육은 어린 남매에게는 부당하게 느껴지기도 합니다. 한번은 이런 일도 있었기 때문입니다.

동네에 혼자 살고 있는 듀보스 할머니가 젬과 스카웃을 향해, 남매의 아빠가 깜둥이들 변호나 하고 있으니 "네 아빠는 자기가 도와주고 있는 그 쓰레기 같은 깜둥이들보다 나을 게 없다"는 폭언을 퍼부은 것입니다. 옳은 일을 하는 아빠를 모욕한 할머니를 용서할 수가 없었던 젬은 보란 듯이 복수를 합니다. 할머니가 애지중지 여기는 정원의 동백꽃들을 죄다 꺾어버리고 만 것이지요. 하지만 애티커스는 아들 젬에게 할머니에게 가서 정중하게 사과하고, 요구하는 건 뭐든 들어주라고 일러준 뒤에 이렇게 말합니다.

"그들에겐 분명히 그렇게 생각할 권리가 있고, 따라서 그들의 의견을 충분히 존중해줘야 해. …… 하지만 난 다른 사람들과 같이 살아가기 전에 나 자신과 같이 살아야만 해. 다수결에 따르지 않는 것이 한 가지 있다면 그건 바로 한 인간의 양심이다."

분명 애티커스의 생각과 행동이 옳고, 마을 사람들이 틀렸습니다.

하지만 애티커스는 자신의 생각을 정의의 잣대로 삼지는 않겠다는 것입니다. 그저 스스로가 생각해서 양심에 따라 움직일 뿐이라는 것입니다. 스카웃의 오빠 젬은 심술궂은 듀보스 할머니에게 사죄하고 잘못에 대한 대가를 치렀지만 더 이상 억울한 마음은 없습니다. 이런 길을 일러준 아빠가 믿음직스럽고 자랑스러울 뿐입니다. 그렇다면 무고하게 성추행범으로 몰린 톰 로빈슨은 어찌 되었을까요? 그는 결국 유죄로 확정되었습니다.

세상이 그런 건지도 모르겠습니다. 진실이 빤히 두 눈을 뜨고 우리를 들여다보고 있는데 우리는 애써 외면합니다. 그게 세상입니다. 그 속에서 진실의 시선을 정면으로 마주보고 받아들였던 애티커스는 쓰라린 패배를 맛봐야 했습니다. 하지만 어른들의 부당함을 따지는 어린 아이들에게 그는 이렇게 말합니다.

"배심원들은 평결을 내리는 데 몇 시간이나 걸렸어. 어쩌면 필연적인 평결이었기 때문일 거야. 하지만 보통 때라면 단지 몇 분이면 충분하거든. 그런데 이번엔……."

지금은 진실이 졌지만 언젠가는 이길 것이요, 이미 이번 재판에서 그 시작의 기미를 보았다는 데에 애티커스는 큰 의미를 두는 것 같습니다. 여섯 살 말괄량이 소녀 스카웃은 이런 소동과 혼동 속에서 3년을 지냅니다. 그리고 스카웃이 아홉 살이 되던 해 오빠는 린치를 당하기도 하지만, 이 모든 일들을 겪으면서 스카웃은 자신이 부쩍 자랐다는 사실을 깨닫습니다. 세상에 나아가 배워야 할 것들을 그 3년 사이에 다 배운 것이라는 말이지요. 소녀가 자기 마음의 키가 한 뼘은 자라난 것을 알아채면서 소설은 끝이 납니다.

하퍼 리의 소설 《앵무새 죽이기》는 한 소녀의 성장소설입니다. 편견과 차별이 여전히 힘을 갖고 있는 세상에 서서히 눈을 떠가는 소녀. 바른 것과 그른 것을 구별해내는 지혜를 기르고, 바른 것을 향해 뚜벅뚜벅 나아가는 담금질이 이 소설에는 담겨 있습니다. 이 소설이 1960년에 출간되었음에도 지금까지도 미국에서 커다란 영향력을 미치고 있는 이유는 바로 이것 때문일 것입니다.

"너희는 몰라도 돼!" 아이들이 지금 세상에서 일어나고 있는 일을 궁금해하면 어른들은 이렇게 말하곤 합니다. 하지만 우리 아이들도 알아야 합니다. 그리고 지금 세상에서 일어나고 있는 일들을 어떤 관점에서 바라봐야 하는지를 배워야 합니다. 그리고 옳은 것을 위해 힘차게 나아가면서도 반대편에 서 있는 자들의 입장도 정당하게 바라볼 수 있는 힘을 길러야 한다는 걸 배워야 합니다. 스카웃이 아빠에게서 세상을 바라보는 관점을 배웠듯이 이 작품을 통해서 우리는 그걸 배울 수 있습니다. 이 세상에는 강한 자에게 약하고 약한 자에게 강한 자들이 많습니다. 그래서 애꿎은 앵무새에게 화풀이를 해댑니다. 무고한 앵무새만 죽이고 있지요. 이런 모순의 세상이기에 하퍼 리의 오래된 이 작품은 여전히 사람들의 필독서인 것이요, 영원히 읽혀야 할 작품입니다.

뱀장어와 잔등불에 담긴
증오와 연민

잔등
허준

1945년 8월 15일 마침내 일제가 항복했습니다. 정말이지 그들은 지독했습니다. 남의 땅에 무단으로 쳐들어와서 돈이 되는 것은 무엇이든 빼앗았습니다. 이 땅의 주인들은 저항 한 번 못 하고 고스란히 다 내줘야 했습니다. 말할 수 없는 굴욕을 겪었고, 비참하기 그지없었습니다. 그랬던 시절이 이제 끝이 났습니다.

해방을 맞아 이 땅 38선 남쪽에는 미군이, 북쪽에는 소련군이 들어왔고, 저들의 통제 아래 그럭저럭 새로운 질서가 잡혀가는 모양입니다. 하지만 패전한 일본인들은 바람 앞의 등불이 되었습니다. 이제 서러움과 굴욕과 모진 학대는 저들 몫이 되었습니다.

월북작가 허준의 중편소설 〈잔등〉은 바로 이런 시점에 함경도 청진 땅을 배경으로 펼쳐집니다. 만주에서 살고 있던 화가 지망생 천복은 해방 조국을 맞아 친구 방(方)과 함께 서울로 돌아오기로 합니다. 기차를 타고 함경도 청진 땅으로 들어오려 했다가 만원기차에서 친구와 그만 헤어지고 맙니다. 천복은 우여곡절 끝에 트럭을 얻어 탔고, 수많은 난민들을 지붕 위까지 싣고 오느라 더디게 달리던 기차보다 더 먼저 청진에 도착합니다.

청진에 도착한 그는 친구가 탄 기차를 기다리며 시간을 보냅니다. 해방을 맞고 보니 억척스레 만주 땅을 개척했다가 일본인들에게 고스란히 토지를 빼앗긴 친척들도 생각납니다. 저들도 이제 떳떳한 독립국가의 주인으로서 제 권리를 되찾을 수 있겠지 하며 자위하기도 합니다. 이렇게 가을볕이 찬란하게 쏟아지는 강둑에서 하릴없이 상념에 잠겨 있는 그때 난데없이 소리가 들립니다.

찰그닥.

소년 하나가 강에서 뱀장어를 잡아 강둑에 내던지는 소리입니다. 얼핏 보기에도 나이 어린 소년인데 뱀장어를 삼지창으로 찍어 낚아 올리는 솜씨가 예사롭지 않습니다. 그런데 대가리가 삼지창에 찍혀 피투성이가 된 뱀장어는 뭍으로 내동댕이쳐지기 무섭게 필사적으로 물을 향해 꿈틀거립니다.

삼지창 끝에 박히었던 장어의 대가리는 옥신각신 진탕으로 이겨져서 여지없이 된 데다가 뛰는 때마다 피가 뿜어져 나온 부분이 모래와 반죽이 되는데도 불구하고 이 세장(細長)의 동물은 그 전신 토막토막이 전수이 생명이라는 듯이 잠시도 가만있지를 아니하였다. 제가 얼마나 뛰랴, 뛰면 무엇 하랴 하고 얕잡아보고 앉았는 사이에 여러 번 여러 수십 번도 더 툭툭거리기질을 하는가 했더니 어느덧 물 언저리까지 접근하여 가서 한 번 더 뛰면 물속으로 뛰어들어갈 수가 있게까지 된 것이 아닌가.

천복은 서둘러 일어나 뱀장어를 다시 낚아 올려 이전 자리에 팽개쳐 버립니다. 소년이 힘들게 낚은 것을 눈앞에서 사라지게 할 수는 없었지요. 하지만 뱀장어는 어떻게 해서라도 물로 들어가려 몸부림을 칩니다. 작가는 이렇게 그리고 있습니다.

목숨이 어디가 붙었는지도 모르는 그 목숨에 대한 본능적인 강렬한 집착-그리고 그 본능의 정확성은 놀라리만큼 큰 것이었다. 곰불락일락 처보아서 전후좌우의 식별이 없이 그저 안타까워서 못 견디는 맹목적인 발동같이 보이지만 나중에 그 단말마적 운동이 그려나간 선을 따라가보면 그것은 언제나 일정한 것이었다. 그것은 자기의 생명이 찾아야 할 방향을 으레 지향하고 있는 것이었다.

뱀장어를 지켜준 덕분에 주인공 천복은 소년과 말문을 트게 됩니다. 열서너 살 정도 된 소년은 이 뱀장어를 수용소에 갇혀 있는 일본인들에게 판다고 말합니다. 일본인들은 전 재산을 재주껏 빼돌리고 감춰둔 채 스스로를 알거지라고 하소연하고 있지만 그래도 식욕은 감출 수 없는지 소년의 뱀장어를 사 먹기 위해 품에서 돈을 꺼냅니다. 소년은 뱀장어를 팔면서 낯을 익혀둔 일본인들이 재산을 빼돌려 수용소를 탈출할 때 그들을 검거하는 데에도 결정적인 역할을 합니다.

소년의 눈에는 일본인에 대한 분노와 경멸이 이글이글 불타오릅니다. 하긴, 왜 안 그러겠습니까. 일본인들이 이 땅에서 저지른 짓을 생각하면 그냥 둬둘 수가 없지요. 당한 만큼 되돌려줘야 셈이 맞을 것입니다. 아니, 죄 없이 당한 설움까지 갚으려면 저들은 곱절로 당해도 쌉니다. 아닌 게 아니라 청진 땅에서 마주치는 일본인들은 이미 그 죄를 다 받고 있는 것처럼도 보입니다. 재산을 몰래 감추고 탈출하려다 붙잡혀 모진 매질 끝에 아오지 탄광으로 끌려가질 않나, 사내는 어디론가 사라져버리고 아내 홀로 남아 자식들을 안고 업고 동냥질하며 아오지나 고무산으로 떠날 기차를 기다리고 있기 때문입니다.

저들은 자신들에게 이런 날이 올 줄은 몰랐을까요? 아마 몰랐을 겁니다. 남의 땅을 무단으로 쳐들어와서 이 땅의 본래 주인을 노예처럼 부리며 대대손손 호위호식하며 잘 살리라는 생각만 했을 것입니다. 땅과 가족과 이름과 생명마저 빼앗긴 조선인들에 대해서는 눈곱만큼도 돌아보지 않았을 테지요. 그런데 바로 그 일을 지금 저들이 고스란히 당하고 있는 것입니다.

일본인들은 마지막까지 잔인했습니다. 도망치면서 시내에 있는 아이들 학교마저 불을 질러버렸기 때문입니다. 가려면 그나마 곱게 갈 일이지 그런 해코지까지 하고 떠나다니, 이런 사악한 자들이 또 어디 있을까요? 천벌도 아깝습니다. 그래서 어린 소년은 뱀장어를 미끼로 일본인들을 조롱하고 감시합니다. 그런데 작가는 주인공 천복의 발길을 장터의 어느 국밥집으로 향하게 합니다. 밤새도록 잔등 하나 밝혀 놓은 채 새색시마냥 오두마니 앉아서 손님을 기다리는 할머니가 주인입니다. 천복은 술 한 잔 받아놓고 두런두런 이야기를 나누다가 할머니가 불면증을 겪고 있다는 사실을 알게 됩니다. 낮에 아주 잠깐 잘 뿐 밤이 되면 잠이 오지 않아 이렇게 잔등을 밝혀놓고는 장터를 오가는 사람들을 망연히 내다보고 있다는 거지요.

할머니의 사연은 기가 막힙니다. 일찌감치 남편과 아이들을 조르륵 앞세우고 늘그막에 얻은 막내아들 하나를 의지하며 살아가는데 이 아들이 해방되기 직전 옥사했기 때문입니다. 단 며칠만 버텨주었더라면……. 할머니 가슴에 일본에 대한 원망과 저주가 가득할 법합니다. 하지만 할머니 눈에는 못된 패전국가의 포로가 아니라 죽지 못해 살고 있는 처참한 몰골만이 보입니다.

더부룩이 내리덮인 머리칼 밑엔 어떤 얼굴을 한 사람인지 채 들여다볼 용기도 나지 아니하는 동안에, 헌 너즈레기 위에 다시 헌 너즈레기를 걸친 깡뚱한 일본 사람들의 여자옷 밑에 다리뼈와 복숭아뼈가 두드러져 나온, 두 개 왕발이, 흐물거리는 희미한 기름불 먼 그늘 속에 내어다보였다. 한 팔을 명치끝까지 꺾어 올린 손

바닥 위에는 옹큼한 한 개의 깡통이 들리어서 역시 그 먼 흐물거
리는 희미한 불그늘 속에서 둔탁한 빛을 반사하고 있으며

잔등이 조촐하니 실내를 밝히고 있는 국밥집 안에서 무심코 밖을 내
다보니 유리창 밖에 비친 풍경입니다. 그때 할머니가 말합니다.

"저겁니다."
"저것들입니다."

할머니는 '저것'을 보고 있습니다. '저것'이란 유리창 너머로 보이는,
아이 업은 일본 여자가 깡통을 들고 동냥하는 모습입니다. 그 모습이
안타까워 견딜 수 없다는 할머니입니다. 모진 세월을 지독한 아픔 속에
지내오다 보니 원망도 증오도 재가 되었는지, 남은 것은 그저 목숨에
대한 안쓰러움뿐인 것만 같습니다. 죽고 죽이고 죽이게 하며 아비지옥
의 세월을 거친 결과가 지금 그렇습니다. 그래도 살아야겠다고 깡통 들
고 동냥하는 저 일본 여인의 모습은 소년의 삼지창에서 대가리가 으깨
져 피투성이가 되어도 제 살 곳을 찾아가겠다고 단말마적 발악을 하던
뱀장어와 다르지 않습니다.

목숨은 그렇습니다. 목숨은 살고자 합니다. 살아 있어야 목숨입니다.
그래서 인간은 살아 있어야 하는 것입니다. 인간은 산 것입니다. 그 목
숨이라는 본능 앞에서 우리는 모두가 겸손하게 엎드려야 합니다. 이유

도 조건도 없습니다. 그 누구도 목숨 위에 군림해서는 안 됩니다. 세상이 뒤집혀졌으니 이제 네가 죽을 차례라는 법은 없습니다.

국밥집 할머니는 자식을 앞세우면서 창자가 끊어지는 아픔을 겪었습니다. 그래서 똑같은 고통을 다른 이들이 겪지 않기를 바랄 뿐입니다. 할머니가 새 세상에서 할 수 있는 일은 없습니다. 아오지에서 실려 온 일본인 포로들의 추위와 굶주림을 달래주려고 한밤중에 따뜻한 국밥 한 그릇 말아 내주는 일이 전부입니다. 할머니의 그 행동은 화려하거나 찬란하지 않습니다. 벽 틈으로 새어 들어오는 바람에 너울너울 춤을 추는 부끄러운 잔등 불빛 정도입니다. 작가는 그걸 이렇게 표현합니다.

> 혁명은 가혹한 것이었고 또 가혹하여도 할 수 없을 것임에 불구하고 …… 덥석덥석 국에 말아줄 마음의 준비가 언제부터 이처럼 되어 있었느냐는 것은 나의 새로이 발견한 크나큰 경이가 아닐 수 없었다. 경이보다도 그것은 인간 희망의 넓고 아름다운 시야를 거쳐서만 거둬들일 수 있는 하염없는 너그러운 슬픔 같은 곳에 나를 연하여주었다.

천복은 천만다행하게도 친구를 만났습니다. 이제 그들은 어깨 겯고 서울로 향하겠지요. 소설을 다 읽고 생각해보니, 그 후 이 땅에 대살육이 벌어졌다는 사실이 떠올라 새삼 몸서리가 쳐집니다. 뱀장어를 잡으며 일본인을 향해 분노를 쏟아내던 소년도, 하얗게 밤을 새우며 따끈한 국밥으로 생명을 안아주던 할머니도 그 아수라장에서 어찌되었을까요?

문체가 너무나 고색창연해서 독자들은 이 작품을 읽다가 덮어버리곤 합니다. 하지만 모쪼록 당신이 이 작품을 지금 새롭게 만났다면 천천히 소리 내어 읽고 또 읽어보시기 바랍니다. 혁명이라는 불길 속에서 목숨은 뱀장어처럼 단말마적인 발악을 하는 가운데, 흐릿한 잔등불 같은 온정이 흐물흐물 춤을 춥니다. 목숨을 향한 경외와 너그러운 슬픔을 지독하리만치 세심하게 묘사한 문체에 곱절은 감동하게 될 것입니다.

불행이 넘쳐나는 시대에
'행운아'가 되는 법

행운아
존 버거, 장 모르

눈이 자주 피로해집니다. 노안이 진행 중이기도 하지만 눈에 뭔가 이물질이 낀 것만 같아 눈약으로 씻어내도 해결되지 않습니다. 병원에 가야지 하면서도 바쁜 일상에서 자꾸 미루었습니다. 그러다 토요일 낮, 모처럼 크게 결심하고 동네 안과를 갔습니다. 그 안과는 제법 규모가 큽니다. 시설도 잘 갖춰놓은 것 같고, 예전부터 이름이 있었는지 멋진 건물을 짓고 개원할 때부터 환자가 많았습니다. 그런데 설마 했습니다. 나처럼 토요일에나 시간을 내는 사람들이 많아서 좀 기다릴 수는 있겠거니 생각했는데, 진료대기실은 사람들로 바글바글했습니다. 설마 이 많은 사람들이 순서를 기다리고 있는 건 아니겠지 생각했지요. 그렇게 많이 밀려 있다면 접수할 때 뭔가 말이라도 해줬을 테니까요. 30분이 지났고, 한 시간이 흘렀습니다. 두 시간째 접어들 무렵 은근히 화가 나기도 했습니다. 그냥 갈까 하는 생각도 들었지만 얼마나 벼르다 온 병원행인가요? 일단 참고 기다렸습니다. 얼마나 기다려야 하는지 몰라서 접수처에 물어보기도 했고, 빨리 좀 봐줄 수 없느냐고 하소연하기도 했습니다.

다행히 내 하소연이 접수됐는지 이름이 불렸습니다. 반가운 마음에 진료실에 들어섰습니다. 그런데 의사는 나를 흘깃 보면서 "어떻게 오셨죠?"라고 묻더니 두 번 다시 내 얼굴을 보지 않았습니다. 눈이 아파 왔으니 진료기계로 내 눈을 들여다보기는 했지만 그가 나와 눈을 마주쳤다는 생각은 들지 않았습니다. 의사는 내 말 몇 마디를 듣더니 내가 아닌 옆 간호사에게 뭐라고 말하고는 진료를 끝냈습니다. 그걸로 끝이었습니다. 내 눈의 현 상태는 대한민국 누구나가 고생하고 있는 증세일 확률이 매우 높다는 것이고, 지금 뭔가 치료를 원한다면 더 기다려야 하니까 다음에 다시 오는 것이 어떻겠느냐고 간호사는 설명했습니다. 의사를 마주한 시간은 2분이나 됐을까요? 단 한 번도 환자의 얼굴을 반듯하게 쳐다보지도 않고, 단 한 번의 형식적인 질문으로 끝나버린 그 시간이 어처구니없었습니다.

토요일 오후에 병원에 와서 무얼 기대하느냐고 반문할지도 모릅니다. 그런데 그날 내게 잔인한 기억으로 남아 있는 것은 의사의 표정이었습니다. 아파서 찾아온 사람을 대하는 그의 낮은 무표정이었습니다.

피로에 찌들었고 무료하고 권태롭고, 그래서 솟구치는 짜증을 억지로 억누르기 위한 짐짓 무덤덤한 낯이었습니다. 그 표정이 참 오래 기억에 남았습니다. 번갯불에 콩 볶아 먹듯 한 진료를 마치고 나설 때 접수처에는 여전히 사람들로 바글바글했고, 저 많은 사람들을 다 보려면 족히 두세 시간은 넘게 걸릴 텐데, 그때까지 그 의사가 온전한 정신으로 버틸까 싶었습니다. 멋진 건물, 훌륭한 시설, 그리고 많은 직원들을 자랑하는 큰 병원을 유지하려면 돈도 엄청 들 테지요. 그래도 수많은 환자들을 보니 문제없을 것 같습니다. 하지만 남의 병을 고치려다 의사가 병이 나게 생겼습니다. 아니 내 눈에는 이미 의사가 병들어 있었습니다.

세상의 많은 부모들이 자식의 직업으로 의사를 꿈꿉니다. 의사자격을 갖추기까지 무척 힘든 시간을 보내야 하지만 일단 의사가 되면 어쩐지 성공한 것 같습니다. 이른바 '사회지도층 인사'라도 된 것 같습니다. '사회지도층 인사'라는 말에는 권력이나 금력이 아닌 그가 속한 시대의 정신적인 가치와 전문성을 주도해나가는 인물이라는 뜻이 담겨 있습니다. 이 사회지도층 인사에는 법조인, 교육자, 의사 등 나름 특정한 직업군이 포함되겠네요. 이들은 이권에 초연하고, 언제나 약자 편에 서며, 절망적인 처지에 놓인 자들에게 마지막 구원의 손길을 드리워주는 사람들이라고들 믿어왔습니다.

그런데 사람들이 동경하는 사회지도층 인사의 민낯은 어떤가요? 피로와 무기력에 시달리기 일쑤입니다. 게다가 어떤 이들은 보통 사람들보다 못한 윤리의식, 도덕관념을 지니고 있어서 범부들은 꿈도 꾸지 못할 범죄를 쉽게도 저지릅니다. 그런 일들을 보면서 이들에 대해 품었던 동경은 결국 죄다 환상이요 허상이었음을 깨달아갑니다. 그런데 묘하게도 우리는 사회지도층 인사들의 '타락'에 분개하고 신랄하게 비난하지만, 여전히 다급한 상황에 처하면 저들의 옷자락을 붙잡고 매달립니다. 그런 면에서 저들은 힘들지만 우리의 영원한 사회지도층 인사로 가장하면서 살아가야 할 것 같습니다.

영국 어느 시골마을에 살고 있는 존 사샬이라는 의사 역시 그렇습니다. 존 사샬은 모든 것이 낙후되어 있는 시골마을의 개업의로서 그 마을 사람 모두가 '고객'입니다. 자신들에 비해 고급지식을 많이 배운 그를 향해 마을 사람들은 "왜 그렇게 좋은 머리로⋯⋯"라고 말합니다. 도시에 나가면 더 출세할 수도 있는데 그 좋은 조건들을 가지고 왜 촌구석에서 자기들 같은 가난하고 무지한 자들을 치료하는 일로 인생을 낭비하느냐는 것이지요. 이런 점에서 그는 마을 사람들에 비해 특권을 누리고 있습니다. 아무튼 그는 그 마을에서 사회지도층 인사입니다. 존 사샬에 대해서 조금 더 알아볼까요?

마을 사람들 가운데 젊은이 대부분은 그의 도움을 받아 태어났고, 늙은이 대부분 역시 그의 왕진을 끝으로 이승을 떠나갑니다. 왕진을 자주 다니기 때문에 사람들의 집안 구석구석을 잘 알고 있고, 그들의 인간관계가 어떻게 얽히고설켜 있는지도 환합니다. 개개인의 삶의 이력에 대해 환할 뿐만 아니라 한 개인의 가족관계까지도 알고 있지요. 이런 그의 직업이 '의사'라는 사실이 퍽이나 흥미롭습니다.

의사는 병만 고치면 되지 뭘 그런 것까지 다 알아야 하느냐고 반문할 수도 있겠습니다. 하지만 존 사샬은 다릅니다. 그는 환자의 아픈 부위만 보는 의사가 아닙니다. 그는 환자와 함께 날씨 이야기며 사는 이야기, 그리고 예전에 치료받았던 신체부위에 대한 후일담을 나눕니다. 그에게 환자는 의사에게 돈을 가져다주는 '고객'이 아니라, 몸이든 마음이든 상처를 입어서 찾아온 어린아이입니다. 환자와 두런두런 이야기를 나누며 환자의 그 부위가 왜 아픈지를 생각해보는 의사입니다. 문진이 끝나고 곧이어 아픈 부위에 대해 구체적인 진료가 시작됩니다. 환자의 몸에 주삿바늘을 꽂는다거나 아픈 부위를 두드리며 반응을 세밀하게 살피는 순서입니다. 이럴 때 환자는 긴장하고, 또 아픔을 호소합니다. "아, 아, 아파요." 의사가 진찰하고 치료하느라 건드릴 때 환자는 이렇게 엄살을 부립니다. 대부분 그렇지 않나요? 가급적이면 엄살을 부리게 되지요. 그럴 때 많은 의사나 간호사들은 환자의 신음이나 비명소리를 무시하거나 "좀 아플 거예요. 참으세요"라며 유난 떨지 말라는 듯 핀잔을 주기도 합니다. 하지만 존 사샬은 다릅니다. 그는 "아파요! 거기는 제 목숨 같은 덴데요. 바늘을 찔러 넣은 바로 거기요"라는 환자의 하소연을 놓치지 않습니다. 그는 이렇게 응수합니다.

> "압니다. 기분이 어떤지 압니다. 나는 지금 눈 주위가 그래요. 거기 뭐가 닿으면 도저히 못 견디겠습니다. 나한테는 거기가 목숨 같은 자리인 셈이죠. 눈 바로 밑에 말입니다."

작가 존 버거는 영국 시골마을 의사 존 사샬의 이런 진료 모습을 지켜보다 이렇게 정의 내립니다.

'알아줌!' 그의 '알아줌'은 좀 특별하게 기능합니다. 그의 병원에는 의사가 그 한 사람밖에 없습니다. 하지만 그는 다른 의료진들을 필요로 하지 않습니다. 존 버거는 "가능하다면, 그는 모든 것을 혼자 힘으로 밝히고 싶어 한다"고 정의 내립니다. 사람의 질병을 부위별로 나누지 않고 종합적으로 살피려는 사람은 한 환자의 진료를 각 분야 전문가들에게 나눠주지 않고 혼자서 합니다. 그래서 존 사샬을 만나는 환자는 팔이 아픈 사람, 다리가 아픈 사람, 아이 낳으러 온 사람으로 존재하지 않고 온전한 한 인간으로서 의사 앞에 존재합니다.

작가 존 버거는 세상이 병들고 인간이 소외되는 데에 18세기 산업혁명과 함께 세상에 정착한 '노동분업'을 그 이유로 보고 있습니다. 노동분업은 사람을 컨베이어벨트 앞에서 자기가 맡은 분야만 일하게 했습니다. 자신이 만들어내는 사물을 전체적으로, 총체적으로, 유기적으로 살펴보지 못하게 된 것입니다. 창조적 존재였던 인간은 이제 나사밖에 돌리지 못하거나, 반짝반짝 윤만 내거나, 개수만 맞추는 노동자로 전락하게 되었습니다. 시계 초침 소리에 맞춰 단 한 가지 노동에만 매달리며 목표 수치를 달성하도록 내몰린 인간들은 세상에서 내쳐지고 쪼그라듭니다. 의사가 자기 앞에서 고통의 문을 연 사람을 전체적으로 살피지 못하고, 아픈 부위만 들여다보는 것도 이와 다르지 않다는 생각입니다. 환자는 아픈 부위와 함께 아픈 삶을 의사에게 내보이는데, 의

사는 그걸 보지 못합니다. 시골의사 존 사샬은 그래서 요즘 도시의 의사들과 다르다는 겁니다.

> 진찰을 잘하는 의사는 드문데, 이는 그 의사에게 의학지식이 부족해서라기보다는, 대부분의 의사들이 관련 가능성이 있는 모든 사실들-단순히 신체적인 것뿐만 아니라 감정적, 역사적, 환경적인 것까지-을 고려할 만한 능력이 없기 때문이다.

시골의사 존 사샬은 이처럼 환자를 온전한 하나의 인간으로 파악하기 때문에 그 역시 총체적인 인간이 되려고 노력합니다. "환자의 질병과 환자의 인간 전체를 분리하는 일이 없기" 때문에 모든 것을 전체적으로 잘 살필 수 있는 눈과 가슴을 가지려고 노력합니다. 그래서 그는 상식이라는 늪에 빠지는 것을 두려워합니다. 그는 늘 사색하고, 시험해보고, 비교해보는 일을 멈추지 않습니다. 그에게 있어 매일 진료실 문을 열고 들어오는 환자들 중에 그 어떤 환자도 똑같은 증상을 가진 이는 없고, 똑같은 결론에 이르는 이도 없습니다. 이런 가운데 존 사샬은 자신이 알고 있는 것이 과연 맞는 것인지, 그동안 상식으로 여겨지던 것들이 정말 옳은 것인지는 늘 의심하고 사색해봐야 한다고 말합니다.

존 사샬은 시골마을 한곳에서 오랫동안 의사로 일해왔기 때문에 그에게 환자들 한 사람 한 사람이 속해 살고 있는 그 '마을'은 남다릅니다. 그는 '마을'을 알아갑니다. '마을'을 진료하고, '마을'을 치료하고,

'마을'을 관찰합니다. 마을에 회합이 있으면 달려갑니다. 크고 작은 회의에 참석해서 의견을 내고 사람들의 말을 기록합니다. 그래서 마을 사람들은 그를 그저 '의사'로만 여기지 않고 자신들의 고통과 한계를 떠안고 운명과 불행에 맞서 싸워줄 대리인으로 여깁니다. 이런 사람이기에 존 사샬은 그 마을의 '사회지도층 인사'입니다.

그는 마을의 여느 사람들보다 부자입니다. 좋은 집에 살고 있고, 좋은 양복을 입고 다니고, 자동차도 좋고, 또 그의 자식들은 좋은 학교에 다닙니다. 그의 부는 아픈 사람들이 가져다준 돈에서 나왔습니다. 그는 이런 부를 정당하게 누립니다. 그리고 이런 의사의 부를 마을 사람들은 질투하거나 비난하지 않습니다. 그들은 잘 알고 있습니다. 사람들의 모임에서 '의사'라는 존재가 얼마나 귀하고 존경받아야 하는 존재인지는 두말하면 잔소리입니다. 존 사샬은 사람들의 존경을 받아 마땅하고, 돈을 잘 벌어도 당연합니다. 마을 사람들은 자신들을 알아주고 공감하고 그들의 처지를 개선하려고 노력하면서 자신의 행동과 판단에 늘 의심을 품는 그에게 지지와 존경을 보냅니다. 바로 이 같은 사회지도층 인사가 된 자신을 그는 '행운아'라고 부릅니다.

이 책《행운아》는 아주 작은 책입니다. 하지만 이 책에는 많은 이론이나 주장이 아닌 많은 '생각'이 담겨 있습니다. 우리는 '생각'을 하지 않고 삽니다. 생각하지 않기 때문에 생각하는 법도 잊어버렸습니다. 잡다한 생각들의 홍수에 떠밀려 다니지만 뭔가 하나를 사무치게 부여잡고 일관되게 밀고 나가지 못합니다. 무엇을 원하는지도 모르고, 어떻게 살아가야 하는지도 모릅니다. 그래서 불행한 사람들이 넘쳐나는 이 시대에 생각하며 사는 시골의사 존 사샬은 그의 직업에서 인간이 행운아가 될 수 있는 길을 보여주었습니다. 그리고 또 하나, 이 책에 실린 장 모르의 흑백사진들이 백 마디 말보다 더 큰 울림을 안겨주고 있다는 사실도 빼놓으면 안 되겠군요.

불확실한 희망에 대처하는
인간의 자세

고향
루쉰

중국 작가 루쉰의 작품을 읽을 때면 마음을 단단히 무장해야 합니다. 그의 작품은 현실을 매우 따끔하게 비판하기 때문입니다. 매서운 비판의 대상은 19세기 말과 20세기 초 중국인민들입니다. 사실 그동안은 대체로 백성이란 아는 것도 없고 배운 것도 없어서 등 따뜻하고 배부르면 그만이라는 존재로 여겨졌습니다. 군이 백성을 일깨울 필요가 없었지요. 이들이 무지할수록 지배하기 편하다는 생각이 전제군주 시절에는 통했을 테니까요. 루쉰도 처음에는 그렇게 생각했던 모양입니다. 그의 작품집 《외침》의 서문에는 사람들을 일깨우는 글을 써보라는 친구의 권유를 받고 이렇게 반문하는 내용이 등장합니다.

"가령 창문이 하나도 없고 무너뜨리기 어려운 무쇠로 지은 방이 있다고 하세. 만일 그 방에서 많은 사람이 잠이 들었다면 얼마 지나지 않아 숨이 막혀 죽을 게 아닌가. 그런데 이렇게 혼수상태에 빠져 있다가 죽는다면 죽음의 슬픔을 느끼지 않을 거네. 지금 자네가 큰소리를 쳐서 잠이 깊이 들지 않은 몇몇 사람을 깨워 그 불행한 사람들에게 임종의 괴로움을 맛보인다면 오히려 더 미안하지 않은가?"

딴은 맞는 말이기도 합니다. 그냥저냥 살다가 죽는 게 더 나을 수도 있습니다. 세상의 모순과 부조리에 눈을 뜨면 오히려 더욱 괴로울 수 있기 때문입니다. 그렇지만 친구는 이렇게 말합니다.

"하지만 몇몇 사람이 일어난 이상 이 무쇠 방을 무너뜨릴 희망이 전혀 없다고는 말할 수 없지 않은가."

루쉰은 친구의 이 말에 정신이 번쩍 든 모양입니다. 그는 생각합니다.

희망은 앞날에 속하기 때문에 희망이 없다는 내 증명으로 희망이 있다는 그를 설복시킬 수는 없었던 것이다.

앞날의 일을 어찌 알겠습니까? 어찌 함부로 희망이란 게 있다 없다고 단언할 수 있겠으며, 그렇다면 희망을 품는 게 더 낫지 않겠느냐는 것이 루쉰의 생각입니다.

당시 중국은 엄청난 혼란기였습니다. 일제 침략으로 식민화의 길을 걷던 중이었고, 국민당과 공산당이 끊임없이 서로를 견제하던 때였으니까요. 중국인민들은 이런 혼잡한 시국 때문에 정신을 차릴 수가 없었습니다. 하지만 그들이 무엇을 할 수 있었을까요? 그저 눈치를 보다가 힘이 실리는 쪽에 가서 붙으면 된다고 생각했을 겁니다. 루쉰은 이런 중국인민을 향해 한껏 소리치기로 마음먹습니다. 소리쳐서 저들을 깨우는 임무를 스스로 맡은 거지요. 그리고 그 임무는 작품 활동으로 구현됩니다.

루쉰의 작품 중에서 가장 유명한 것은 두말할 것도 없이 《아Q정전》입니다. 태어나서 성인이 될 때까지 단 한 번도 제 손으로 붓을 쥔 적이 없는 무지한 '아Q'는 사람들에게 모진 수모를 당해도 현실을 제대로 판단하지 않고 제멋대로, 자기 좋은 대로 해석해버립니다. 일명 '정신승리'가 바로 그것이지요. 처형당하는 마지막 순간까지 자기에게 무슨 일이 일어나고 있는지 깨닫지 못하는 어리석은 '아Q'도 숨통이 트일 구석이 있어야 합니다. 자기보다 약한 자들을 심술궂게 괴롭히면서 위로를 받고 억울함을 달랩니다.

동포들에게 지금 무슨 일이 벌어지고 있는지를 두 눈 똑바로 뜨고 바라보라고 외치는 루쉰의 절규가 담긴 작품이 바로 《아Q정전》입니다. 딱히 특정인물을 지칭하기보다는 모든 중국인 누구나 '아Q'일 수 있다는 뜻에서 주인공 이름을 그렇게 지은 것입니다. 동포들에 대한 그의 비판은 이렇게 혹독합니다. 그런데 그의 신랄한 비판은 절망의 장막을 찢고 희망을 보여주기 위함입니다. 희망을 노래하는 그의 마음은 〈고향〉에서 고스란히 드러나고 있습니다.

　루쉰 자신이기도 한 주인공은 20년 만에 고향을 방문합니다. 하지만 명절을 맞아 찾아가는 들뜬 귀향길이 아닙니다. 몰락한 가문의 재산을 처분한 뒤 어머니와 어린 조카를 데리고 떠나기 위한 귀향길입니다. 그의 고향은 딱하기 짝이 없을 정도로 희망이 없는 곳으로 변해 있었습니다. 그래도 어렸을 때는 자연에서 뛰놀고 이웃끼리 오순도순 정을 주고받았지만 모처럼의 귀향길에서 그가 목격한 고향은 옛정을 완전히 잃고만 삭막한 공간이었습니다. 늙은 어머니는 돈이 될 만한 가재도구를 처분해서 어떻게든 객지에서의 생활비를 충당하려고 하지만 이웃 아낙들이 일손을 거든답시고 찾아와서 집안 물건들을 하나씩 몰래 챙겨 갑니다. 어처구니없어 황망해하고 있는 주인공에게 때마침 옛 친구 윤토가 찾아옵니다.

　윤토는 사실 주인공의 친구 신분이 아닙니다. 그 집안의 머슴 아들이었는데 나이가 엇비슷한 바람에 또래 친구로 어울렸던 사람입니다. 비록 신분은 귀천으로 나뉘었지만 어렸을 때는 자연의 품 안에서 행복하게 지냈던 사이입니다. 윤토는 서당의 샌님이었던 주인공에게 자연을 가르쳐주었습니다. 하지만 그 우정도 오래전의 일입니다. 중늙은이가 된 윤토는 오래전 주인으로 섬겼던 집안이 이사를 가면서 필요한 가재도구를 챙겨 가라는 전갈을 받았습니다. 주인공은 윤토가 찾아왔다는 말에 반가운 마음으로 나가보지만 어렸을 때 자연을 가르쳐주던

생기 넘치던 소년은 간 데 없습니다. 대신 깊게 주름살이 패고 고생에
찌든 사내가 다섯째 아들을 데리고 그 앞에 서 있을 뿐입니다. 예전에
는 형님 동생 하고 부르던 사이였건만 윤토는 깍듯하게 "나리마님!"이
라고 부르며 허리를 싶이 숙입니다. 형편을 물어보사 그는 머리를 질레
절레 흔들며 대답합니다.

> "무척 어렵습니다. 여섯째 놈까지 일손을 돕지만 입에 풀칠하기
> 도 어렵습니다. 그리고 세상까지 뒤숭숭하다 보니 어딜 가나 돈
> 을 뜯기게 마련이고, 뭐 어디 법이 따로 있습니까 ……. 게다가 농
> 사까지 시원치 않고요. 뭘 좀 심어서 거리에 내다 팔려 해도 몇
> 번씩 세금을 물고 나면 본전까지 날리고 맙니다. 그렇다고 내다
> 팔지 않으면 모두 썩고 마니 ……."

"아이들도 많고, 해마다 흉년이 들어 굶주리고, 가렴 잡세가 많은 데
다가 군대와 토비와 관료와 지방 토호들의 등쌀"에 그만 등신처럼 되
고 만 윤토입니다. 그런 윤토가 필요하다며 골라낸 가재도구는 긴 탁자
두 개, 의자 네 개, 향로와 촛대 한 쌍 그리고 저울입니다. 주인공과 윤
토는 서먹하게 재회를 마치지만 그 짧은 사이에 주인공의 조카 굉아와
윤토의 아들 수생이 사귀어서 훗날 만나기를 약속합니다. 역시 아이들
은 다릅니다.

그렇게 며칠에 걸쳐 조상 대대로 내려오던 집을 팔고 가재도구를 처
분한 뒤 주인공은 노모와 조카를 데리고 배에 오릅니다. 이제 영원히

고향과는 이별할 시간이 왔습니다. 그의 마음은 처연하고 서글퍼집니다. 인정이 흐르고 맘껏 뛰놀던 고향의 자연은 찾아볼 수 없고 온통 빼앗기고 할퀴어져 상처뿐인 가난한 사람들만 남은 궁벽한 땅이 되어버린 곳, 그곳을 도망치듯 떠나는 주인공은 참담한 심정을 금할 길이 없어 깊은 밤 뱃전에 누워 생각에 잠깁니다.

그와 윤토의 옛 우정은 이제 돌이킬 수가 없습니다. 빈부와 귀천의 벽을 두 사람은 깰 수가 없었기 때문입니다. 게다가 지독한 가난으로 한없이 쪼그라든 윤토에게서는 이제 그 어떤 호방한 기운과 희망도 찾아볼 수 없었습니다. 그런 초라한 윤토를 떠올리던 주인공은 문득 그가 챙겨 가져간 가재도구 안에 향로와 촛대 한 쌍이 있었다는 사실을 떠올립니다.

향로와 촛대는 조상숭배나 종교행위에 필요한 도구입니다. 가난에서 벗어나려면 무엇보다 우상숭배에서 벗어나야 하건만 윤토는 지독한 가난과 착취에 시달리면서도 그 풍습을 이어가겠다는 뜻을 그렇게 내보였습니다. 대도시에서 신학문을 공부한 주인공은 그런 윤토의 행동이 참 어리석게 느껴집니다. 그는 이렇게 윤토를 비웃다가 문득 자신이 생각하는 그 희망이란 건 어떤 것인지 묻게 됩니다. 어쩌면 자신이 말하는 그 희망이란 것도 자신의 손으로 만들어낸 우상이 아닌가 하고 자문하게 된 것이지요. 그렇다면 시골의 윤토가 우상을 향해 품은 희망이나 타향 객지의 자신이 막연하게 품고 있는 희망이나 다를 것은 또 무엇인가 하는 의문으로 이어집니다. 루쉰은 그의 단편소설 〈고향〉의

끝을 이렇게 맺습니다.

> 그의 희망은 현실과 좀 가까운 것이고, 내 희망은 아득한 것일 따름이었다. 비몽사몽간에 내 눈앞에는 바닷가의 푸른 모래톱이 펼쳐졌다. 쪽빛 하늘에는 둥근 달이 걸려 있다. 나는 생각했다. 희망이란 본래부터 있다고도 할 수 없고 없다고도 할 수 없는 것이 아닌가. 그것은 마치 땅 위에 난 길과도 같은 것이 아닐까. 사실 말이지, 길이란 본래부터 있는 것이 아니라 다니는 사람들이 많아지면서 차차 생긴 것이다.

사람들이 살기가 너무 힘들다고 말합니다. 절망에 빠져 스스로 목숨을 끊거나 폭력을 휘두르는 일이 비일비재하게 벌어집니다. 희망은 사라진 지 오래고, 이젠 포기의 항목을 나열하며 자조하는 시대가 되었습니다. 루쉰은 분명 이 시대를 향해서도 똑같이 외쳤을 것입니다. 절망하지 말고 쪼그라들지 말고 일어서서 걸어 나가라고. 생각해보면 애초 우리에게 미래를 향한 길이 나 있어 그 길을 걸어온 것은 아니었습니다. 미래는 어찌 보면 '아직은 없는 것'입니다. 희망은 현재에 없는 것을 바라는 마음이니 그 희망이란 녀석 자체가 모호합니다. 그저 나름대로 한 발자국씩 내딛다 보면 그 발자국으로 인해 길이 생기게 되고, 그 걸음을 쉬지 않고 옮기다 보면 숨통이 트이는 큰길이 생길 것입니다. 절망과 포기로 가득한 현실에서 루쉰이 자꾸 떠오르는 건 희망에 대해 다시 생각하게 해주기 때문이 아닐까 합니다.

에이즈보다 무서운 것,
근거 없는 편견과 두려움

푸른 알약
프레데릭 페테르스

에이즈라는 말은 엄청난 두려움과 함께 나를 찾아왔습니다. 이 말을 처음 들었을 때가 아마 교복을 입고 다니던 시절이었을 겁니다. 이 세상 어딘가에 에이즈라는 전염병이 있는데, 그건 난잡한 이성 관계나 동성연애 때문에 생겨난 것이다, 이 병에 걸리면 까맣게 타 죽는다, 한번 걸리면 절대로 나을 수 없다, 전염성이 너무나도 강해 이 병에 걸린 사람과 악수만 해도 감염된다는 등의 소문이 무성했지요.

세상 밖으로 나가기도 전에 들은 이 '정보'는 끔찍했습니다. 이제 곧 세상으로 나가서 멋진 연애도 할 터인데, 행여 상대가 에이즈 환자라면 어떻게 하지? 그리고 그 상대가 예전에 잠깐 사귄 사람이 에이즈 환자였다면? 그러나 이제는 이런 정보가 너무 과장됐고 왜곡됐음이 밝혀졌습니다. 하지만 처음부터 워낙 강하게 사람들에게 심어진 에이즈에 대한 공포는 마음속에서 꿈쩍도 하지 않습니다. 그 막연한 공포와 제대로 마주친 한 남자가 있습니다.

열아홉 살 프레데릭은 매력적인 스물한 살의 카티를 만나 첫눈에 호감을 느낍니다. 두 사람은 그 나이의 청춘들이 그러하듯 스쳐 지나갔고, 그 후 아주 짧은 스침의 순간도 있었습니다.

6년쯤 흐른 어느 날, 스케치북을 옆구리에 끼고 거리를 긷던 프레데릭은 또다시 카티를 만납니다. 그녀의 품에는 어린 아들이 안겨 있고, 그녀의 독립적이고 자유로운 삶의 방식을 익히 짐작하던 터라 그는 크게 관심을 두지 않습니다. 그 후 소심하고 예민한 청년 프레데릭과 자유롭고 활달하지만 한 아이를 둔 이혼녀 카티는 드문드문 만나 이런저런 이야기를 나누게 됩니다.

어느 사이 프레데릭의 마음속에는 오래전 꺼져버린 카티에 대한 애정의 불꽃이 다시 피어올랐습니다. 영화를 보고 그의 집으로 가서 저녁 식사를 하던 날, 조촐한 저녁 식사와 와인으로 흥이 오른 카티가 그의 얼굴을 빤히 들여다보면서 말합니다.

"있잖아요, 난 당신이 좋아요. …… 앞으로 계속 만났으면 좋겠다구요."

이 말은 카티의 고백이면서 그녀가 프레데릭의 속마음을 대신 말해 준 것이기도 합니다. 그녀의 마음이 자신에게 있음을 확인한 청년은 아마도 자부심이 한껏 커졌을 것입니다. 이쯤 되면 남녀의 '밀당'에서 프레데릭이 우위를 차지한 게 틀림없습니다. 그동안은 늘 바라보기만 했고, 그녀가 자신에 비해 훨씬 크다는 생각을 해왔을 터. 하지만 이제 상황은 역전되었습니다. 청년은 이참에 확실하게 못을 박고 싶었을까요? 테이블에 바짝 다가앉아 애정고백을 하는 카티를 두고서 느긋하게 와인 한 모금 마시고 담배에 불을 붙이며 그가 말했습니다.

"정말 하고 싶은 말이 뭔지…… 말해보라고요."

사실 그는 이 말을 하지 말았어야 했습니다. 어쩌면 그는 "우리 결혼해요"라거나 "함께 살아요" 또는 "이제 당신 없으면 난 살아갈 수 없어요"라는 말을 듣게 될 거라 상상했을 테지요. 그렇지만 카티의 입에서 나온 말.

"난 에이즈 환자예요. …… 양성보균자죠. 내 아들도요."
똑… 딱…

그리고 뚝 끊깁니다.
훈훈한 저녁식사 자리에서 분위기를 완전히 장악했다고 느꼈던 프레데릭의 기세는 산산조각 나버립니다. 한없이 작은 모습으로 고백하는 여인을 앞에 두고 프레데릭의 생각과 표정은 뚝 끊기고 멈춥니다. 그러고는 곧 걷잡을 수 없는 감정의 소용돌이로 빨려 들어갑니다. 열정과 욕망, 동정과 슬픔, 소유와 거부…….

스물다섯 살 만화가 지망생 청년에게 인생이란, 막연히지만 그리 비극적일 것 같지는 않고, 진창에 굴러도 그 자체로 나쁘지 않을 추상적인 기호와도 같은 것이었을 겁니다. 그리고 책임을 지지 않아도 좋을 매력 넘치는 여성들과 때로는 항긋하게, 때로는 퇴폐에 몸과 마음을 내맡길 애정도 그를 기다리고 있을 것입니다. 하지만 스물다섯 살 청년 앞에 지금 이상한 일이 벌어졌습니다. 이제 막 사랑고백을 주고받으려는 찰나에 너무나도 지독하게 아픈 현실이 허락도 받지 않고 끼어든 것입니다.

"에이즈 환자라니! 이건 상상도 못한 일이야"라며 그녀에게 나가라고 소리쳐야 할까요? "아, 저런……"하며 슬픔에 공감한다는 표정을 지어야 할까요? 그 어떤 것도 정답일 수는 없겠지요. 그나마 억지로 멍한 상태를 수습하는 프레데릭에 비해 카티는 조금 더 현명했습니다.

"이제 전…… 전 가봐야겠어요. 당신도 그걸 원할 테고."

프레데릭은 대범한 사내인 척 짐짓 허세를 부립니다.

"그냥 여기 있어요! 오늘 밤 여기서 자고 가요."

카티는 프레데릭을 이해합니다. 어린 아들이 딸려 있는 20대 후반의 이혼녀에, 에이즈 양성보균자인 자신을 어느 누가 편하게 받아들이겠습니까. 사랑은 언제나 현실과 투쟁해야 하는 법. 그런데 대체로 현실 쪽이 더 힘이 셉니다. 사람들은 사랑의 순수함을 등에 업고 현실과 싸우다 어느 사이 사랑을 향해 "저 징한 것"이라며 몸서리치면서 "지쳤어"라고 현실에 투항하기 마련입니다.

프레데릭은 어떨까요? 이제 사랑 좀 본격적으로 해보려 하는데 처음부터 현실 앞에 백기 투항하게 생겼습니다. 그렇다고 대놓고 헤어지자고 할 수도 없는 노릇입니다. 그게 자존심인지는 알 수 없으나, 왜 그런 것 있지 않습니까? 뭔지는 잘 모르겠지만 어쩐지 그래서는 안 될 것 같은 마음. 지금의 선택을 감당하기가 힘들겠다는 걸 느끼면서도 그 난관에 들어서는 것!

프레데릭은 억지로나마 사태를 수습하려 애씁니다. 그까짓 에이즈쯤이야 문제없다는 듯 오늘 밤 자고 가라고 청하기까지 합니다. 그러다 결국은 살림을 합치게 됩니다. 에이즈 양성보균자라고 해도 막무가내로 온 사방을 다 전염시키는 건 아니라는 사실 정도는 프레데릭도 알고 있었습니다. 그리고 두 사람의 동거에 식구 하나가 덩달아 끼어듭니다. 그녀의 병든 어린 아들입니다.

카티의 에이즈는 변명할 여지가 없습니다. 본인이 선택한 삶에 따른 결과이기 때문입니다. 그래서인지 카티는 자신의 병에 대해서는 그 어떤 후회와 한탄도 하지 않습니다. 담담히 현실로 받아들입니다. 하지만 어린 아들은 경우가 다릅니다. 에이즈 양성보균자로 삶을 시작하고, 툭

하면 병원 출입을 해야 합니다. 그리고 죽을 때까지 독한 약을 먹어야 하는 인생입니다. 이런 어린 아들을 바라보는 카티는 억장이 무너지는 것만 같습니다.

프레데릭은 순전히 자기 의지로 두 모자를 가족으로 받아들입니다. 그들의 고난과 불행에 기꺼이 동참한 것이지요. 에이즈에 대한 자세한 지식도 없는 상태이고, 그렇다고 두 모자를 미칠 듯이 사랑하는 것도 아닌 듯합니다. 그저 물 흐르듯 자연스럽게 그 상황에 몸을 적십니다.

스위스 만화가 프레데릭 페테르스의 《푸른 알약》은 이런 배경을 가지고 펼쳐집니다. 만화가 자신의 이야기를 솔직하게 그려낸 것이라 생생한 긴장감은 이루 말로 표현할 수 없습니다. 그에게는 이 모든 상황이 낯설고 어색할 수도 있습니다. 그런데 이 작품은 이제부터 본격적으로 시작됩니다.

프레데릭은 자신에게 호감을 갖고 다가오는 카티의 어린 아들과 우정을 쌓아가지만 아이를 동정의 시선으로 보지 않습니다. 어린아이와 '정당한' 관계를 맺어갑니다. 아이의 눈높이에서 이야기를 나누고, 아이의 아픔에 함께 아파하며, 카티의 슬픔에 함께 젖습니다. 대체로 모든 상황은 그리 나쁘지 않았고, 카티와도 여느 연인들처럼 사랑을 나눕니다.

"봐, 아무렇지도 않잖아. 다 괜찮아. 그럼!" 그는 지금까지는 그럭저럭 순조롭게 잘 지낼 수 있을 거라고 여깁니다. 그런데 조금 지나자 생각과 달리 현실은 불안했습니다. 도처에 위험요소가 그들을 공격하려고 안달입니다. 격한 사랑 끝에 발견한 찢어진 콘돔이 그렇고, 자신의 성기에 난 상처가 그렇고, 깊이 벤 엄지손가락과 입가의 작은 종기가 그렇습니다. 그럴 때마다 카티에게서 에이즈를 옮았을지도 모른다는 두려움에 병원을 찾습니다. 의사는 너털웃음을 웃지요. 두 사람의 상태를 보고 난 의사가 말합니다.

> "페테르스 씨가 에이즈에 걸릴 가능성은, 이 방을 나갔을 때 흰 코뿔소와 마주칠 가능성쯤으로 보시면 되겠네요."

하지만 의학적 지식과 통계를 대며 아무 걱정하지 말라는 의사의 말도 프레데릭의 마음에 깃든 두려움을 내몰지는 못합니다. 에이즈에 걸리면 무조건 죽는다거나 가벼운 접촉으로도 쉽게 감염된다는 초기 주장들이 터무니없는 사실이라고 밝혀졌음에도 에이즈는 세상의 편견이라는 갑옷으로 중무장하고서 그를 조롱하고 있습니다. 이제는 에이즈를 '만성질환'이라는 개념으로 받아들이고 있는데 말이지요.

에이즈가 무서운 걸까요? 아니면 근거 없는 편견이 불러온 두려움이 더 무서운 걸까요? 의학은 증세 하나를 포착해서 이름을 달았을 뿐인데, 사람들은 그 이름에 온갖 상상력을 동원하여 배척과 격리를 부르짖습니다. 그리고 지레 두려움에 압도당하고 맙니다.

스물다섯 살 청년은 이제 자기 마음에 깃든 두려움의 정체를 정면으로 바라보기 시작합니다. 스스로가 선택한 삶과 악수합니다. 그리고 항HIV 약제를 계속 먹으며 살아갈 수밖에 없는 소년의 삶도 바라봅니다. 그렇게 근거 없는 불안이 정당한 일상을 위협하는 가운데, 만화는 항HIV 약제인 푸른 알약을 배낭에 챙겨 넣고 휴양지로 떠나는 카티와 프레데릭과 소년의 모습으로 끝이 납니다.

상처와 실수투성이인 이들 세 사람의 조합은 얼핏 보아 조화롭게 보이지 않습니다. 하지만 인생이란 게 본래 울퉁불퉁 들쭉날쭉한 사람들이 펼쳐내는 하모니가 아닐까요? 그러니 일단은 그냥 계속 살아볼 밖에요. 두려움조차도 삶의 한 조각이려니 하고 지내봐야겠습니다. 어느 순간 실체도 없이 마음속에 웅크리고 있던 공포가 슬그머니 사라질 지 또 누가 압니까.

눈보라 속 살아남은 생명은
우리가 잃어버린 희망이었다

화수분
전영택

남자는 태어나서 딱 세 번 운다는 말이 있습니다. 이게 무슨 뚱딴지 같은 소리냐! 남자도 울고 싶은 때가 많고, 맘 놓고 운다고 해서 남성성이 사라지는 법도 없으니 그 무식한 말은 취소하라고 할 사람들이 많을 것입니다. 동감입니다. 남자라고 울지 말란 법 없으니 울고 싶을 때 울어야 합니다. 그런데 이 작품이 세상에 나올 즈음, 남자의 울음은 드문 일이었습니다. 그런 만큼 남자가 소리 내어 운다는 것은 돌이킬 수 없는 비극의 한가운데에 내던져졌음을 뜻하기도 합니다. 그만큼 슬픈 일이 벌어졌다는 것이었지요.

찬바람이 문틈으로 새어 들어오는 차디찬 늦가을 밤, '나'와 아내는 어디선가 낮은 신음소리를 듣게 됩니다.

"저게 누가 울지 않소?"
"아범이구려."

순하고 착하기만 한 행랑방 아범이 숨을 죽이고 비탄을 쏟아내는 이유가 대체 뭘까요? 아내가 다음 날에 들려준 사연은 이렇습니다.

행랑방 부부는 가난하기 짝이 없어 옷이라곤 입고 있는 단벌 홑옷뿐이요, 조그만 냄비가 가진 것 전부입니다. 세간도, 여벌의 옷도, 심지어 이부자리도 없고 밥 담아 먹을 그릇도 없으며 밥 떠먹을 숟가락도 없습니다. 하긴, 숟가락과 그릇이 있다 해도 밥 지어먹을 쌀이 없으니 그런 것들은 있으나 없으나 매한가지이긴 합니다만…….

그들 부부에게는 참 못생긴 어린 딸 둘과 그중에 작은애를 업는 홑누더기와 띠, 그리고 행랑방 아범이 돈벌이하는 지게가 유일합니다. 하지만 지게를 져 품을 팔아도 돈벌이는 수월찮습니다. 저들은 늘 굶주리며 지내오고 있었습니다. 그나마 희망이라면 아홉 살과 세 살의 어린 딸들이지만, 두 딸의 생김새는 그악스럽기 짝이 없고 부모의 말을 듣는 적이 없습니다. 사납고 모질고, 게다가 먹을 것을 너무나 탐해 아무리 어린아이라 해도 좀처럼 곱게 봐줄 수가 없을 정도입니다. 모두가 가난했던 시절, 남편과 어린 자식 먼저 챙기느라 늘 굶주리던 제 어미가 뭔가 입맛이라도 쩝쩝 다시면 큰 딸아이는 이렇게 욕을 퍼붓습니다.

'저 망할 계집년이 무얼 혼자만 처먹어?'

어린 둘째 딸 역시 사정은 매한가지입니다. 오죽하면 보다 못해 주인집 아낙이 큰딸을 남 줘버리라고 말할 정도입니다. 하지만 제 자식을 남에게 준다는 일이 사람으로서 못할 짓이요, 남의 집 부엌데기로 간다 하더라도 워낙 아이의 생김새와 성품이 못났기 때문에 누군가의 사랑을 받기는 글렀다는 생각에 가난한 어미는 남 줄 생각도 하지 못합니다. 하지만 시장 쌀가게 아낙의 주선으로 부잣집 마나님이 이 큰 딸아이를 데려가겠노라고 나섭니다. 그녀는 아이가 좋아할 만한 간식거리를 잔뜩 사들고 와서 환심을 삽니다. 온종일 굶고 있던 딸아이는 그 맛난 음식에 혼이 나가고, 정신없이 먹어대는 딸아이를 바라보던 어미는 착잡한 심정을 감추지 못해 "너, 이 아주머니 따라갈 테냐?"라고 묻습니다. 그런데 고개를 끄덕이는 딸아이. "싫어, 난 엄마 아빠랑 함께 살 테야"라는 답을 원했지만 너무나 굶주렸던 어린 딸은 먹을 것에 정신이 팔려 부모에게 등을 돌리고 맙니다. 그 모습을 지켜봐야 했던 가난한 어미는 황망한 마음에 그 자리에서 그냥 일어서서 나오고 맙니다. 그리고 하루 벌이를 제대로 하지 못해 빈 지게로 돌아온 굶주린 남편에게 이 일을 들려주었고, 남편은 허탈함과 자신의 무능력함에 밤늦도록 소리 죽여 통곡했다는 것입니다. 이 일을 계기로 주인집 부부는 행랑방에 세든 아범의 이름을 알게 됩니다. 그의 이름은 화수분. '재물이 끊임없이 나오는 보물단지'라는 뜻입니다. 그 삶이 이름의 반만이라도 따라가 주었다면 오죽 좋았을까요?

딸아이를 어디에 사는지도 모르는 남에게 줘버린 이들 부부는 세 살짜리 어린 딸 하나를 데리고 또다시 모진 가난을 견뎌갑니다. 그러던 어느 날 화수분은 깔끔한 차림새로 집을 떠납니다. 본가의 형님이 발을 다쳐 가을걷이를 거들 사람이 필요해 잠시 다녀오겠다는 것입니다. 하지만 이내 돌아오겠다는 약속과 달리 화수분은 가을이 지나 겨울의 문턱에 들어설 때까지 오지 않습니다. 온기 없는 방에서 화수분의 아내는 굶주린 채 마냥 기다리고 있습니다. 하지만 언제까지 기다릴 수만은 없는 법. 결국 그녀는 어린 딸을 둘러업고 남편을 찾아 나섭니다.

아내의 전갈을 받은 남편은 매서운 추위에 아내가 어찌 찾아올지 걱정이 되어 한달음에 마중을 나갔고, 양평쯤 어딘가 고갯길에서 길바닥에 웅크리고 앉아 있는 아내와 어린 딸을 발견합니다. 일으켜 세워 길 떠나기에 아내는 너무나 지쳐 있었고, 남편 화수분은 그런 아내를 부둥켜안고 주저앉습니다.

다음 날 이른 아침, 나무꾼이 그곳을 지나다 얼어 죽은 부부의 시신을 발견하지만, 부부의 품속에서 세 살짜리 어린 계집아이가 살아 있음을 발견하고는 아이를 데리고 길을 떠납니다. 소설가 전영택이 1925년에 발표한 단편소설 〈화수분〉의 줄거리입니다.

이 작품은 내게 여러 생각을 안겨주었습니다. 무엇보다도 그 이름과 인물의 부조화가 너무나 껄끄러웠습니다. 어쩌면 한국 문학사상 가장 가난하게 그려졌다고 해도 지나치지 않을 사내에게 붙여진 이름이 화수분이라는 점입니다. 만지는 것마다 황금으로 변했다는 그리스 황제

미다스에 버금갈 정도의 부유함을 상징하는 이름입니다. 게다가 화수분의 두 형 이름도 장자(長者)와 거부(巨富)입니다. 이 두 이름 역시 떵떵거리며 부를 누리고 살라는 부모의 바람이 깃든 이름입니다.

그렇다면 화수분의 두 딸은 어떤가요? 생김새로 평가해서 미안하지만 가난한 티가 죽죽 흐르고 아무리 어린아이라지만 덕이라고는 찾아볼 수 없게 생긴 두 딸의 이름은 귀동이와 옥분입니다. 그 이름으로 따진다면야 세상에 둘도 없이 귀한 집 자식이라 하지 않을 수 없습니다. 하지만 그 신세는 그야말로 딱하기 짝이 없어 먹을 것에 정신이 팔려 제 어미도 마다하는 자식입니다.

이런 신산한 인물들에게 어울리지 않게 굳이 거창한 이름을 달아준 이유가 대체 뭘까요? 오래도록 맘속에서 맴도는 궁금증이었습니다. 어쩌면 사람이라면 누구나 너나없이 부유하고 넉넉하게 살고 싶은 바람을 품으며 살아가고 있는 현실을 에둘러 그려낸 것이 아닌가 합니다. 하긴 우리네 이름만 보더라도 하나같이 그럴듯하지 않습니까? 나만 해도 '아름다운(美) 구슬소리(玲)'라는 뜻의 이름을 가졌으니 말입니다.

문제는 마음속 바람을 담은 이름값을 하도록 현실이 받쳐주지 않는다는 점입니다. 이 작품이 발표된 때가 1925년이라면 일제강점기가 착착 진행되어 한반도 땅에는 어느 정도 왜색의 기운이 자리 잡을 때입니다. 어쩌면 한반도 어딘가에는 자본도 매끄럽게 돌고 있었을 테지요. 그 덕을 본 누군가는 떵떵거리며 호사했을 테고요. 하지만 서민들 대다수는 가난하기 짝이 없는 삶을 살아야 했고, 그런 삶은 출구가 보이지 않았을 것입니다. 미래는 암울하고 불투명했습니다. 작가가 화수분의 어린 두 딸을 너무나 그악스럽게 그려낸 것은 그런 뜻에서이지 싶습니다. 어린아이는 무조건 귀엽고 순진하고 사랑스러워야 할 텐데 작품 속 두 딸은 그야말로 귀염성이라고는 눈 씻고 찾아보려도 찾아볼 수가 없었으니, 그 암울한 시대에 막 태어난 어린 세대들의 초상이 바로 그러했던 것 같습니다. 하지만 작가가 그 시대의 무지와 가난과 설움을 폭포수처럼 쏟아내는 것으로 끝을 내지 않았다는 건 주목해야겠습니다.

"이튿날 아침에 나무장사가 지나다가, …… 막 자다 깬 어린애가 등에 따뜻한 햇볕을 받고 앉아서, 시체를 툭툭 치고 있는 것을 발견하여 어린 것만 소에 싣고 갔다"라고 소설은 끝을 맺기 때문입니다. 젊은 부모는 비록 절명했지만 어린 생명은 살아남았고, 등에 따뜻한 햇볕을 받고 앉아 있었다는 묘사는 눈물겹습니다. 작품에서 처음으로 등장하는 '온기'이기 때문입니다. 그 온기는 생명의 기운이고, 희망의 메시지일 수도 있습니다.

이 작품의 결말이 묘하게도 뇌리에 남았습니다. 진도 앞바다에서 좌초된 세월호 사건 때문입니다. 무엇보다도 어린 생명들이 떼로 수장되었다는 사실이 아직도 믿기지 않습니다. 처음 그 뉴스를 접했을 때가 생각납니다. 여객선 사고라……, 글쎄요. 언제 어디서나 일어날 수 있는 사건이었고, 아주 먼 바다의 침몰이 아니라 인근 바다에서 일어난 사건이니 구조작업이 신속하게 이루어질 것이라 생각했습니다.

하지만 그 이후의 일들은 우리 모두가 알고 있는 것처럼 태산 같은 비극으로 이어졌습니다. 눈앞에 산 생명들이 갇혀 있는 배가 기우뚱 바닷물 속에 처박혀 있는데, 왜 구조하지 않는 것인지 무엇보다 그게 궁금했습니다. 왜 살리지 않는지…… 지금도 그게 궁금해서 견딜 수가 없습니다. 더 무서운 것은, 대기하라는 어른들의 지시를 받은 아이들이 고스란히 수장되었음에도 속수무책 황당무계한 행태만 보이는 기성세대들의 모습입니다. 우리는 아이들에게 "어른 말씀 잘 들어야 한다"라고 충고합니다. 하지만 그 어른 말씀을 잘 들은 아이들에게 어떤 일이 벌어졌습니까.

그때 머리에 떠오른 것이 화수분의 어린 딸자식이었습니다. 비록 소설이기는 하지만 저 캄캄한 일제강점기 때에도 이렇게 어린 생명은 살려두었습니다. 어린 생명은 시대의 희망이기 때문입니다. 배가 좌초되자 여자와 어린이부터 살렸다고 하는 영국군함 버큰헤드호의 메시지는 그만두고라도, 일제강점기로부터 70년이 지난 지금, 어른들은 어린 생명을 죽였습니다. 분명 지금은 살인자요 살생자의 시대임에 틀림없습니다. 우리 모두는 현재 좌초된 배에서 갈팡질팡하고 있는 승객들입니다. 그것도 태평양이나 대서양 같은 큰 바다가 아니라 접시 물에 좌초된 배입니다. 희망을 죽여버린 우리는 이제 어찌하면 좋을까요?

가장 낮은 소리로 재구성한
역사의 현장

전쟁은 여자의 얼굴을 하지 않았다
스베틀라나 알렉시예비치

1941년부터 1945년까지 소련은 히틀러의 나치 독일군과 그야말로 나라의 운을 걸고 한판 전쟁을 벌였습니다. 역사책에서는 이 전쟁을 독소(獨蘇)전쟁, 승리한 소련의 입장에서는 '위대한 조국의 전쟁'이라고 부릅니다. 승리를 거둔 전쟁이라고는 하지만 사상 최대 규모의 지상전이었다고 역사가들은 정의를 내립니다. 이 전쟁에서 목숨을 잃은 사람들이 적게는 천만 명이요, 많게는 2천만 명 혹은 3천만 명이나 된다고 추정할 정도니까요. 지구 전체가 전쟁터였던 2차 세계대전에서 가장 많은 인명피해를 입은 나라가 소련이라는 사실은, 그 나라에 전쟁의 아픔을 겪은 사람들이 너무나도 많다는 것을 의미합니다.

2015년에 노벨문학상을 받은 벨라루스의 작가 스베틀라나 알렉시예비치는 전쟁이 끝난 뒤인 1948년에 태어났으므로 전후세대입니다. 하지만 작가에게 전쟁은 먼 옛일이 아니었습니다. 직계가족들이 이 전쟁에서 직접적인 피해를 입었기 때문입니다. 작가의 외할아버지가 전쟁터에서 전사했고, 친할머니는 빨치산으로 활동하다가 병에 걸려 숨졌고, 삼촌 두 사람이 전쟁터에서 행방불명이 되었으며, 작가의 아버지만 유일하게 살아남았습니다. 먼 일가친척들 중에는 열한 명이나 되는 사람이 아이들과 산 채로 독일군에게 불태워졌습니다.

 작가는 늘 전쟁의 실체에 대해 조금 더 알고 싶었습니다. 전쟁은 우리에게 어떤 것이었고 무엇을 남겼는지 궁금했던 모양입니다. 주변 사람들의 생생한 목격담도 있고, 전쟁을 기록한 책과 문서도 많았습니다. 그런데 이런 증언들에서 만날 수 있는 것은 전쟁 영웅들의 무훈담뿐입니다. 전쟁은 어마어마한 사람들이 치르는 일이지만 후대에는 몇 명의 뛰어난 장군이나 비참한 최후를 맞은 적군의 이야기만 기억될 뿐이지요. 하지만 그게 전쟁의 전부는 아닐 것입니다.

 알렉시예비치는 그런 증언들을 가리켜 '남자들이 남자들의 목소리로 들려준 것'이라고 정의 내립니다. "우리는 전쟁에 대한 모든 것을 '남자의 목소리'를 통해 알았다. 우리는 모두 '남자'가 이해하는 전쟁, '남자'가 느끼는 전쟁에 사로잡혀 있다. '남자'들의 언어로 쓰인 전쟁"이라고 그녀는 말합니다. 작가는 조금 다른 방식으로 전쟁을 이야기하는 목소리가 분명 있으리라 확신했습니다. 그리고 그 목소리의 주인공은 바로 여성입니다.

스탈린 치하에서 조국 사랑을 세뇌당한 소비에트 연방 사람들은 풍전등화와 같은 조국의 운명에 너도나도 뛰어들었습니다. 남자들이 모조리 징집되자 노인과 여성들도 자원입대하였습니다. 간호병으로, 취사나 세탁 담당으로, 연락병으로 뛰어들었습니다. 또 다른 여성들은 저격수가 되거나 전차나 전투기를 몰거나 지뢰를 제거하는 일에 앞장섰고, 마을에서 빨치산이 되어 독일군에 저항했습니다. 히틀러는 이런 정황을 두고서 러시아가 규칙대로 싸우지 않는다고 투덜거렸다고 합니다.

이렇게 참전한 여성들이 약 백만 명입니다. 열네 살 소녀에서부터 스물을 갓 넘긴 여성들까지……. 그런데 그 백만 명의 목소리가 하나도 들리지 않는다는 것이 작가에게는 이상하게 느껴진 것입니다. 그는 참전했던 여성들을 직접 찾아 나섰습니다. 그가 만난 수많은 당사자들은 전쟁에 대한 자신의 이야기를 듣겠다고 누군가 찾아왔다는 사실을 쉽게 받아들이지 못했습니다. 저들은 처음에 거부하였고, 망설이며 눈치를 보았고, 더듬더듬 진술하다 멈추곤 했습니다. 하지만 말문이 트이자 많은 여성들이 세세히 증언하게 되었고, 그렇게 해서 2백 명이나 되는 여성들의 육성을 기록으로 남길 수 있었습니다. 그 책이 바로《전쟁은 여자의 얼굴을 하지 않았다》입니다.

작가는 "영웅도, 허무맹랑한 무용담도 없으며, 다만 사람들, 때론 비인간적인 짓을 저지르고 때론 지극히 인간적인 사람들만이 있다. 그리고 그곳에서는 사람들만이 아니라 땅도 새도 나무도 고통을 당한다. 이 땅에서 우리와 함께 살아가는 모든 존재가 고통스러워한다. 이들은 말도 없이 더 큰 고통을 겪는다"라고 말합니다. 어렵게 기억을 더듬어 털어놓는 여성들의 전쟁에는 어떤 이야기들이 담겨 있을까요?

> "전쟁이 끝나고 나는 백발이 돼서 집으로 돌아왔어. 겨우 스물한 살에 노파처럼 머리가 하얗게 세 버린 거야."
>
> "독일군을 몇 명이나 죽였어요?" "일흔다섯 명."
>
> "마음이 …… 너무 아파. 우리는 너무 이른 나이에 전쟁터로 갔어. 아직 어린애나 다름없었는데. 얼마나 어렸으면 전쟁중에 키가 다 자랐을까."

저격수로 참전했던 클라브디야의 증언입니다.

> "어느 날 백병전이 시작됐어 …… 뭐가 기억나느냐고? '오도독오도독' 소리. 그 소리가 기억나 …… 전투가 시작되자마자 사방에서 오도독오도독하는데, 사람들 연골이 으스러지고 뼈마디가 뚝뚝 부러져나가는 소리였지. 그리고 짐승의 울음 같은 처절한 비명들 …… 남자들이 서로를 찔러 죽이고, 숨통을 끊어놓고, 뼈를 부러뜨렸어. 총검으로 입이고 눈이고 닥치는 대로 찔렀지 …… 그런데 그걸 …… 어떻게 말로 설명해? 나는 못해…… 표현을 못하겠어…… 한마디로, 여자들은 그런 남자들을 몰라."

보병중대 위생사관이었던 니나의 증언입니다.

"어린 아가씨가 남자들 소대를 지휘하는 데다 지뢰까지 직접 제거한다는 사실이 알려지자 센세이션이 일었지."

"전쟁이 끝났지만 우리는 꼬박 1년을 더 지뢰를 제거해야 했지."

"기차 안에서 열이 나더라고. 뺨이 부어오르고 입도 벌릴 수가 없고. 사랑니가 나고 있었어 …… 나는 전쟁터에서 집으로 돌아가는 중이었어 …… "

공병지뢰소대 지휘관이었던 압폴리나의 증언입니다.

"트럭을 타고 가다 보면 사람들이 죽어 누워 있는 게 보였어. 짧게 깎은 머리가 파르스름한 게 꼭 햇빛에 돋아난 감자싹 같았지. 그렇게 감자처럼 사방에 흩어져 있었어…… 도망치다 넘어진 모습 그대로 갈아엎은 들판에 죽어 누워 있었어 …… 꼭 감자처럼 ……."

위생사관 예카테리나의 기억입니다.

"무엇이 기억나느냐 …… 가장 기억에 남는 게 뭐냐고? 정적이야. 중상자들이 입원해 있던 중환자실의 그 죽음 같은 고요함이 가장 기억에 남아."

어떤 간호병의 증언입니다.

"마지막까지 나를 두렵게 한 건 딱 하나였어. 흉측한 꼴로 죽어 누워 있는 것. 그건 여자이기에 갖는 공포였지 …… 제발 포탄에 맞아 갈가리 찢기는 일만 없기를 바랐어……."

위생사관 소피야의 증언입니다.

"아픈 말을 들었어 …… 독을 품은 …… 돌처럼 차가운 말을 …… 전쟁하러 가는 건 남자들의 욕망이라나. 그런데 여자가 사람을 죽여? 그런 여자들은 정상이 아니라는 거지. 결함이 있는 여자들 일 뿐이라고 …… 아니! 천만 번 아니야! 그건 인간의 욕망이었 어."

고사포 병사 클라라의 증언입니다.

"…… 부대에 합류했지. 엄마가 며칠 후에 게슈타포에게 붙잡혀 갔어. …… 한마디로 인간방패였지 …… 놈들이 그렇게 우리 엄 마를 2년이나 끌고 다녔어. …… 매복하고 있으면 …… 엄마가 가는 게 보였어. 엄마는 늘 하얀 머릿수건을 쓰고 있었어. …… 퇴 각하기 바로 직전, 그러니까 그때가 벌써 1943년이었는데 파시 스트들이 우리 엄마를 죽였어. 총으로 쏴서 ……."

빨치산여단 정찰병이었던 안토니나의 증언입니다.

"사람을 죽이고 싶지는 않았어. …… 하지만 한 마을이 불길에 휩싸인 걸 봤지 …… 소리를 지를 수도 큰소리로 울 수도 없었어. 정찰을 나갔다가 마침 그 마을 근처에 있었거든. 할 수 있는 게 아무것도 없더라고. 내 팔을 물어뜯는 것 말고는. 그때 물어뜯은 흉터가 아직도 남아 있어. 사람들이 비명을 지르던 게 생각나 …… 소들도 비명을 지르고 …… 닭들도 비명을 지르고 …… 전부, 전부 다 사람 목소리로 비명을 지르는 것만 같았지. 숨이 붙어 있는 것들은 다 불에 타면서 비명을 질렀어. 지금 이건 내가 이야기하는 게 아니야. 내 안의 고통이 이야기하는 거지 …….'

빨치산 연락병 발렌티나의 증언입니다.

남성들과 똑같이 전투에 나갔던 여성들은 소련이 승리하자 훈장을 받습니다. 하지만 그녀들은 얼른 훈장을 감춰야 했고, 전쟁터에서 생긴 흉터를 숨겨야 했으며, 참전 사실 자체를 애써 기억에서 몰아내야 했습니다. 여성이라면 그럴 수가 없다며 잔인하다고 쏘아붙이는 사람들의 시선, 전쟁터에서 남성 사병들과 오래 지냈으니 신붓감으로는 낙제라는 이웃들의 시선이 견디기 힘들었기 때문입니다. 또한 나라를 위해 몸을 바쳤건만 일자리를 구하는 데는 오히려 걸림돌이 되었습니다. 여성들은 목소리를 낮추었고, 결국 입을 다물었습니다. 그렇게 해서 잊힌 또 하나의 전쟁, 이것이 바로 여성들이 몸으로 기억하는 전쟁입니다.

여성들의 기억 속에는 불안해서 움츠러든 사람이 있고, 고통과 두려움을 이기지 못해 울부짖는 생명이 있으며, 전쟁에도 아랑곳하지 않고 피어난 꽃과 나무들, 그리고 폐허가 된 가게의 예쁜 모자가 담겨 있습니다. 그러한 시시하면서도 대수롭지 않은 세세한 기억과 묘사가 전쟁을 더욱 긴박하고 진실하게 보여줍니다.

이 세상을 가득 채우고 있는 것은 사람과 동물과 식물입니다. 이들이 뿜어내는 생명의 기운과 속삭임으로 세상은 입추의 여지도 없이 빽빽하게 채워져 있습니다. 그런데 사람들은 이런 사실을 쉬이 잊습니다. 사람밖에 보이지 않는다고 말합니다. 그것도 힘세고, 배경 좋고, 권력을 가졌으며, 수완이 있는 사람들만 눈에 들어오지요. 안타까운 일입니다. 그 몇에 정신이 팔린 사이에 놓치고 마는 생명의 숫자가 얼마나 많은지를 사람들은 알지 못합니다.

"젊은 알렉산더는 인도를 정복했다, 그가 혼자서 해냈을까? 시이저는 갈리아를 토벌했다. 적어도 취사병 한 명쯤은 그가 데리고 있지 않았을까?" 하고 독일 작가 베르톨트 브레히트는 〈어떤 책 읽는 노동자의 의문〉에서 의문을 드러냈습니다. 역사는 영웅이 만든 것이 아니라 수많은 민초들이, 남성과 여성과 노인과 아이들이 한 땀 한 땀 빚어냈다는 사실을 잊으면 우리는 역사에서 아무것도 배울 게 없습니다. 전쟁광들의 미친 몸부림 말고는……

알렉시예비치는 온 사방이 읽어야 할 텍스트라고 말합니다. 텍스트는 온 사방에서 누구나 읽을 수 있도록 활짝 열려 있었습니다. 그렇게

도시의 아파트에서, 시골의 농가에서, 거리에서, 기차 안에서 들리는 소리를 듣다 보니 점점 커다란 귀가 되어간다는 작가 스베틀라나 알렉시예비치에게서 인간의 역사를 읽는 새로운 방식을 배웠습니다.

작고 낡은 가죽가방에서 꺼낸
문학 이야기

오르한 파묵은 2006년 노벨문학상을 받은 터키 작가입니다. 노벨문학상을 받는 작가는 수상 연설을 해야 하는데, 세계적인 작가로서 위상을 굳히는 그 연설에는 작가의 모든 것이 담겨 있다고 봐도 좋습니다. 대체로 작가의 연설문 제목에는 반인륜적이거나 반도덕적인 세상을 향한 일갈의 단어나 자신의 문학관에 대한 성찰의 단어가 자리하게 마련입니다. 그런데 쉰네 살이라는 비교적 젊은 나이에 이 큰 상을 받은 오르한 파묵의 연설문 제목은 '아버지의 여행가방'이었습니다. 역대 수상 작가들과 비교해볼 때 너무나 사적이고 소박하기 짝이 없는 제목입니다. 하지만 묘하게도 유난히 저 제목이 내 뇌리에 박혔습니다.

아버지, 여행, 그리고 가방. 모두 내가 좋아하는 단어들입니다. 가방을 좋아해서 가방가게를 참새 방앗간 드나들듯 한 때가 있고, 지금이 아니면 언제 떠날 수 있을까 하는 절박함에 여행을 떠난 적도 수차례입니다. 그리고 아버지……. 아버지는 내가 읽는 글과 쓰는 글의 배경에 놓여 있는 존재입니다. 언젠가 책을 산더미처럼 쌓아놓고 읽다가 궁금해졌습니다. '누가 내게 글자를 가르쳐줬을까?' 내 어린 시절, 대부분의 아이들은 초등학교에 입학하고 나서야 한글을 배우는 경우가 많았습니다. 그런데 나는 그 이전에 한글을 뗐지요. 이 궁금증에 엄마는 아주 간단하게 답했습니다.

"네 아버지잖아."

"아버지가? 장사하느라 바쁘셨을 텐데 날 앉혀놓고 한글을 가르쳐줄 시간이나 있었어요?"

"네가 아주 어렸을 때, 네 아버지가 신문을 읽는데 네가 옆에서 들여다보더구나. 아버지가 장난삼아 '이 글자 뭐라고 읽지?' 하고 물었는데 뜻밖에 네가 알아맞힌 거야. 네 아버지는 그게 기특해서 옆 글자들을 하나씩 짚었고, 그러면서 네게 글 읽는 걸 가르쳤지."

그러니까 지금 내가 하고 있는 수많은 일들은 죄다 그 어린 시절 아버지와의 한글수업 결과라고 해도 지나치지 않습니다. 두툼한 책 한 권을 다 읽고 난 뒤나 열정적으로 글 한 편을 쓰고 난 뒤면 그 어느 때보다 아버지가 떠오릅니다. 오르한 파묵으로 돌아가 보지요. 〈아버지의 여행가방〉은 이렇게 시작합니다.

> 아버지는 돌아가시기 이 년 전 당신의 글들과 단상을 적은 공책
> 들로 가득 찬 작은 여행가방을 제게 주셨습니다. 평상시처럼 장
> 난스럽고 짓궂은 말투로, …… 약간 부끄러워하시며 "그 가운데
> 쓸 만한 게 있는지 한번 보렴. 어쩌면 내가 죽은 후 골라서 출판
> 할 수도 있을 테고 말이다"라고 말씀하셨습니다.

그의 아버지가 세계적인 작가로 막 자리 잡은 아들의 집필실을 찾아
와 습작노트가 들어 있는 자신의 가방을 내밀었을 때를 상상해봅니다.
거장이 된 아들을 바라볼 때의 그 뿌듯함……. 무엇보다도 저 '위대한
작가'가 문학을 사랑하는 자신의 유전자를 물려받은 '아들 녀석'이라는
사실은 아무리 생각해봐도 가슴 벅찬 일이었을 테지요. 그 뿌듯함을 억
누르며 자신의 습작노트를 내밀 때의 심정은 또 어땠을까요? 먹이고
입히고 가르치느라 작가를 꿈꾸던 자기 인생을 송두리째 헌신하게 만
든 아들이 어느새 자신을 능가할 만큼 훌쩍 큰 것입니다. 게다가 아들
에게 자신이 먼저 한번 읽어봐 달라며 습작노트를 내미는 입장입니다.
　아버지의 겸연쩍은 마음은 그렇다 치고 아들의 심정은 어땠을까요?
아들은 아버지가 내민 여행가방에 당혹해합니다. 내민 손이 민망한 아
버지는 잠시 서성이다가 눈에 띄지 않는 구석에 조용히 가방을 내려
놓았습니다. 부자는 어색함을 애써 지우려는 듯 빤한 일상을 주고받은
뒤 헤어집니다. 그리고 아들은 며칠이 지나도록 아버지의 습작노트가

담긴 여행가방을 열어보지 않습니다. 엄밀하게 말하면 열어보지 '않은 게' 아니라 열어보지 '못했다'고 해야겠습니다.

아버지가 두고 간 모서리가 둥근 작은 검은색 가죽가방이 그의 심사를 기다리며 집필실 한구석에 놓여 있습니다. 오르한 파묵은 아버지의 가방을 쉽게 열지 못한 이유를 설명합니다. 무엇보다도 아버지의 습작이 형편없을지도 모른다는 두려움 때문이었습니다. 오래전부터 문학에 대한 꿈을 버리지 못해 늘 뭔가를 써오던 아버지를 보며 그는 "아버지는 아름다움으로 가득한 삶을 사랑하셨고, 그러한 아버지를 이해합니다"라고 생각했습니다. 하지만 정작 아버지의 습작이 별 볼 일 없는 끼적거림에 불과하다면 어떨까요? 그는 이런 두려움 때문에 가방을 열지 못한 것입니다. 가방을 여는 순간 가족의 생계를 책임지던 듬직한 아버지는 사라지고, 문학에 대한 꿈을 버리지 못해 현실과 꿈 사이를 비틀거리던 미완의 사내가 아들 앞에 나타날 게 뻔합니다.

하지만 그가 가방을 열지 못한 진짜 이유는 다른 데 있었습니다. 아버지의 습작이 완성도 높은 걸작이면 어쩌나 하는 두려움 같은 것이었습니다. 오직 가족만을 위해 존재하던 아버지가 실은 위대한 작가였다면 어쩌나 하는 두려움 말입니다. 아들의 첫 소설을 가장 먼저 읽고 단숨에 달려와 안아주며 "장차 노벨상을 탈 게다!"라고 뜨겁게 격려하던 아버지가, 알고 보니 자신보다 더 훌륭한 작가였고 자신이 전혀 몰랐던 낯선 존재였다는 것을 확인하게 되면 아버지를 잃은 느낌이 들 것 같았기 때문이라는 것입니다.

오르한 파묵의 연설은 이제 글을 쓴다는 것에 대한 성찰로 넘어갑니다. 작가는 현실에서 뚝 떨어져 외로워야 하는 사람이고, 세상의 변방에서 편안하게 머물며 단어의 아름다운 정렬만을 생각하는 사람이라는 글이 이어집니다. 그러나 나의 관심사는 오직 하나, 그 아버지의 가방입니다. 위대한 작가를 낳은 늙은 사내는 일주일 뒤 아무렇지도 않은 척 찾아와 일상을 주고받습니다. 그리고 아들과 아버지는 끝없이 검은색 가죽가방을 의식합니다. 그 후 아버지는 세상을 떠나고, 그로부터 몇 년 뒤 아들은 노벨문학상을 받습니다.

문학은 묘한 구석이 있습니다. 사람으로 하여금 동경하게 하고, 질투하게 하고, 두렵게 만듭니다. 각박한 일상을 살아가느라 딱딱하게 굳은 감성을 간질이고, 엄숙한 철학을 논하느라 지쳐버린 이성을 부드럽게 녹입니다. 세상의 구원을 저 혼자 장악한 듯 위세를 떨치는 종교와 세력의 덧없음을 깨닫지 못한 채 권세를 부리는 권력을 향해 혀를 내밀어 조롱합니다.

그래서일까요? 문학에서는 참 다양한 인간을 만날 수 있습니다. 부유한 사람, 가난한 사람, 잘난 사람, 못난 사람, 뻐기는 사람, 소심한 사람, 비열한 사람, 허황된 사람, 저속한 사람, 자기 꾀에 넘어가는 사람…… 책을 읽는다는 것은 이런 사람들을 하나씩 불러내는 일입니다. 그들이 웃고 우는 모습에서 내 모습을 발견하는 일입니다. 그렇게 불러낸 이들의 심정을 좇다 보면 어느새 삶의 위안을 얻은 '나'를 만날 수 있습니다.

신문 글자를 짚어가던 내 아버지와 아들에게 습작노트를 내민 오르한 파묵의 아버지는 이미 세상을 떠났지만, 저들이 우리에게 안긴 애달픈 서정이 우리 삶에서 화사한 꽃으로 피어나길 바랍니다.

책을 읽는다는 것은 자기를 비우는 일이라 생각합니다. 1년 365일, 하루 24시간을 늘 내 몸과 마음의 주인공으로 그 속을 꽉 채우며 살던 '나'를 잠시 내보내는 일입니다. 책 읽기는 그 빈 자리에 책 속의 주인공을 맞아들이는 일입니다. 멀쩡한 정신으로는 도저히 할 수 없던 생각이나 행위를 한 권의 책을 읽는 동안에는 할 수 있게 되는 것이지요. 빙의(憑依)라고 해도 좋습니다. 그렇게 다른 존재로 살면서 책 속 여러 인물들과 만나고 우여곡절을 겪기도 합니다. 심지어는 지독하게 비도덕적이고 비윤리적인 행위까지도 감행해보는 것이지요. 책을 읽는 동안에는 말입니다. 그리고 마지막 페이지를 넘기고 나면 내 속에 들어와 있던 작품 속 주인공을 내보냅니다. 본래의 나로 돌아와서 책 속의 일들이 내게 무엇을 보여주었고, 내게 그동안 어떤 일이 벌어졌는지를 곰곰이 따져보는 일, 이것이 책 읽기의 본모습이라고 생각합니다.

시력이 허락할 때까지 책을 읽을 생각입니다. 아르헨티나의 작가이자 시인인 보르헤스는 책을 너무 읽어 시력을 잃었고, 그러고도 사람들을 고용해서 자신을 위해 옆에서 책을 읽게 했다고 하지요. 그 기막힌 행운의 알바생 가운데 한 사람이 바로 이 시대 최고의 독서가 알베르토 망구엘입니다. 책은 사람과 사람 사이에 이런 관계도 맺어줍니다.

책이 없는 곳을 상상할 수 없습니다. 책은 이따금 지독한 절망에 빠진 사람들에게 땅을 짚고 일어서는 지팡이가 되어줍니다. 그리고 책은 독자들이 다음 책으로 건너갈 수 있도록 징검다리가 되어주기도 합니다. 한 권의 책에서 다음 책으로, 그 책에서 또 다른 책으로, 징검돌을 건너듯 그렇게 한 걸음씩 옮겨가다 보면 어느덧 저편 언덕에 도달하게 되겠지요.

책 한 권을 다 읽으면 그 책을 내려놓아야 합니다. 그래야 다음 책으로 건너갈 수 있습니다. 강을 건넌 뒤 건네준 뗏목을 기꺼이 버리듯이 말입니다. 나의 서재는 버려진 뗏목과 타고 갈 뗏목이 꽉 차 있는 나루터입니다. 그 나루터에서 나는 행복합니다. 이 책을 읽는 당신도 그러했기를 바랍니다.

이 책에 실린 원고는 〈법보신문〉에 연재한 글들이며, 프롤로그에 실은 글은 국방부에서 펴낸 〈마음의 양식〉에 담은 제 글을 다듬은 것입니다. 혼자서 책을 읽으며 막연히 좋다고 느끼며 지내다가 방송이나 신문 연재를 통해서 독서 느낌을 공유하는 것은 굉장한 행운입니다. 여러 매체에 다양한 형식으로 책을 소개하는 일도 흥미롭습니다. 한 권의 책을 다양한 관점에서 생각해볼 수 있기 때문입니다. 이 책은 그런 과정을 통해 추출된 에센스라 해도 좋습니다.

대학로는 내게 책 읽기의 쉼터와 같은 곳입니다. 오래전 책 한 권을 들고 노을 속에서 커피와 함께 시간을 보낸 곳이기 때문입니다. 바로 그 자리를 지켜온 샘터사에서 전화가 걸려왔을 때, 그 벅찬 감동을 어떻게 말로 설명할 수 있을까요? 그동안 몇 권의 책을 내면서 깨달은 것이 하나 있습니다. 한 권의 책은 저자 한 사람만의 공이 아니라는 것이지요. 그럼에도 이 한 권의 책을 둘러싼 사람들에게 감사할 줄을 몰랐습니다. 출간을 제안해주고 필자보다도 더 진한 애정과 정성으로 원고를 살펴준 나성우 편집자에게 진심으로 고맙다는 말을 전합니다. 책을 대하는 진지한 모습이 아름다웠습니다. 그리고 원고를 읽어봐 달라고 청한 뒤에 맵고 짠 평을 쏟아내면 여지없이 신경질을 퍼붓는 나를 지금까지 견뎌준 인생 길동무 김용섭 씨한테도 고맙다는 인사를 이제야 전합니다.

세상에서 한 걸음 비켜선 시인의 눈물
〈눈물은 왜 짠가〉,《눈물은 왜 짠가》, 함민복 지음, 책이있는풍경, 2014

타인의 슬픔을 마주할 때 내 슬픔도 끝난다
〈별것 아닌 것 같지만, 도움이 되는〉,《대성당》, 레이먼드 카버 지음, 김연수 옮김, 문학동네,
2014

간격, 인내, 책임, 세속을 살아가는 세 가지 힌트
《어린 왕자》, 앙투안 드 생텍쥐페리 지음, 1943년 발표

손해만 계산할 줄 알았던 인생을 향한 슬픈 연주
〈로실드의 바이올린〉,《사랑에 관하여》, 안톤 파블로비치 체호프 지음, 안지영 옮김, 펭귄클래
식코리아, 2010

누구와 싸우는지 모르는 우리 모두는 미생의 범부
《미생》전9권, 윤태호 지음, 위즈덤하우스, 2013

쉽게 열광하고 쉬이 잊어버리는 세상을 향한 처절한 용서
〈단식 광대〉,《오드라덱이 들려주는 이야기》, 프란츠 카프카 지음, 김영옥 옮김, 문학과지성사,
1998

어둠 속에서 마음으로 가는 길을 찾다
〈일시적인 문제〉,《축복받은 집》, 줌파 라히리 지음, 서창렬 옮김, 마음산책, 2013

익명의 낙원 잃고 휘청거린 하루의 기록
《비둘기》, 파트리크 쥐스킨트 지음, 유혜자 옮김, 열린책들, 2000

도긴개긴 인생, 반짝이는 구두가 자존심 세워줄까
〈아홉 켤레의 구두로 남은 사내〉,《아홉 켤레의 구두로 남은 사내》, 윤흥길 지음,
문학과지성사, 1997

갑작스레 닥친 재난에 대처하는 자세
《페스트》, 알베르 카뮈 지음, 김화영 옮김, 책세상, 1998

무지가 낳은 죄, 알고 지은 죄보다 가벼울까
《책 읽어주는 남자》, 베른하르트 슐링크 지음, 김재혁 옮김, 시공사, 2013

아는 것과 본 것, 삶을 뒤바꾸는 엄청난 괴리
《속죄》, 이언 매큐언 지음, 한정아 옮김, 문학동네, 2003

'착함'을 강요하는 세상에서 '저항'하는 도둑으로 살아남기
〈도둑견습〉,《순이 삼촌 마지막 테우리 도둑견습 외촌장 기행》, 김주영 외 지음, 창비, 2005

자연을 파괴하는 오만한 현실에 사랑의 자리는 없다
《연애소설 읽는 노인》, 루이스 세풀베다 지음, 정창 옮김, 열린책들, 2009

소통이 불가능한 세상을 향한 어느 필경사의 외침
《필경사 바틀비》, 허먼 멜빌 지음, 하비에르 사발라 그림, 공진호 옮김, 문학동네, 2011

사랑이란 변할 순 있지만 늙진 않는 것
《콜레라 시대의 사랑 1, 2》, 가브리엘 가르시아 마르케스 지음, 송병선 옮김, 민음사, 2004

빚과 소비의 굴레에 묶인 사람들의 처절한 몸부림
《알바 패밀리》, 고은규 지음, 작가정신, 2015

폭력으로 무장한 권력은 두려움을 먹고 자란다
〈그저 한 인간에 불과했던 황소〉, 《나는 시간이 아주 많은 어른이 되고 싶었다》,
페터 빅셀 지음, 전은경 옮김, 푸른숲, 2009

흥청거리던 불빛은 영원한 사랑의 신호였다
《위대한 개츠비》, F. 스콧 피츠제럴드 지음, 김석희 옮김, 열림원, 2013

고독한 양치기 사내가 빚어낸 푸른 생명
《나무를 심은 사람》, 장 지오노 지음, 마이클 매커디 그림, 김경온 옮김, 두레, 2005

진저리 치고 소름 돋는 시대지만 누군가는 기록해야 했다
《그 많던 싱아는 누가 다 먹었을까》, 박완서 지음, 웅진지식하우스, 2005

탄광촌 소년의 잔인했던 어느 하루
《케스-매와 소년》, 배리 하인즈 지음, 김태언 옮김, 녹색평론사, 2011

쪼그라든 세상에서 만난 운명의 지배자
《그리스인 조르바》, 니코스 카잔차키스 지음, 이윤기 옮김, 열린책들, 2009

범죄를 저지르기까지 과정에 대한 집요한 추적
《인 콜드 블러드》, 트루먼 커포티 지음, 박현주 옮김, 시공사, 2013

출가자의 걸음에 담긴 맨발의 서정
《사람의 맨발》, 한승원 지음, 불광출판사, 2014

돈보다 중요한 사람대접의 가치
《길은 멀어도 마음만은》, 류수홍 지음, 이영아 옮김, 소수, 2015

믿을 수 없는 현실과 믿고 싶은 이야기
《파이 이야기》, 얀 마텔 지음, 공경희 옮김, 작가정신, 2004

모순과 편견으로 가득한 세상, 무고한 앵무새를 죽이다
《앵무새 죽이기》, 하퍼 리 지음, 김욱동 옮김, 열린책들, 2015

뱀장어와 잔등불에 담긴 증오와 연민
〈잔등〉, 《남생이 빛 속으로 잔등 지맥》, 허준 외 지음, 창비, 2005

불행이 넘쳐나는 시대에 '행운아'가 되는 법
《행운아》, 존 버거 지음, 장 모르 사진, 김현우 옮김, 눈빛, 2004

불확실한 희망에 대처하는 인간의 자세
〈고향〉, 《노신선집 1》, 루쉰 지음, 여강출판사, 2003

에이즈보다 무서운 것, 근거 없는 편견과 두려움
《푸른 알약》, 프레데릭 페테르스 지음, 유영 옮김, 세미콜론, 2014

눈보라 속 살아남은 생명은 우리가 잃어버린 희망이었다
〈화수분〉, 《화수분》, 전영택 지음, 문학과지성사, 2008

가장 낮은 소리로 재구성한 역사의 현장
《전쟁은 여자의 얼굴을 하지 않았다》, 스베틀라나 알렉시예비치 지음, 박은정 옮김, 문학동네,
2015

타인의 슬픔을
마주할 때
내 슬픔도
끝난다

1판 1쇄 인쇄 2017년 9월 6일
1판 1쇄 발행 2017년 9월 13일

지은이 이미령
펴낸이 김성구

책임편집 나성우
단행본부 박혜란 이은정 김민기 김동규
디자인 홍석훈 문인순
제 작 신태섭
마케팅 최윤호 송영호 유지혜
관 리 노신영

펴낸곳 (주)샘터사
등 록 2001년 10월 15일 제1-2923호
주 소 서울시 종로구 대학로 116 (03086)
전 화 02-763-8965(단행본부) 02-763-8966(영업마케팅부)
팩 스 02-3672-1873 **이메일** book@isamtoh.com **홈페이지** www.isamtoh.com

ISBN 978-89-464-2068-7 03800

이 도서의 국립중앙도서관 출판시도서목록(CIP)은 e-CIP 홈페이지
(http://www.nl.go.kr/cip.php)에서 이용하실 수 있습니다. (CIP제어번호: CIP2017021732)

값은 뒤표지에 있습니다.
잘못 만들어진 책은 구입처에서 교환해 드립니다.